KB006989

천하무적
불량야구단

천하무적 불량야구단

초판 1쇄 발행 | 2010년 1월 15일
초판 2쇄 발행 | 2010년 2월 25일

지은이 주원규 **발행인** 이대식
편집진행 김화영 **마케팅** 이승현 **디자인** 모리스

주소 서울시 종로구 평창동 92-6(우편번호 110-846)
문의전화 02-394-1037(편집) 02-394-1047(마케팅)
팩스 0505-115-1037(02-394-1029)
홈페이지 www.saeumbook.co.kr
전자우편 saeum98@hanmail.net

발행처 새움출판사
출판등록 1998년 8월 28일(제10-1633호)

ISBN 978-89-93964-06

주원규 장편소설

천하무적 불량야구단

새움

차 례

합의이혼

김인석은 거의 6년 만에 아내 금주를 다시 보게 되었다. 서초역에서 내려 10분 정도 걸으면 도착하는 서울중앙지방법원에서였다. 금주는 이미 자신의 차를 법원 주차장에 파킹한 후 대기실에서 기다리고 있었고, 김인석은 사전 통보 받았던 오후 3시에 거의 맞춰서 대기실로 들어섰다.

김인석은 금주 말고도 자신과 비슷한 처지에 놓인 남녀 수십 명이 대기실 의자에 앉아 있는 꼴을 보고 은근히 부아가 치밀었다. 제기랄, 내가 대체 무슨 죄를 지었기에 이 시간에 이런 곳에 와야 한단 말인가.

양금주는 대기실 입구에 우두커니 서 있는 남편을 보며 가볍게 손을 들어 보였다. 그녀는 여전했다. 많은 인파에 파묻혀 있어도 그녀의 외모는 언제나 빛을 발했다. 아무리 철 지난 40대 후반 여배우라고 해도 그녀에 대한 관심의 눈길을 중단하지 않던 스포츠신문 연예부 기자 하나가 어떻게 알고 찾아왔는지 스냅사진이라도 한 장 얻어가려는 심사로 대기실 근처에서 서성거리고 있는 모습도 눈에 잡혔다.

"오랜만이네. 잘 지냈어?"

자신의 옆자리에 앉은 김인석을 본 양금주가 제일 처음 꺼낸 말이다. 김인석은 6년 만의 재회를 저토록 자연스럽게 받아들일 수 있는 아내의 무심함이 부러웠다.

"잘 지냈을 리가 있나."

"왜? 당신 정도면 승승장구한 셈 아닌가? 꿈도 이뤘고."

"꿈?"

"늦었지만 우승 축하해."

그녀가 축하의 악수를 건넨다. 페넌트레이스 1위 한 걸 말하는 것이리라. 우승은 무슨…….

"그만해라. 지금 당신과 악수할 기분이라고 생각해?"

"아직도 나에 대해 감정이 남은 거야?"

"감정은 무슨……."

"어쨌든 고마워."

"뭐가?"

"재판으로 가지 않게 해줘서."

"……."

김인석과 양금주의 결혼은 세기의 스캔들처럼 요란스러웠지만, 정작 결혼생활은 처음부터 순탄치 않았다. 아이 문제부터 시작해 아내의 연예활동을 완강히 반대하는 김인석의 완고함으로 둘은 끊임없이 평행선을 그리며 다툼을 이어갔다. 결정적으로 스타플레이어로서 최고의 전성기를 누리던 순간 찾아온 팔꿈치 부상으로 인해 서둘러 은퇴를 생각해야 했던 김인석의 몰락은 둘 사이의 관계를 파경으로 이끌었다.

물론 김인석은 은퇴 이후 지도자의 길을 착실히 밟아나갔지만, 이미 남편에 대한 실망으로 쥐꼬리만한 애증조차 남아있지 않았던 양금주로서는 자신의 감정에 충실했다. 결국 둘은 더 이상 회복할 수 없는 길로 치달았다. 양금주는 다시 영화를 시작했고, 몇 편의 영화에선 한 남자의 아내로선 용납하기 힘든 파격적인 노출 연기를 보여주기도 했다. 그러던 어느 날 그녀는 훌쩍 미국으로 떠나버렸다. 그렇게 실종처럼 사라지고 난 후 그에게 돌아온 건 그녀의 인적사항과 도장이 날인된 이혼서류 한 장이 전부였다.

"양금주 씨."

"예."

"남편 김인석 씨와의 이혼에 합의한 게 맞습니까?"

"그렇습니다."

김인석은 자신도 모르게 옆자리에 나란히 앉은 그녀를 쳐다봤다. 여전히 여배우의 본능이 남아 있던 탓인지 그녀는 법정에서도 선글라스를 벗지 않았고, 판사나 다른 관계자도 그녀의 정체를 모르지 않은 때문인지 굳이 문제 삼지 않았다.

눈을 마주칠 수 없다는 게 김인석을 갑갑하게 했다. 대체 이 여자, 어떤 생각을 갖고 있는 걸까.

그는 갑자기 머리가 지끈거리기 시작했다. 누군가 자신의 머리를 강하게 걷어차주었으면 싶을 정도로 심각한 두통이 엄습한 것이다.

"김인석 씨."

그럼에도 판사의 최종 질문은 어김없이 진행되었다. 그는 힘겹게 답했다.

"예."

"아내 양금주 씨와의 이혼에 합의하신 게 맞습니까?"

"……."

"대답해주셔야 됩니다. 어느 한 분이라도 동의하지 않으면 이혼은 성립될 수 없습니다."

그녀가 김인석을 바라봤다. 그제야 짙은 선글라스 너머로 그녀의 눈동자가 보였다. 무심한 눈빛. 하지만 어딘가 모르게 다정함이 배어 있는 그 눈빛을 김인석은 한때 사랑했었다. 그녀는 누구나 동경하던 절세미인이었지만 패기 넘치던 김인석의 마음을 사로잡았던 건 그녀의 미모가 아니라 바로 그 눈빛이었다. 그런데 빌어먹을. 지금 그녀의 눈빛이 저토록 정다워 보인다는 사실이 어이가 없었다. 그러거나 말거나 김인석이 느끼고 있는 그 눈빛에 대한 감정과는 별도로 그녀의 입에선 대사를 읽듯 건조하고 짤막한 한마디가 흘러나왔다.

"대답해줘요."

"……."

"부탁이야."

김인석은 체념해야 했다. 이제 모든 게 끝난 건가. 갑자기 몸속에 이제까지 남아 있던 그녀에 대한 애증이 모조리 휘발되는 느낌이었다.

"다시 묻겠습니다. 김인석 씨, 양금주 씨와 이혼에 합의하신 게 맞습니까?"

"그렇습니다."

"예, 그래요. 두 분 사이엔 자녀가 없으시니 양육권 문제는 해당사항이 없으시고요."

"……."

"됐습니다. 이로써 두 분의 이혼은 성립되었습니다. 서류 받아가지고 구청에 가셔서 3개월 이내에 접수하시면 됩니다."

불량감독 김인석

그날 오후 4시. 서초역 근처 카페에서 김인석은 원치 않는 인터뷰를 해야 했다. 상대는 한국스포츠의 김대우 기자. 자극적인 기사를 쓰기로 유명한 그였기에 이런 식의 인터뷰는 전혀 하고 싶지 않았지만 구단의 완강한 요구 때문에 잡혀진 약속이었다.

바로 1시간 전 아내와 이혼에 합의하고 법원을 나오는 길이다. 그대로 숙소로 돌아가 독한 술로라도 갈증을 죽이고 깊은 잠에 빠지고 싶었는데……. 김 기자가 말했다.

"많이 피곤하신 모양이네요. 그러시겠죠. 페넌트레이스 동안 단 하루도 쉬지 않으셨고, 또 이번 한국시리즈를 준비하시면서도 거의 못 주무셨다고 하던데요."

"맘에 없는 인사치레는 집어치우고, 본론으로 갑시다."

김대우 기자. 김인석의 스타일을 익히 알고 있는 터라 그의 면박성 멘트에 오히려 만족스럽다는 듯 미소를 지었다.

"역시 시원시원하세요. 제가 이래서 감독님을 좋아한다니까."

"본론!"

"물론 저는 이런 감독님 스타일을 존중하지만 대다수 사람들, 특히 야구 관계자 분들이 감독님의 이런 스타일을 못마땅하게 여긴다는 사실은 혹시 알고 계세요?"

"그걸 모를 리가 있나."

"그러시군요. 그럼 감독님, 한 가지만 묻죠. 우리 감독님은 야구 감독이 지녀야 할 가장 중요한 조건이 뭐라고 생각하세요?"

"감독의 가장 중요한 조건?"

"무조건 실력인가요? 아니면 그래도 프론데 팀원과 팬서비스를 위한 친화력 같은 건 어떤가요? 이를테면 스포테이먼트의 역할 같은 거 말이죠."

"스포테이먼트 같은 소리 하고 자빠졌네."

그제야 김대우도 슬슬 비위가 뒤틀리기 시작했다. 그렇지만 약간 얼굴이 붉어진 것뿐 별다른 내색은 하지 않았다. 김인석은 김대우가 자신의 비위를 건드린 연예인들이나 스포츠 스타들을 어떤 식으로 요리해 미디어의 도마 위에 올려놓는 인물인지 익히 알고 있었다. 그러나 김인석은 애시당초 언론의 입방아 따위는 아랑곳하지 않고 살아온 인물이다. 현역 시절 강속구 투수로 활동할 때부터 그랬다. 그는 현역일 때와 지금, 야구 인생 30년 동안 내내 따라붙던 자신의 수식어를 잊지 않고 있는 것이다. 불량선수. 이젠 그 호칭이 불량감독으로 바뀌어 있을 뿐이다.

"야구는 스포츠지 예능활동이 아니야. 본질은 변하지 않아."

"그래도 야구장에 관중이 찾아와야지 프로야구가 유지되는 거 아닙니까?"

"실력으로 보여주면 되잖아."

"그런데 이상하죠. 왜 감독님이 이끄는 맥시멈즈가 올해 페넌트레이스에서 90승이란 전무후무한 기록을 세웠는데도 삼호 맥시멈즈 연고지의 관중 수입이 8개 구단 중에서 가장 저조했을까요. 그 이유가 뭐라고 생각하세요?"

"지금 그런 말을 묻는 저의가 뭐야?"

"제가 하는 말이 아니라 야구 관계자 분들이 하는 말입니다."

"그래서 뭐라는데?"

"꼭 말씀드려야 아십니까?"

"야, 김대우. 이 개새끼야."

"뭐요?"

김인석은 더 이상 이 지루하고 비생산적인 대화를 이끌어 가고 싶지 않았다. 김대우의 입으로부터 어떤 말이 앵무새처럼 되풀이될지 너무나 잘 알고 있기 때문이다.

김인석도 자신의 선수 조련 방법과 용병술을 두고 경쟁팀 감독이나 야구위원회에서 어떤 식으로 평가하는지 모르지 않았다. 프로 선수들임에도 고교 선수 대하듯 욕설을 서슴지 않고, 사생활이라곤 인정하지 않는 지독스런 동계훈련은 말할 필요도 없고, 4번 타자에게 보내기 번트를 지시한다거나 8점 차의 다 이긴 경기에서조차 끝까지 물고 늘어져 15점 차 이상의 대승을 거두어야 직성이 풀리고, 한 경기에 투수를 7~8명까지 교체하는 등의 방법으로 경기 시간을 5시간 이상 넘긴 경기 수가 전체 경기 수의 3할에 해당할 정도로 화끈함과는 거리가 먼 지루한 용병술을 펼치는 감독. 세상 사람들은 그런 그를 두고 승리만능주의에 빠진 아마추어 감독이란 말을 서슴지 않았다.

김인석은 이러저러한 저간의 사정을 음흉하게 돌려 말하는 김대우의 태도를 더 두고 보고 싶지 않은 심사에 그렇게라도 인터뷰를 끝내고 싶었다. 그는 적잖이 흥분한 김대우를 향해 거침없이 한마디를 더 내뱉고는 그대로 자리를 박차고 일어섰다.

"어차피 인터뷰해도 네 맘대로 갈겨쓸 게 뻔하니까 그냥 알아서 적당히 씹어. 더 이상 사람 귀찮게 하지 말고."

"감독님."

"그리고 제발 비문 좀 쓰지 마라. 보는 내가 다 민망하다. 문장력에 자신 없음 밑에 있는 애들 시켜서 교정이라도 받든가."

그 말을 끝으로 김인석은 홍당무처럼 달아오른 얼굴로 씩씩거리는 김대우를 뒤로한 채 그대로 카페를 벗어났다.

한국시리즈 개막 사흘 전

술이라도 마시고 죽은 듯 잠들어버리고 싶었던 김인석에게는 그날 저녁 또 하나의 약속이 있었다. 역삼역 인근의 룸살롱 '볼레로'였다.

저녁 7시. 술을 시작하기엔 약간 이른 시간이라 그런지 볼레로 안은 한가로웠다.

마담은 김인석을 쉽게 알아봤다. 마담은 자신이 야구 마니아로 김인석의 팬이라는 사실을 거듭 강조했다. 그렇지만 김인석은 쓴웃음조차 보이지 않았다. 마담의 눈가에 잡히는 아첨이 오히려 비위에 거슬렸기 때문이다.

김인석의 그러한 반응은 어찌 보면 40대 후반의 신예감독으로 페넌트레이스 90승이라는 놀라운 기록을 일궈낸 감독이 보일 자세가 아니었다. 언제나 하위권을 맴돌며 부실하기 짝이 없는 모기업의 후원을 받는 삼호 맥시멈즈에 감독으로 부임해서 팀을 한국시리즈에 직행하도록 만든 스토리만 놓고 본다면, 김인석을 향해 열광해주는 대중이 있는 것은 오히려 당연한 일이었다. 그러나 그러한 업적을 세운 김인석을 향한 언론과 대중들의 반응은 오히려 정반대였다. 언론은 지독할 정도로 김인석의 스타성엔 무관심했고 그의 비인간적인 선수 훈육이나 욕설, 심판과의 몸싸움 등을 부각시켜, 틈만 나면 감독으로서의 자질 문제를 성토했다. 따라서 언론에 눈과 귀가 쏠리기 마련인 대중들은 당연히 김인석을 곱지 않은 시선으로 바라보게 되었던 것이다.

물론 김인석은 자신을 향한 이런 식의 편향된 시선을 크게 신경 쓰지 않았지만, 어느새 그 자신도 모르는 사이 언론과 대중을 향한 불신이 뿌리내린 것을 부정하기 힘들었다. 지금도 그와 같은 경우였다.

마담의 안내를 받아 룸 안으로 들어온 김인석을 반긴 건 그에게는 너무나 익숙한 인물이다. 그의 이름은 맹호성.

반백의 머리를 한 그는 김인석의 5년 야구 선배임과 동시에 삼호 맥시멈즈 단장이다. 맥시멈즈의 모기업인 삼호그룹에서 프로야구단을 출범시키려 할 때부터 가담했던 인물로서 맥시멈즈 초대 감독을 역임하기도 했다. 참고로 말해 맹호성이 감독으로서 구단을 이끌던 그해 맥시멈즈는 8개 구단 중 최하위를 기록했다. 그때의 승률이 3할을 채 넘지 못했던 걸 감안

한다면 김인석의 활약은 그야말로 경이로운 것이었다.

맹호성은 그런 김인석을 반갑게 맞았다. 하지만 김인석은 내내 시큰둥한 표정이었다. 그에겐 오늘 하루가 악몽 같았기 때문이다. 아내와의 이혼, 거기에 평소 눈엣가시처럼 여기던 스포츠신문 기자와 벌인 실랑이. 그러한 피로가 채 가시기도 전에 맹호성을 만나는 일이 그로선 여간 피곤한 일이 아닐 수 없었다.

제아무리 야구 선배라고는 하지만 김인석이 지금과 같은 자리를 불편해할 수밖에 없는 건, 그가 단장이란 입장에서 자신을 대한다는 느낌이 워낙 강하기 때문이다. 더구나 포장마차나 숙소 근처 술집도 아닌 강남 최고급 룸살롱이라니. 김인석은 바로 그러한 점이 내심 불안하게 느껴졌다. 도대체 무슨 이유로 이런 곳에서 단장이 자신과 대작하려 하는 건가? 더군다나 한국시리즈를 이제 사흘 앞둔 상황에서.

"우선 한잔하지. 야, 마담아."

"예, 말씀하세요."

"괜찮은 애들 있지?"

"당연하죠. 준비시킬게요."

그러자 김인석은 칼을 휘두르듯 잘라 말했다.

"그만둬. 술 마시는데 무슨 여자야."

"야, 인석아. 그래도 그게 아니지. 여기까지 왔는데."

"선배, 나 지금 그럴 기분 아니에요."

"그래? 그럼 할 수 없지."

여자가 나간 뒤 김인석은 테이블 위에 놓인 양주를 집어들고는 스트레이트 잔으로 석 잔을 연속해 들이부었다. 맹호성은 그런 김인석을 바라보다 조심스럽게 입을 열었다.

"별일이 있어서 보자고 한 건 아니고. 그냥 이런 자리 한 번 마련하고 싶었다."

"그런데 왜 나는 느낌이 안 좋은 거죠?"

"뭐가 말이냐?"

"굳이 술 한잔하려고 선배가 이런 곳에 나를 부른 저의가 궁금해서 견딜 수가 있어야죠."

"자식, 저의라니? 선배가 이런 술 한잔 살 수도 있는 거지."

"그런 거라면 다행이구요."

"어떠냐?"

"뭐가 말이요?"

"이번 한국시리즈 말이야."

"한국시리즈가 어때서요?"

"이길 것 같으냐?"

"선배가 보기엔 어떨 것 같은데요?"

"글쎄……. 전문가들 전망도 그렇고, 무엇보다 우리 맥시멈즈가 창단 이후로 처음 포스트시즌에 진출한 걸 두고 경험 부족을 지적하는 사람들도 많고……."

"경험이야 만들면 되는 거지. 처음부터 경험 타고난 새끼들도 있나."

"상대 팀의 돌풍이 워낙 매서워서 말이지."

"그래봐야 스틸러스는 준플레이오프감이요. 그 이상 올라온 게 기적이지."

"그런가."

"선배."

"응?"

"도대체 하고 싶은 말이 뭐요?"

"하고 싶은 말이 아니라 전문가적 입장에서 한 가지 물어보고 싶어서 그래."

"전문가적 입장?"

"그래. 네가 이끄는 팀이라고 생각하지 말고 솔직히 객관적인 입장에서."

"……?"

"객관적으로 볼 때, 맥시멈즈가 이번 한국시리즈에서 우승할 확률을 얼마 정도로 보고 있냐?"

"객관적으로 대답해줘요?"

"그래."

맹호성이 워낙 진지하게 묻는 통에 김인석은 넉 잔째 마시기 위해 담아둔 스트레이트 잔을 비우지 않고 그대로 테이블 위에 올려놓았다. 그리곤 담배를 입에 문 다음 길게 내뱉고선 말을 이었다.

"야구는 데이터 싸움이요. 데이터가 거의 절대적 요소로 작용하거든. 그건 선배도 모르지 않겠죠?"

"그렇지만 포스트시즌은 단기전 아니냐?"

"말 자르지 말고 끝까지 들어봐요."

"알았다. 계속해봐."

"우선 페넌트레이스 때 우리 팀과 스틸러스의 상대전적이 얼마인지는 알고 있소?"

"15승 4패였나?"

"이런, 단장이 돼가지고 우리 팀 전적도 제대로 모르고. 17승 2패요, 17승 2패! 17승 2패가 뭘 의미하는지 알잖소. 이것만 봐도 스틸러스는 맥시멈즈의 상대가 안 돼."

"……."

"스틸러스는 전통적으로 장타에 의존하는 공격야구를 하는 팀이요. 그런 만큼 투수층은 취약해. 통상 한 게임에 5점 이상을 뽑아낼 장타력이 있다고는 하지만 기복이 심한 것도 사실이요. 이번 포스트시즌에서는 그 장타력이 어느 정도 주효하긴 했지만, 사실 야구는 타격만으로 되는 게 아니잖소. 우리처럼 변칙적으로 대응하는 팀한테 전혀 맥을 못 춘다는 사실이 이미 페넌트레이스 전적으로 입증되었고. 더 무슨 말이 필요해?"

"……."

"사실 나 놀랐어요."

"뭐가 말이야?"

"스틸러스가 포스트시즌에 진출한 것도 놀라웠는데, 준플레이오프, 플레이오프 다 통과하고 한국시리즈까지 올라온 건 더 놀라웠소. 하지만 단언컨대 스틸러스는 여기까지야. 이미 쓸 만한 투수는 다 썼고, 4번 고영주, 5번 존슨 같은 애들도 거의 타격 밸런스가 무너져버린 상태요. 더 이상은 안 돼."

"그렇지만 언론에선 연일 스틸러스의 무서운 상승세를 써대고 있어. 스틸러스 팬들도 열광하고 있고."

"그거야 언론플레이지. 한번 예언해볼까?"

"뭘?"

"승률 말이요. 아주 객관적인 분석하에 전망해봐도 두말할 것도 없어. 4전 전승이야."

“스틸러스가 4전 전패 당한단 말이야?”

“한 경기라도 내주면 그게 이상한 거지. 그렇게만 아쇼.”

말을 끝낸 김인석은 더 이상 말하는 것도 피곤하다는 듯, 스트레이트 잔을 단숨에 들이켰다. 그리고는 의기양양하게 맹호성의 표정을 살폈다. 그런데 이상했다. 맹호성의 표정이 전혀 밝지가 않았다. 오히려 그의 얼굴에선 어딘가 모르게 찜찜하고 석연치 않은 숙제를 끌어안은 수험생의 초조함마저 느껴졌다. 김인석은 예상하지 못한 그의 표정에 당황스러웠다. 맹호성이 자신에게 승부에 대해 물어본 건 맥시멈즈 우승에 대한 확신을 갖기 위해서가 아니었던가? 그래서 아주 객관적으로 맥시멈즈가 왜 우승할 수밖에 없는가에 대해 브리핑을 해주었는데 오히려 표정이 더 침울해지다니……. 김인석은 그때부터 맹호성이 뭔가 다른 속내를 갖고 있다는 사실을 눈치 챌 수 있었다.

더러운 제안

말없이 두 잔을 스트레이트로 비운 맹호성이 빈 잔을 만지작거리며 말을 이었다.

"너도 알고 있겠지만 지금 삼호그룹 사정이 매우 좋지 않다."

"그게 어디 어제오늘 일인가? 숙소라고 서울 변두리 호텔 잡아줄 때부터 짐작하고 있었어요."

"그룹 전체가 뒤숭숭하니 사실 한국시리즈 우승이 그다지 반가운 소식만은 아닌 것 같더라고."

"……?"

"그리고 너 혹시 신문 볼 때 주식이나 경제란도 보냐?"

"그딴 걸 왜 봐요? 스포츠면도 잘 못 보는데."

"그럼 너 삼호의 주력인 삼호철강이 지금 M&A 시장에 대형 매물로 나온 것도 모르고 있겠구나."

"삼호철강이? 삼호는 삼호철강만 있는 거 아니었소?"

"그렇지는 않지. 삼호식품도 있고, 삼호건설도 있어."

"삼호식품이 있다고? 금시초문이군. 아이스크림이라도 만들어요?"

"여하튼 네 말대로 삼호그룹은 철강 빼면 사실 앙꼬 없는 찐빵이야. 그래서 철강이 제대로 살아주기만 하면 삼호그룹은 회생할 수 있어. 그런데 이 M&A 시장이란 게 국내에만 국한된 게 아니라 외국 자본도 함께 엮어 들어오는 시스템이라서 자칫 잘못해서 외국계 회사가 삼호철강을 인수하게 되면 말이야."

"그러면?"

"삼호 맥시멈즈 따위는 매각 대상 1순위가 되는 거지."

"……."

"만약 인수하겠다는 데가 없으면 그냥 공중분해되는 거고."

그제야 김인석은 맹호성이 왜 심각한 표정을 짓고 있는지 대충 알 것 같았다. 하지만 그뿐이다. 맹호성은 단장으로서 지금 구단의 존폐 여부를 걱정하고 있는 것이다. 그런데, 그것과 한국시리즈의 우승 확률과 무슨 관계가 있는지 김인석은 여전히 감을 잡지 못했다. 그런 그를 보며 맹호성은 거듭 말을 이었다.

"우리가 스포테이먼트에 좀 더 충실해서 저변도 확대하고 제법 될 만한 수익구조를 만들어놓았으면 모르지만 사실 맥시멈즈는 지금 적자투성이야. 내년이면 우리 팀 몇 명 팔아먹어야 간신히 스태프들 월급이라도 줄 수 있는 형편이라고."

"도대체 그런 우울한 이야기를 한국시리즈 사흘 앞둔 감독에게 상기시키는 이유가 뭐요?"

"그래, 그게 제일 중요한 거지. 아무튼 끝까지 들어봐. 처음부터 차근차근 들어놔야 내 제안에 대해 너도 납득할 수 있을 테니까."

제안? '제안'이라고……? 그 두 글자를 듣고 나자 김인석의 뇌리에 뭔가 불길한 예감이 스치고 지나갔다.

"그렇지만 말이야. 삼호철강이 국내 컨소시엄이나 국내 굴지의 그룹에 의해 M&A 되거나 흡수된다면 삼호 맥시멈즈는 오히려 더욱 강해질 수 있는 기회가 될 수도 있을 거야."

"국내 굴지의 그룹?"

"대현이나 미성 같은 곳에서 인수하려 한다는 설이 있는데, 만약 그런 시나리오가 이루어진다면 삼호는 정부로부터도 회생자금 지원을 받는 데 무리가 없을 거라는 게 경영진들의 생각인가 봐."

"지금은 어떤 상태인데요?"

"미성 쪽에서 낚시질 중인가 봐. 인수할 능력은 충분하지만 불황 때 자칫 잘못 뛰어들었다가 낭패나 보지 않을까 심사숙고하는 입장이라더군. 하지만 외국계 자본이나 기업들은 그 반대야."

"그 반대라면?"

"그놈들은 어떻게 해서든 삼호철강을 물려고 혈안이 되어 있어. 문제는 워낙 턱없는 가격으로 달려들고 있다는 거지. 이런 와중에 미성이 공식적으로 인수 포기를 선언한다면 삼호철강은 어쩔 수 없이 외국계 회사로 헐값에 넘어갈 수밖에 없는 형편이야. 결론적으로 말해 칼자루를 미성이 쥐고 있다는 얘기야."

"알아먹겠어. 무슨 말인지 알아듣겠는데."

"……."

"그래서, 본론을 말해봐요. 정말 나한테 하고 싶은 얘기가 뭐요? 슬슬 지겨워지려고 하네."

그렇지만 맹호성은 이번에도 즉답을 피했다. 대신 대단히 난처한 표정을 지으며 다음과 같이 말했다.

"너 옆방에 지금 누가 와 있는 줄 알아?"

"누가 와 있는데?"

잠시 망설이던 맹호성이 조심스럽게 말문을 열었다. 언제라도 하긴 해야 할 말이었으므로 빨리 터뜨리는 게 나을지 모르겠다는 나름의 판단이었는데, 결과적으로 그게 그리 현명한 처신은 아니었던 모양이다. 맹호성의 그 '제안'을 전해들은 김인석은 예상했던 것보다 훨씬 격노하고 말았기 때문이다.

라이벌

“야, 인석아. 진정하고 내 말 좀 들어봐.”

“진정하라고? 어떻게 선배가 나한테 그따위 말을 할 수 있어?”

김인석은 좀처럼 분노를 가라앉히지 못했다. 맹호성은 이미 자리를 박차고 일어선 그를 보며 오히려 억울하다는 듯 말을 이었다.

“이것 봐, 인석아. 내가 그래서 지금 우리 그룹의 경영 사정에 대해서 장황하게 설명해준 거 아니냐? 상황이 이렇게 긴박하다고 말이야.”

“선배는 삼호그룹 시다바리 이전에 야구인이야. 최소한의 스포츠맨십이란 게 있다면 어떻게 이딴 식의 제안을 할 수 있어? 그것도 나한테. 지금 제정신이야?”

“그럼 다 죽자는 거야? 그럴 순 없잖아.”

맹호성 역시 절박했다. 그의 눈빛에서 어느 정도 절박한 진심이 묻어 있다는 사실을 김인석도 모르지 않았다. 그렇지만 방금 전 단장이라는 사람의 입에서 뱉어진 말은 그야말로 내내 억제해오고 있던 김인석의 분노를 일거에 폭파시키기에 충분했다. 더불어 자신을 분노케 한 주범이 바로 옆방에 있다는 사실이 그를 주체할 수 없게 만들었다.

"옆방에 누가 있다고?"

그러자 맹호성이 사정하듯 말했다.

"인석아."

"오늘 이야기는 못 들은 걸로 하겠어. 하지만 한 번만 더 그 따위 소릴 지껄이면 선배도 뭐도 없어. 씨팔!"

자리에서 일어서 있던 김인석은 그대로 술병을 쥐고는 병째 들이켰고, 맹호성은 씁쓸한 표정으로 담배를 꺼내 물었다. 김인석에게 더 이상의 회유나 설득이 통하지 않으리라는 걸 깨달은 것이다.

병째로 양주를 들이켠 김인석은 그대로 방을 빠져나왔다. 그리곤 방금 전 맹호성이 말한 바로 옆방의 문을 거침없이 열어젖혔다.

볼레로의 VIP룸. 그 거대한 룸 안에 앉아 있는 건 남자와 여자, 단 둘뿐이었다. 여자는 남자의 접대를 위해 고용된 호스티스로 보였다. 김인석은 그 문제의 남자를 금방이라도 물어뜯을 듯한 기세로 노려봤다.

남자의 이름은 김동건. 그는 미성 스틸러스 구단의 단장이다. 하지만 김인석은 그를 이제 막 사흘 뒤면 벌어지는 한국시리즈에서 맞붙게 될 상대 팀 단장의 신분으로만 기억하고 있지 않다. 그 정도만이라면 그를 이처럼 잡아먹을 듯 노려보지는 않았을 거란 말이다.

김동건. 그는 김인석의 오랜 라이벌이다. 김동건은 타자, 김인석은 투수로 80년대 후반과 90년대 초를 풍미했던 최고의 스타플레이어였던 것이다.

하지만 스타플레이어였다는 공통분모 외에 둘 사이의 공통점은 없었다. 김동건이 대학과 국가대표를 거쳐 아마야구에서부터 두각을 나타내 최고 연봉과 계약금을 받으며 화려하게 프로야구계에 입문한, 소위 엘리트 코스를 밟은 존재라면 김인석은 그야말로 철저한 야인野人이었다. 고교 졸업 후, 대학 진학 대신 프로팀 2군을 전전하다 군대마저 현역으로 입영하게 되어 자칫하면 야구 인생이 쫑칠지도 모르는 상황에서 오직 뚝심과 패기 하나로 다시금 프로야구계에 뛰어들어 천신만고 끝에 주전 엔트리에 발탁되었고, 그해 20승이란 대기록을 세우는 기염을 토했었다.

언론의 주목 역시 확연하게 달랐다. 김동건이 깔끔하고 샤

프한 플레이로 엘리트 이미지를 심어주었다면 김인석은 터프한 스타일, 과격한 언동, 끊임없이 마찰을 일으키는 야구계의 트러블메이커가 되어버렸다.

그렇게 세월이 흘러 김동건은 40대 중반에 이미 국내 굴지 그룹의 프로야구팀 미성 스틸러스의 감독을 지내다가 급기야 단장의 자리에까지 올랐음에 반해 김인석은 40대 후반에 들어서야 겨우 감독에 부임해 있었던 것이다. 모든 면에서 자신과는 다른 대접을 받고 있는 김동건에게 김인석은 어쩌면 콤플렉스를 갖고 있는 것인지도 몰랐다.

그러나 김인석이 김동건에 대해 느끼는 가장 큰 열등감은 정작 다른 곳에 있었다. 김인석이 아내 양금주와의 불화가 깊어가던 그 시점에 들려온 김동건과 아내의 스캔들 소식은, 김인석으로 하여금 그야말로 두 연놈을 죽여버리고 싶다는 극한의 분노를 품게 만들었다. 당시 김동건은 그를 찾아간 김인석에게 양금주와의 스캔들을 애써 부정하지 않았다. 부정은커녕 오히려 그녀의 선택을 존중해야 하는 거 아니냐며 훈계와 질책마저 서슴지 않았다.

그때의 기억은 여전한 응어리가 되어 김인석의 가슴 한구석에 똬리를 틀고 있던 터였다. 김인석에게는 오늘 하루가 그야말로 악몽일 수밖에 없었다. 하필이면 아내와 정식으로 이

혼한 오늘, 한때 아내와 스캔들을 일으켰던 남자와 마주하다니. 김인석은 애써 침착하려 했지만, 이미 분노는 임계점을 지나 있었다.

김동건은 김인석을 보며, 옆방에서 벌어진 맹호성과의 협상이 결렬되었음을 짐작한 것인지 쓴웃음을 지은 채 말문을 열었다.

“이리 와라. 오랜만에 술이나 한잔하자.”

“이런 더러운 새끼!”

접대 여성이 자신도 모르게 비명을 지르며 김동건의 품에서 벗어났다. 김인석이 단숨에 김동건이 있는 자리로 달려와 그의 멱살을 틀어잡았기 때문이다. 그 상황에서도 김동건은 태연함과 평상심을 잃지 않았다. 그는 김인석을 살피며, 입가에 은은한 미소마저 머금고서 말을 이었다.

“왜 이렇게 흥분해. 아마추어같이.”

“그래. 잘 지껄였다. 진짜 생아마추어한테 오늘 한번 죽어볼래!”

“냉정하게 생각해.”

“뭐야?”

“차분히 생각하라고. 그리고 옆방 가서 호성 선배 데리고 와. 야구 인생 여기서 완전히 쫑치고 싶지 않으면 말이야.”

김동건의 말은 명백한 협박이었다. 김인석은 알고 있었다. 지금 그의 말이 단지 맹물 같은 허풍이 아니란 사실을 말이다.

"넌 항상 잘나가다가 가장 중요한 순간에 악수를 두는 경향이 있어. 안 그래?"

천천히 멱살을 푸는 김인석. 풀려나온 김동건이 비뚤어진 타이를 다시금 단정하게 조여 매며 자리에 앉으려 했다. 하지만 안심하던 찰나 김동건의 턱을 향해 김인석의 주먹이 날아들었다.

"억!"

턱을 정통으로 얻어맞은 김동건은 그대로 자리에 주저앉았다. 그리고는 어이없다는 표정으로 김인석을 올려다봤다. 김인석은 김동건을 바라보며 침을 뱉듯 한마디 내뱉었다.

"인생 그따위로 살지 마라. 이 개자식아. 내가 해줄 말은 그것뿐이다."

트러블메이커

스카치블루 한 병을 다 비우고 잔 탓에 도무지 정신을 차릴 수 없던 김인석. 호텔방 침대에 머리를 파묻던 김인석은 한순간 인상을 일그러뜨렸다. 이유인즉 계속해서 휴대폰 벨이 울렸기 때문이다.

김인석의 신경을 건드린 것은 전화벨 소리만이 아니었다. 곧이어 현관문 두드리는 소리가 거칠게 이어졌다. '쿵, 쿵, 쿵' 소리와 함께 들려오는 익숙한 남자의 목소리. '감독님. 일어나셨어요? 일어나보세요. 큰일 났어요.' 호들갑스럽게 흥분된 어조를 천성처럼 보유하고 있는 남자의 목소리를 김인석은 너무나 잘 알고 있었다. 목소리의 주인공은 바로 맥시멈즈의 수석 투수코치 안차현이다.

한껏 짜증스런 얼굴로 자리에서 일어난 김인석은 어제 입은 옷 그대로 머리를 파묻고 잠든 상태였다. 그는 본능적으로 시계를 보았다. 오후 1시. 시각을 확인한 그는 거칠게 자리를 박차고 일어났다. 그리고는 문을 열자마자 호통을 쳤다.

"이 시간에 무슨 일이야. 도대체 안 코치는 예의도 없어?"

김인석의 일갈에 안차현은 어디서부터 달려온 것인지 거친 호흡을 토해내며 말했다.

"아, 죄송합니다. 그런데 워낙 급한 일이라."

"무슨 일인데? 누가 사고라도 쳤어?"

"그렇습니다."

"뭐?"

"그것도 대형사고요."

"누군데?"

"강태환이요."

"이런……."

강태환. 시즌 내내 크고 작은 잡음을 일으키던 21살의 어린 투수 강태환. 김인석의 불안은 더 한층 증폭되었다. 한국시리즈를 코앞에 둔 이 시점에 대형사고? 김인석은 마구 헝클어진 머리를 가다듬으며 물었다.

"그래, 이번엔 뭔데?"

"우선 같이 가주셔야겠습니다."

"어디로?"

"1층으로 내려오세요. 로비에 차 대기시켜놓을게요."

안차현은 서둘러 엘리베이터 쪽으로 빠른 걸음을 옮겼다. 김인석은 그래도 설마 하는 생각을 완전히 지우지 않았다. 투수코치 안차현은 워낙 작은 일에도 자주 흥분하는 스타일이다. 그래서 이번에도 별일 아닌 일로 저렇게 오버하는 건지도 모르는 일이다. 하지만 김인석의 그러한 기대는 그야말로 그 자신의 바람에 불과했다는 사실이 곧이어 드러났다.

안차현이 폭주족처럼 차를 몰며 백주대낮에 여전히 잠에 취해 있던 김인석을 데리고 간 곳은 강남역 근처 경찰지구대였다.

설마 하는 생각이 현실로 김인석의 눈앞에 펼쳐졌다. 지구대 문을 열고 들어서는 순간, 어떻게 알고 왔는지 제일 먼저 눈에 들어온 건 스포츠신문 기자 한 명이 터뜨리는 카메라 플래시였다. 그와 함께 김인석의 눈을 사로잡는 강태환. 녀석은 지구대 의자에 드러눕듯 앉은 채 행패를 부리고 있었는데, 한눈에 보아도 만취상태였다.

그런 강태환을 망연자실 바라보고 있는 김인석의 귀에다 대고 안차현이 속삭였다.

"어제부터 룸에서 술을 들이붓고는 아침까지 종업원들과 마담을 상대로 행패를 부렸다는군요."

"야, 어떻게…… 저 카메라부터 치워라."

"기자 입은 대충 막을 수 있겠는데 워낙 이 자식이 인사불성이라……."

그렇게 말한 안차현이 서둘러 카메라를 손으로 가로막으며 기자와 실랑이를 벌였다. 그 사이 김인석은 강태환이 앉은 곳으로 다가갔다.

하지만 김인석을 본 강태환은 태연했다. 대단한 반성을 기대한 것은 아니지만 그래도 이건 아니라는 생각이 김인석의 마음을 압도했다. 그리고 그 생각은 즉시 분노로 이어졌다. 술에 찌든 녀석을 보며 느꼈던 실망감은 김인석의 입을 통해 여과 없이 드러났다.

"일어나."

"뭐라구요?"

"일어나라고! 이 개새끼야!"

김인석의 일갈이 워낙 우렁차서일까. 순식간에 지구대 안은 찬물을 끼얹은 듯 조용해졌다. 기자는 그럴수록 더욱 직업정신을 발휘해 대로한 김인석의 얼굴과 이를 안하무인격으로 올려다보는 강태환의 얼굴을 번갈아 카메라에 담기 시작했다. 김인석은 할 수만 있다면 기자 녀석의 얼굴부터 후려갈기고 싶었지만 과거를 생각하며 인내해야 했다. 지난날 자신을 향해 집요하고 악의적인 질문을 던지며 카메라 플래시를 터뜨려대던 기자 한 명의 머리통을 내리쳤다가 대국민 사과를 방불케 하는 기자회견까지 해야 했던 굴욕을 잊지 않고 있었기 때문이다.

하지만 강태환도 여간내기는 아니었다. 김인석의 일갈에도 그는 일어나지 않았다. 다만 벤치에 엎어져 있다가 일어나 앉는 것으로 김인석의 호통에 반응했을 뿐이었다. 고개를 반쯤 숙인 채 앉아 있는 강태환을 내려다보며 김인석이 말했다.

"이제 완전히 자폭하고 싶은 거냐?"

"술 좀 마신 게 잘못된 건가요?"

"뭐야?"

강태환은 고개를 들어 기자들과 형사들을 둘러보며 지껄였다.

"이 새끼들이 이렇게 설레발칠 줄은 몰랐다고요. 그냥 술 좀 마시고 옆에 앉은 양아치 새끼들이 깝죽대기에 몇 대 올려붙인 게 전부예요. 그게 그렇게 잘못된 거냐고요?"

그 순간 김인석은 결국 끓어오르는 화를 더 이상 억제하지 못하고 강태환의 뺨을 후려갈기고 말았다. 선수들을 훈육할 때, 심지어 프로 선수들에게 매질을 가한다는 의혹을 언제나 꼬리표처럼 달고 있던 김인석의 난폭함이 유감없이 발휘되는 순간이었다. 그렇지만 김인석은 후회하지 않았다. 그와 함께 더 이상 강태환에게 자비를 베풀지 않겠다는 마음속 다짐을 분명히 했다.

빰을 얻어맞고 황당하다는 표정을 짓고 있는 강태환을 향해 흥분을 가라앉힌 김인석은 짤막한 말을 남기고는 서둘러 퇴장했다.

"더 이상 너에게 기회를 주는 일은 없을 거다. 한국시리즈에서 공 잡을 생각 말아. 넌 아웃이야."

한국시리즈 개막

한국시리즈 1차전. 김인석은 자신의 발언을 그대로 실행했다. 전문가들은 입을 모아 삼호 맥시멈즈의 한국시리즈 1차전 선발투수로 강태환을 지목했다. 그건 김인석 감독 역시 공공연히 밝힌 바였다, 사건이 벌어지기 전까지는.

강태환은 맥시멈즈의 거물이며, 동시에 괴물이었다. 녀석은 야구 명문 광주고 시절부터 초특급 광속구 투수로 이름을 떨쳤었다. 고교야구 결승전에서 비공식 기록으로 163km의 직구를 던진 그의 구속에 국내 스카우터들은 물론이고 메이저리그 스카우터들 역시 경악했던 일은 지금도 한국 야구사에 종종 회자되고 있다.

하지만 고교 졸업 후 대학 진학을 포기한 강태환이 입단을 희망한 팀은 맥시멈즈였다. 괴물 투수 강태환이 창단 이후 플레이오프전에 명함조차 내밀지 못했던 약팀 맥시멈즈를 선택한 이유는 너무나 단순했다. 당시 사귀고 있던 그의 여자친구가 모델 학원을 다니기 위해 고향인 광주를 떠나 서울 목동에서 자취를 시작했기 때문이다. 참고로 밝혀두면 맥시멈즈는 매우 운이 좋은 케이스로, 프로야구의 재정형편이 가장 어려울 때 미성 스틸러스와 함께 서울 연고지 입성에 성공하여 목동구장을 홈구장으로 사용하고 있었다. 강태환의 맥시멈즈 입단 희망은 자신의 여자친구와 조금이라도 가까이 있겠다는 심사에서 비롯되었던 것이다. 물론 이 사실은 본인인 강태환을 제외하면 감독인 김인석만이 알고 있는 비화였다. 이러한 사정을 전혀 모르는 언론들은 모두들 맥시멈즈가 전면드래프트제의 통상적인 룰을 어기고 강태환과 이면계약을 했을 거라고 믿고 있었다. 그도 그럴 것이 맥시멈즈는 8개 구단 중에서 현금동원력이 가장 취약한 구단 중의 하나였다. 구단에 남아 있던 쓸 만한 선수들도 트레이드 명목으로 팔아넘기는 일이 일상이다시피 했던 맥시멈즈가 고졸 괴물 투수 강태환에게 준 계약금과 연봉이 고작 1억 수준에 불과하다고 발표했다. 동갑내기로 타 구단에 입단하게 된 스위치히터[1] 윤태호가 그해 계약금만 3억 넘게 받았던 것으로 미루어볼 때, 그물망같이 복잡하고 수많은 경우의 수를 생각해야 하는 신인 투수 드래프트를 우여곡절 끝에 통과하고 일궈낸 강태환의 맥

1 좌우 어느 편에서나 잘 치는 타자.

시멈즈 입단은 그야말로 완벽한 미스터리였던 것이다.

강태환은 스틸러스에 유독 강한 모습을 보였다. 철저한 데이터와 분석야구를 추구하는 스틸러스의 정교한 타법에 힘을 앞세운 강태환의 투구는 다른 어느 팀보다 잘 먹혔던 것이다. 스틸러스와의 경기에서 강태환이 선발로 등판한 경우 맥시멈즈가 패배를 기록한 적이 없다는 것이 이를 증명한다.

한편 김인석이 제아무리 여론의 뭇매를 맞는다 해도 그를 우습게 보지 못하는 결정적 이유는, 누가 봐도 혀를 내두를 수밖에 없는 용병술과 선수 육성 방식에 있었다. 창단 초기부터 무명에 가깝거나 퇴물 취급 받는 프로 선수들을 주워 모아 시작한 맥시멈즈 선수층의 취약함을 김인석은 부임 첫해부터 완벽히 뜯어고치는 데 성공했다. 일단 그는 보유하고 있던 그저 그런 선수들을 끔찍할 정도로 고된 지옥훈련으로 조련시켜, 무명에 가까운 타자들의 타율을 3할대나 2할 후반대로 끌어올렸다. 스피드가 제대로 나지 않는 그저 그런 평범한 투수들에게는 다양한 구질과 제구력이란 날개를 달아주어 상대 팀 타자를 맞춰 잡는 식으로 경기를 풀어나갔다. 그런 김인석이었기에 감독이면서도 자신의 팀 선수들을 전혀 믿지 않는 것처럼 보였다. 도저히 이해할 수 없는 예측불허의 엔트리 구성, 변칙으로 점철된 투수 기용 방식과 타자 성향에 따라 달라지는 수비 패턴의 변화까지. 일단 시합이 시작되면 김인석에게 선수들은 바둑판 위에 올려놓은 바둑알 그 이상도 이하도 아니었다. 그래서일까. 어쩌다 자신의 뜻과 계획대로 선수들이 움직여주지 못하면 그야말로 공중파 방송에 잡힐 정도의 벼락 같은 괴성으로 선수들을 꾸짖고 윽박지르기 일쑤였고, 심지어 완전히 죽을 쑨 투수가 이닝을 마치고 덕아웃에 들어올라치면 뒤통수를 후려치는 만행도 서슴지 않았다. 그런 사건들로 인해 시즌 도중 10경기 출장정지란 중징계까지 받은 적도 있었지만, 김인석은 고집스럽게 자신만의 스타일을 고집했고 그 결과 5년 연속 최하위에 머물던 맥시멈즈를 기어이 페넌트레이스 1위로 끌어올리는 기적을 일궈내면서 한국시리즈에 직행했던 것이다.

그런 김인석이 1차전 선발로 내세운 선수는 유현종이다.

유현종 역시 김인석에 의해 조련되어 일약 10승 투수의 반열에 올라 스타급 플레이어가 된 케이스다.

유현종은 강태환과는 정반대의 스타일을 가진 투수다. 상대 팀 타자를 치밀하게 분석하고 그 분석 자료를 포수와 의논하여 최대한 장타를 허용하지 않는 제구력을 발휘하는 투수

중 하나였다. 그래서 유현종이 선발로 등판하는 경기에선 승패를 떠나 그다지 많은 실점을 하지 않았으며, 적어도 방어율 면에서는 기복이 심한 강태환보다도 나은 편이었다.

전날 강태환이 보여준 형편없는 추태를 목격한 그 즉시 강태환의 한국시리즈 등판을 박탈시킨 김인석의 계산 속엔 유현종이란 투수가 있었던 것이다. 유현종 역시 스틸러스와의 등판에서는 거의 패하지 않는 완벽 승률을 자랑하고 있었고, 무엇보다 그는 언제나 김인석에게 고분고분했다. 그런 면에서 유현종은 김인석의 성격에 가장 잘 맞는 선수 중 하나였다.

1차전을 시작하기 2시간 전, 구장 라커룸에서 김인석은 투수코치 안차현을 대동한 채 유현종과의 작전회의를 1시간 가량 진행했다. 원래 강태환을 1차전 선발로 내세우려던 계획이 급변경되었기에 회의는 자연히 길어질 수밖에 없었다. 김인석은 팔짱을 낀 채로 안차현이 스틸러스 타자들의 공략법을 유현종에게 들려주는 것을 잠자코 지켜보았다. 그런데, 왠지 느낌이 좋지 않았다. 김인석은 어딘지 모르게 자신 없어 보이는 유현종의 눈빛이 마음에 걸렸다.

"왜 그래? 자신이 없는 거야?"

"아닙니다."

대수롭지 않게 대답했지만 김인석의 눈은 피할 수 없었다.

안차현이 둘의 대화에 끼어들어 한마디 보탰다.

"현종이가 컨디션이 썩 좋아 보이진 않습니다."

"연습투구 때는 좀 어땠어? 사흘 전에 봤을 땐 괜찮은 것 같던데."

"글쎄요. 그것도 좀."

"현종이 네가 직접 말해봐. 어떤 것 같아?"

"어깨가 좀 뻑뻑한 것 같아요."

"왜 그러는데?"

"훈련량이 너무 많았던 건 아닐까요?"

안차현이 거들었다. 그러자 김인석이 짜증스럽게 말했다.

"훈련량이 많기는. 언제는 그 정도 연습 안 했어? 왜 새삼스럽게 지금 와서 훈련시간 운운하는 거야?"

그러자 풀이 죽은 안차현은 더 이상 말을 잇지 못했다. 성질이 급한 김인석은 테이블 위에 펼쳐놓았던 스탈러스 타자 분석 데이터를 치워버리고 노트북을 닫은 다음 유현종에게 명령하듯 말했다.

"무조건 5회까지만 틀어막아. 그 다음엔 중간계투로 모중석이나 한정우 집어넣고 마무리는 데니스로 밀어붙이자."

"감독님."

"왜?"

"솔직히 1차전 선발은 좀 부담스럽습니다."

"야, 이 자식아. 여기 선수들 중에 한국시리즈 부담스럽지 않은 새끼가 한 명이라도 있는 줄 알아? 한국시리즈 맛본 애들이 딱 세 명이야. 그 녀석들도 그때 딴 팀에서 2군이나 땜빵 대타로 뛴 게 고작이고."

"저는 태환이가 1차전 선발인 줄 알았어요."

"이 자식이 오늘 왜 이렇게 말이 많아. 네가 감독이냐? 앙!"

김인석의 다혈질 기질은 여지없이 폭발하고 말았다. 그런 김인석의 스타일을 너무나 뼈저리게 겪어온 유현종은 더 이상 다른 말을 하지 않았다.

김인석은 항상 이런 식이었다. 자신이 맥시멈즈의 감독으로 버티고 있는 한 자신은 맥시멈즈의 신이며 왕이었다. 신에게 대항하는 존재들은 모두 타락한 천사일 뿐이다. 반항이란 있을 수 없으며, 대신 그에 대한 무한책임도 모두 감독인 자신의 몫이란 신념이 바로 김인석의 야구감독으로서의 좌우명인 것이다.

김인석은 자신의 직감이 틀리지 않다고 믿었다. 유현종의 컨디션은 결코 나쁘지 않다는 사실 말이다. 연습투구 할 때의 투구 폼도 그랬고, 구질도 그랬다. 팀 닥터에게 받은 간단한 메디컬 테스트를 통해서도 별다른 이상징후는 발견되지 않았고, 단지 심리적 부담감이 변수로 작용할 것이라 짐작했을 뿐이다. 그래서 5회까지를 예상했다. 유현종으로 가서 5회까지 스틸러스의 3번 이대철, 4번 고영주, 5번 존슨으로 이어지는 클린업트리오[2]에게 2점 정도의 손실을 염두에 두었던 것이다.

그렇지만 막상 경기가 시작되고 뚜껑을 열어보니 그게 아니었다. 그의 예상과는 터무니없이 다른 방향으로 전개되는 게 아닌가. 그것도 너무 우습게 말이다.

1회 초. 선발등판한 유현종의 투구는 그야말로 가관이었다. 스틸러스 1번 타자 진재형을 2구째 무릎을 맞히는 데드볼로 내보내더니, 2번 김만수가 타석에 들어섰을 때는 평소에 잘 던지지도 않던 견제구를 두어 번 던지다가 그대로 보크[3]를 범해 진재형을 무사에 2루로 보내고 만다.

그나마 2번 김만수를 삼진아웃시키기에 그러면 그렇지 하는데, 3번 이대철을 맞이해 초구로 던진 공이 어이없게도 몸쪽 슬라이더[4]였다. 김인석은 순간 경악에 가까운 신음을 토해냈다. 120km가 채 되지 않는 완만한 구속의 슬라이더가, 그

2 3번, 4번, 5번 타자를 클린업트리오라고 하며, 득점 확률이 가장 높은 선수들로 구성된다.

3 누상의 주자를 속이기 위한 투수의 행위를 보크라고 하며, 페널티는 볼 데드가 되고 각 주자는 1루씩 진루할 수 있다.

4 투수가 공을 타자 가까이에서 미끄러지듯 바깥쪽으로 빠지게 던지는 일, 또는 그렇게 던진 공.

것도 높게 몸쪽으로 파고들 때 스틸러스의 3할 타자 이대철이 그런 공을 놓칠 리가 없다는 건 삼척동자도 아는 일이었다. 이대철은 마치 기다렸다는 듯 몸쪽 높은 공을 당겨 쳤고 공은 그대로 허공으로 치솟더니 장외로 넘어가버렸다. 치욕스런 장외홈런이 1회 초부터 터져나온 것이다.

예상했던 2실점을 1회 초 1사 만에 내주다니. 김인석은 이맛살을 찌푸렸다.

"현종이가 몸이 좀 덜 풀린 것 같습니다."

투수코치 안차현은 어설픈 말로 김인석의 분노를 가라앉히려 애썼다. 그와 함께 1차전을 중계하는 NBC 캐스터 윤형주와 해설위원 김봉균은 이렇게 말했다.

"이럴 수가 있나요. 웬만해선 홈런을 잘 맞지 않는 유현종 투수가 이대철에게 2점 홈런을 허용하는군요. 그것도 1회에 말이죠."

"아마도 한국시리즈 1차전 선발이란 중압감이 작용한 것 같습니다. 유현종 투수가 좀처럼 실투를 안 하는 편인데, 저런 몸쪽 높은 공이라뇨. 이건 완전히 실투예요. 그렇게밖에 보기 어렵지 않을까 싶네요. 하지만 오히려 잘된 일인지도 모릅니다."

"그게 무슨 말씀입니까?"

"아마 김인석 감독도 선발 유현종에게 4회나 5회까지 2실점 정도는 예상했을 겁니다. 그 시나리오가 조금 일찍 터져나온 게 문제지만 유현종 투수 입장에서는 이제 털 건 털어버리고 부담 없이 던질 수 있는 상태로 돌아왔으니 긍정적으로 볼 수 있는 거죠."

"그럼 저런 식의 실투도 던지지 않을 수 있겠군요."

"부담감만 떨치면 충분히 가능하죠. 평소 모습만 보인다면 말이에요."

그러나 해설위원 김봉균의 예상과는 다르게 유현종은 그 후로도 평소 모습을 전혀 보여주지 못했다. 거포로 명성을 날리는 스틸러스 4번 고영주를 맞이한 유현종은 포수 정진수의 사인을 제대로 이해를 못한 건지 김인석이 생각하던 코스와는 전혀 다른 볼 배합을 3구까지 보여줬고 그 결과는 쓰리 볼, 그것도 모두 높은 공 위주였다.

김인석은 유현종이 고영주가 부담스러워 까다로운 공을 던지다가 볼넷으로 거르려는 것으로 이해했다. 그런데 이상한 일이 벌어졌다. 4구째 갑자기 유현종이 어울리지도 않는 직구를 던지는 게 아닌가. 직구를 던지려면 적어도 140km 정도는 나와줘야 타자가 배트를 휘둘러도 어느 정도 밀리는 맛이 있을 텐데. 스피드와는 거리가 먼 유현종이 던진 몸쪽 직구는

130km가 채 안 되는 초라한 속도로 스트라이크 존을 향해 달려들었고, 그 결과 보기 좋게 강타자 고영주의 전광석화와 같은 배트 스피드에 말려들고 말았다. 배트 중앙에 그대로 얻어맞은 볼은 이번에도 여지없이 허공을 가르며 담장을 훌쩍 넘었다. 우월 솔로 홈런. 3번 이대철에 이어 백투백 홈런[5]을 얻어맞은 것이다.

그 후로도 유현종은 5번 존슨에게 2루타를, 6번 김보람에게 연속 안타를 허용하면서 다시 1점을 내주었고, 견제구까지 잘못 뿌려 1루에 있던 김보람이 3루까지 도망간 이후 7번 스틸러스의 포수이자 소문난 거포 이동수에게 또 한 번 2루타를 얻어맞는 그야말로 말도 안 되는 투구 내용을 보여주었다.

결과는 1회 초 스코어 5 대 0. 참담했다.

5 한 경기에서 같은 팀의 두 타자가 타석에서 연속 홈런을 쳤을 때, 첫 홈런에 이어 연속해서 터진 두 번째 홈런을 지칭한다.

몰락하는 맥시멈즈

1회 초 실점이 너무나 뼈아프긴 하지만 김인석은 결코 경기를 쉽게 포기하는 스타일이 아니다. 페넌트레이스에선 3회까지 무려 10점을 얻어맞아 10 대 0으로 뒤지고 있던 경기를 끝까지 독견처럼 물고 늘어져 역전승을 거둔 전례도 있었다.

하지만 그런 경우는 김인석의 작전대로 따라주는 타자들의 전력이 뒷받침되었을 때 가능한 이야기다. 이를테면 이런 것이다. 투수진이 무너졌을 경우 타자들의 적극적인 도발과 변칙적 주루 플레이로 초반 실점을 만회해나가며 분위기를 전환한다. 그렇게 5, 6회까지 어느 정도 점수 폭이 좁혀지면 중간계투[6]나 마무리를 조기에 투입시켜 더 이상의 추가 실점을 막고 반대로 분위기 상승한 타자 위주로 작전을 펼치는 방법을 구사해왔다. 그런 맥락에서 김인석은 이제 어쩔 수 없이

6 선발과 마무리투수 사이에서 이어주는 역할을 맡는 투수. 실점을 피하면서 마무리투수에게 마운드를 인도할 때까지 팀의 점수를 지켜내는 것이 주요 임무다.

이번 한국시리즈 1차전도 그런 식으로 접근해야겠다는 작전을 머릿속에 세울 수밖에 없었다.

그런데 김인석을 실망시킨 건 선발 유현종의 넋 나간 투구 내용만이 아니었다. 1회, 2회, 3회. 웬만해선 삼진도 잘 당하지 않고, 몸을 들이밀어 데드볼을 만들어 나가거나 내야땅볼을 치고서도 전력질주해 누상으로 살아나갔던 패기 넘치던 맥시멈즈의 타격 기계들이 하나같이 무기력한 모습을 보이며 삼자범퇴당하고 마는 것이다. 3회까지 단 한 명도 진루하지 못하고 아홉 명의 선수가 모두 뜬공이나 삼진으로 아웃당하는 이 참담한 상황. 그로 인해 김인석의 격노는 4회부터 본격화되기 시작했다.

스틸러스 선발투수는 김병수였다. 6승 8패의 기록을 갖고 있으며 평균자책점도 6.3인, 그야말로 얼마든지 공략 가능한 투수다. 김인석은 5회까지 김병수로부터 적어도 석 점에서 넉 점 정도는 뽑아낼 거란 기대를 가졌고, 5회 정도에서 투구 수를 최대한 늘리도록 유도해 80개나 90개 정도 던지게 한 다음 강판시키는 복안을 갖고 있었다. 그런데 이게 웬일인가. 4회 말까지 김병수가 던진 투구 수는 서른 개를 채 넘지 못했다. 이 상태로라면 김병수가 9회까지 완투할 기세로 보인다.

그 상황에서 고집스럽게 김인석은 투수 유현종을 믿어야

했고, 실제로 유현종은 5회까지 던져야 했다. 2회나 3회, 4회까지는 그런대로 괜찮았다. 1회에서 보여준 어이없는 실투도 나오지 않았고, 특히 바깥쪽 낮게 제구되는 슬라이더나 가끔씩 허를 찌르는 너클볼[7]이 포수 미트에 빨려들어가는 걸 볼 때마다 김인석의 속은 아예 터질 것만 같았다. 저렇게 제대로 던질 수 있는 놈이 1회에 5점씩이나 얻어맞다니. 타자들이 제대로 맞지 않는 이 상황에서 김인석의 아쉬움은 더욱 클 수밖에 없었다.

그렇지만 유현종의 호투는 4회까지가 전부였다. 5회 들어서자마자 선두타석에 들어선 4번 고영주와 존슨에게 또다시 백투백 홈런을 허용하는 유현종. 이때 다시 그는 무엇에 홀린 듯한 제구를 보여주어 두 타자 모두에게 몸쪽 직구를 던졌던 것이다. 유현종의 직구는 그야말로 고영주와 존슨에겐 피칭머신에서 익숙하게 터져나오던 평범한 공 그 자체였던 것이다.

시원한 홈런을 터뜨리자 스틸러스 관중들은 완전한 흥분상태로 접어들었고, 반대로 맥시멈즈의 팬들은 숨죽인 패배자의 얼굴을 하고서 자리에 앉은 채로 우울한 침묵을 지켜야 했다. 이곳이 맥시멈즈 홈구장인 목동임에도 사실상 스틸러스

7 투수가 손가락을 공의 표면에 세워서 던지는 변화구. 공이 거의 회전을 하지 않고, 타자 앞에서 급히 떨어진다.

를 응원하는 관중 수가 맥시멈즈 관중보다 족히 세 배는 더 되어 보였다. 준플레이오프전부터 무서운 저력으로 치고 올라온 스틸러스의 투혼은 일종의 신화 만들기 전략으로 연일 보도되는 언론의 찬양 일변도 기사로 인해 더욱 뜨겁게 달아올랐다. 그러던 차에 약간은 치사하고 지루한 승리를 선보이던 얄미운 야구, 짠물 야구를 고집하는 맥시멈즈를 상대로 페넌트레이스에선 좀처럼 보기 힘들었던 대량 득점을 뽑아내는 스틸러스의 파이팅 넘치는 플레이에 스틸러스 팬들은 완전히 광분해버린 것이다.

유현종은 백투백 홈런을 얻어맞은 후에도 연속 4안타를 내주며 5회에서만 단 하나의 아웃카운트도 잡지 못하고 두 방의 홈런까지 포함해 무려 5점을 더 실점하고 말았다. 스코어 10 대 0. 김인석은 더 이상 분노를 참지 못하고 직접 마운드로 걸어나갔고, 유현종은 그런 김인석을 제대로 쳐다보지 못하고 고개를 숙였다.

마운드로 나간 김인석은 포수 정진수를 손짓으로 불러 그도 마운드로 올라오게 했다. 김인석은 심각한 표정으로 정진수와 유현종을 번갈아 바라보다가 정진수에게 물었다.

"진수야."

"예, 감독님."

"너 왜 직구 사인을 자꾸 낸 거냐? 차현이가 그렇게 하라고 시키지도 않았잖아."

"직구 사인 내지 않았습니다."

"그럼?"

"몸쪽 슬라이더 낮은 걸 요구했는데 현종이 형 컨디션이 좋지 않아서."

"이런 썅……."

김인석은 자신도 모르게 욕지거리를 내뱉으며, 정진수를 잡아먹을 듯 노려봤다. 정진수는 서둘러 그런 김인석의 시선을 피했다. 김인석이 이번에는 유현종을 쳐다봤다. 얼굴이 식은땀으로 범벅이 된 유현종은 더없이 지쳐 보였다. 올 시즌 단 한 번도 한 경기에 10점을 내준 적이 없는 그다. 그런 그가 지금 빨리 교체해달라는 간청 어린 눈길을 김인석에게 보이고 있었다.

"현종아."

"죄송합니다."

"이렇게밖에 던질 수 없었냐?"

"죄송합니다."

"죄송하다는 말 듣자는 게 아니고."

잠시 뜸을 들인 김인석이 마지막 한 마디 더 묻는다.

"정말 그렇게밖에 던질 수 없었냐고?"

유현종은 그렇게 물은 감독 김인석을 잠시 올려다봤다. 김인석은 그런 그의 눈빛이 떨리고 있는 것을 보았다. 무언가를 감추고 있다는 느낌이다. 하지만 정확한 건 아니다. 모든 것이 모호하고 불투명할 뿐이었다.

김인석은 더 묻지 않았다. 그리고 유현종에게서 볼을 받아 들곤 워밍업을 하고 있던 중간계투 모중석을 손짓으로 불러 들였다. 모중석은 단숨에 마운드로 달려왔다. 그에게 공을 넘기면서 김인석은 사실상 1차전 패배를 인정해야만 했다.

물병 사건

"이런 개새끼야!"

패배를 인정해야 하는 그였지만 8회 말에 보여준 4번 이만철의 타격을 보고선 더 이상 자신의 본능을 억제할 수 없었다. 이만철이 무기력하기 짝이 없는 삼구 삼진을 당하고 덕아웃으로 들어오던 바로 그때, 김인석은 분노를 억누르지 못하고 그만 손에 잡히는 물건을 그대로 이만철에게 내던지고 말았다. 그리고 그 순간, 화면이 정지되듯 모든 선수들과 코치, 무엇보다 이만철이 멈춰 있었고, 카메라도 서둘러 김인석의 거친 욕설이 터져나온 맥시멈즈의 덕아웃을 비추기 시작했다. 캐스터 윤형주와 해설위원 김봉균은 이들의 상태를 다음과 같이 진단했다.

"아, 김인석 감독이 지나치게 흥분한 모양이군요. 그렇다고 선수에게 물병을 집어던지는 건 좀 심한 거 아닙니까?"

"심한 정도가 아니죠. 방금 전 상황이 화면에 잡히진 않았지만, 지금 바닥에 떨어진 물병이 이만철 선수의 이마 쪽에 적중한 게 아닌가 싶은데요."

"이거 분위기 살벌하군요. 어디 감독 무서워서 선수들이 야구 하겠습니까?"

"김인석 감독은 말이죠, 선수들을 너무 존중하지 않는 것 같아요. 저게 무슨 추태입니까? 저런 식으로 승리를 한다고 그 승리가 무슨 의미가 있겠어요? 안 그래요?"

"그러게 말입니다. 그야말로 동네 야구에서나 벌어질 만한 일이 일어나고 있군요. 그것도 한국시리즈에서 말이죠."

"이래서 우리 야구가 아직 일본 야구나 메이저리그의 성숙한 수준을 따라가지 못한다는 거예요. 감독부터 프로페셔널한 자세가 되어 있지 않은데 무슨 성숙을 기대하겠습니까? 이런 상태에서 돔구장 백 개를 지은들 야구 발전에 무슨 도움이 되겠습니까? 안 그래요?"

캐스터나 해설위원이 어떤 식으로 지껄이든 말든 상관없이 김인석은 이만철을 향해 참았던 분노를 죄다 쏟아부었다.

"너 이만철, 이 또라이 새끼야! 어떻게 된 거 아니야? 도대체 어떻게 4타수 무안타야? 심지어 연타석 삼진? 상대가 누구야? 김병수잖아."

김인석의 지적은 사실 틀린 말이 아니다. 맥시멈즈 4번 이만철은 그야말로 무명에 가까운 선수였는데 신인 드래프트에서 김인석이 발탁하여 직접 조련하고 육성한 준비된 타자다. 장타와 단타를 고루 칠 수 있으며, 특히 삼진을 잘 당하지 않는 나름의 노하우를 축적한 김인석의 스타일을 그대로 수혈받은 선수인 것이다. 그런 이만철은 김병수가 상대 투수일 때 12타수 8안타라는 대단히 높은 타율을 자랑했다. 그런데 지금 이렇게 김병수의 터무니없이 허약한 체인지업에 그대로 당해버리는 꼴을 보자 김인석이 순간 미쳐버리는 건, 평소 그의 다혈질적인 성격으로 봤을 땐 너무나 당연한 반응인지도 모른다.

그런데 이만철이 이상하다. 여느 때 같으면 죄송하다는 말을 했을 텐데, 오늘은 그러지 않는다. 김인석이 내던진 물병에 이마를 얻어맞은 이만철은 홍당무처럼 상기된 얼굴을 한 채 아무런 대꾸나 대답도 않고 그대로 자리에 돌아가 앉았다. 그런 이만철의 모습에 더욱 흥분한 김인석이 아예 자리에서 일어서서 배트를 집어들었다. 그러자 사태의 심각성을 파악한 코치 안차현과 선수들 몇이 김인석을 말리기 시작했고, 그 모습은 고스란히 카메라에 노출되었다.

"이 새끼가 미쳤나? 감독님이 말씀하시는데 대꾸도 안 하고 자리에 앉아! 너 오늘 죽어볼래?"

"감독님, 참으세요. 지금 카메라 돌아가는 거 안 보이세요?"

"이 개자식들아! 너희들이 지금 카메라 신경 쓸 때야? 전광판을 봐! 전광판을 보라고!"

그렇게 괴성을 내지른 김인석. 그런데 그 순간, 김인석을 말리던 코치와 선수들이 동작을 멈추고 고개를 숙이거나 자리로 돌아간다. 왜냐하면 5번 성순호까지 삼진아웃당하면서 공수를 교대해야 했기 때문이다. 헬멧을 벗고 글러브를 끼며 필드로 나가던 이만철은 대단히 불만스러운 눈빛으로 자리에 앉은 김인석을 흘겨보기까지 했다.

전광판을 바라보는 건 그야말로 김인석에겐 고문이었다. 8회까지의 결과 13 대 0. 여전히 상대 팀의 투수는 김병수다. 안타 두 개만을 허용한 그는 이제 한 이닝만 더 막으면 완봉승[8]을 거두게 된다. 정규시즌 스틸러스에게 단 한 차례도 허용하지 않은 완봉패라니. 그 생각을 하니 김인석은 숨이 턱턱 막혀왔다. 어떻게 해서든 9회 말에 한 점이라도 더 뽑아내야 한다. 모두 대타를 세워서라도 말이다.

그러나 경기는 끝났다. 1차전 최종 스코어 13 대 0. 스틸러스 승리. 맥시멈즈의 3루 관중석은 이미 절반 이상이 빠져나갔지만, 스틸러스 팬들은 경기가 끝난 후에도 자리에 남아 마

8 투수가 상대 팀에게 득점을 허용하지 아니하면서 완투하는 일.

치 우승을 결정짓기라도 한 듯이 열광적으로 스틸러스를 응원했다.

김인석은 마지막 타자가 병살을 당하는 순간 급기야 분을 이기지 못하고 책상 위에 놓여 있던 노트북을 주먹으로 내리쳐 박살내고 말았다.

강태환

강태환이 한국시리즈를 코앞에 두고 볼썽사나운 드렁큰 타이거가 되어 울부짖던 이유 역시 결코 거창하다고 볼 수 없는 문제에서 시작되었다. 그것은 자신의 야구 인생에 대한 진지한 고뇌라든지 진로에 대한 고민과는 관계없는, 그러니까 20대 초반에 가만 두어도 피가 끓어오르는 강철 청춘 강태환에게 있어서 가장 심각한 문제는 바로 그의 하나뿐인 여자친구 손미수이다.

손미수. 강태환은 중학교 3학년 때부터 그녀를 봐왔다. 전남 광주에서 소문난 미녀였으며 일찌감치 인터넷 얼짱으로 통하던 그녀였다. 그런 손미수에게 그저 호기심이나 눈독 들이는 수준으로 접근하던 또래 녀석들과 다르게 강태환은 언제나 진지했다. 그에게 야구 인생을 걷게 해준 근본적인 원동력은 바로 그녀의 말 한마디였다.

강태환이 다니던 중학교는 야구 명문 광주고의 부설 중학교로 남녀공학이었다. 그곳에서 강태환은 손미수에게 한눈에 반해버렸고 누가 뭐라 그러든 상관없이 자신의 감정에 솔직하게 반응했다. 그렇지만 그녀는 강태환의 열정을 알아주기엔 더없이 콧대가 높았고, 그런 그녀에게 어필할 수 있는 길이 뭐가 있을까 항상 고민하던 중에 손미수가 운동을 잘하는 남자나 아예 공부를 월등히 잘하는 남자에게 매력을 느낀다는 정보를 얻을 수 있었다. 그 말을 들은 강태환은 즉시 야구부에 가입했다. 야구부에 가입하기 이전 그의 성적은 반에서도 최하위권. 어차피 공부로 그녀에게 다가가는 게 불가능하다고 판단한 그가 학교에서 가장 상종가를 날리던 야구부에 가입한 건 어쩌면 당연한 선택이었는지도 모른다.

그렇지만 어느 운동이나 그렇듯, 중학교 3학년이 되어서야 운동을 시작한다고 하는 걸 곱게 볼 시선은 어디에도 없었다. 부모도 주위 친구들도 모두 만류했지만 강태환의 고집을 꺾을 순 없었고, 결국 한 달여 가까이 야구부 허드렛일을 도와주며 후보 자리라도 얻게 해달라는 강태환의 읍소에 못 이긴 감독은 그를 야구부에 가입시켜주었다. 그리고 그때부터 억센 팔짓에서 강속구를 내뿜는 타고난 신체적 기질이 돋보이기 시작했다.

그렇게 강태환은 큰 키와 긴 팔에서 뻗어나오는 강속구를 뿌려대는 재능을 인정받아 승승장구했고, 손미수도 그런 강태환을 호감 있게 지켜보기 시작했다.

그렇지만 손미수는 야망이 있는 소녀였다. 그녀 나이 또래가 가장 보편적으로 관심을 가지는 모델, 연예인 지망생이던 그녀에게 광주란 곳은 지방 그 이상의 의미를 가질 수 없는 좁은 우물이었고, 그녀는 고등학교를 졸업하자마자 한때 인터넷 얼짱이란 타이틀 아닌 타이틀 하나만 믿고 무작정 상경했던 것이다.

손미수는 서울 목동에 위치한 제법 알아주는 모델 교육기관에 등록했다. 강태환은 그런 손미수를 그대로 놔둘 정도로 애매한 순정파는 아니었다. 그에게 손미수는 절대적이었다. 그래서 광주 지역에 연고를 둔 프로구단과 자신이 속한 광주고의 감독, 그리고 주위 사람들의 간청과 협박에 가까운 권유에도 불구하고 강태환은 단지 손미수를 한 번이라도 더 가까운 곳에서 만나기 위해 서울 목동에 연고를 둔 맥시멈즈 입단을 선택했던 것이다. 그때 맥시멈즈 단장 맹호성은 너무 기쁜 나머지 강태환을 끌어안고 만세 삼창을 불렀다는 일화가 있을 정도로, 초특급 고졸 괴물 투수 강태환의 맥시멈즈행은 그 자체로 사건이었다.

여기까지는 괜찮았다. 그런데, 지금 강태환은 한국시리즈 따위는 관심도 없는 그저 그런 20대 초반의 하릴없는 양아치가 되어 목동 근처 초고층 오피스텔 앞에서 누군가를 하염없이 기다리고 있었다. 그 누군가는 바로 그녀, 손미수였다.

서울로 올라온 손미수는 제대로 된 기회를 잡지 못하고 방황하고 있었다. 광주에서는 결코 밀릴 것이 없는 외모와 몸매였지만, 서울에서는 달랐다. 과학에 가까운 정교한 성형의 혜택을 입은 또래 서울 출신들의 세련된 미모에 비해 손미수의 미모는 다분히 청순미에 기울어진 경향이 강했고, 세련됨을 추구하는 모델 세계에서 그런 그녀의 마스크와 모델로는 작은 편인 173cm 신장은 또 하나의 콤플렉스로 작용했다.

1년 가까이 서울에서 별다른 수입원 없이 모델의 꿈만 좇던 그녀를 뒷바라지해준 건 다름 아닌 강태환이었다. 그는 그녀에게 목동에서 그런대로 지낼 만한 A급 오피스텔을 얻어주었고, 그녀의 자존심이 상하지 않는 한도 내에서 금전적인 지원을 아끼지 않았다. 지금 이 순간 강태환이 서 있는 오피스텔 입구 주차장에 파킹되어 있는 빨간색 폭스바겐 역시 그녀의 생일날 강태환이 사준 선물이다.

오피스텔 주차장에 망연히 서 있던 강태환이 시간을 확인하는 그 순간이었다. 자정을 훌쩍 넘긴 시각. 바로 그때, 차량 한 대가 요란한 서치라이트를 비추며 주차장 입구 쪽으로 다가왔다. 그렇지만 차는 주차장 안으로 들어가진 않았다. 벤츠 600 시리즈로 보이는 고급 세단이었는데, 차에서 한 여자가 내리는 것을 본 강태환은 다시금 분노에 사로잡히고 만다. 차에서 내린 여자는 바로 자신만의 영원한 피앙세 손미수였기 때문이다.

그녀가 차에서 내리자 곧이어 운전석에서 한 남자가 내린다. 익숙한 장면이다. 손미수는 최대한 공손하면서도 애교 넘치는 웃음을 섞어가며 자신을 배웅하기 위해 차에서 내린 남자의 어깨를 슬며시 토닥거린다. 강태환은 씁쓸함과 노기를 잔뜩 품고서 그 남자와 미수의 관계를 추정해본다. 남자의 외모는 평범했지만, 그의 몸을 감싸고 있는 슈트의 고급스러움이나 전체적인 럭셔리함이 강태환의 심사를 묘하게 뒤틀었다. 강태환은 그 남자를 잘 알고 있다. 그는 최근에 모델라인을 인수한 미성그룹의 기획실장 박태용이다. 3대째 이어져 내려오는 미성그룹 족벌체제의 또 다른 수혜자로 알려져 있는 그는 미국 보스턴대학에서 경영학을 공부하다 최근에 입국한 인물로 엔터테이먼트 사업과 스포츠 마케팅, 특히 프로야구 관련 비즈니스 진출을 위해 분주하게 움직인다는 소식 또한 들은 바 있었다. 더불어 그가 손미수를 점찍었다는 이야기까지도 강태환은 이미 충분히 전해들은 것이다.

박태용의 벤츠가 종적을 감출 때까지 손미수는 엘리베이터 쪽으로 몸을 옮기지 않았다. 그런 그녀의 표정은 대단히 만족스러워 보였다. 적어도 몸을 돌려 엘리베이터 입구 앞에 멈춰선 강태환을 발견하기 전까진 그랬다. 그녀는 강태환이 자신을 노려보고 있는 걸 확인하자 이내 표정이 굳었다. 그리곤 애써 그를 무시하고 엘리베이터에 오르려 했다. 엘리베이터 문이 열리자 그녀가 먼저 들어가고 강태환이 따라 엘리베이터에 올랐다. 그녀가 버튼을 누르려고 했지만, 강태환이 먼저 그녀가 살고 있는 14층의 버튼을 눌렀다. 순간 그녀는 표독스럽게 강태환을 흘겨봤다.

"도대체 어쩌자는 거야?"

"뭐가?"

"저놈하고 무슨 관계야? 말해."

"내가 그걸 왜 너한테 말해야 하는데?"

"뭐라고?"

"잘 들어, 강태환. 너하고 나는 학창시절 친구 사이 그 이상도 이하도 아니야. 알겠어?"

매섭게 몰아붙이는 손미수의 얼굴은 차가움과 냉담함 그 자체였다. 강태환은 믿고 싶지 않았다. 그래도 4년, 아니 5년 넘게 자신에게 모든 순정을 바친 한 남자를 이렇게 대할 순

없는 게 아닌가.

지금 둘은 엘리베이터 안에 있다. 14층엔 이미 도착한 상태지만 강태환은 아예 엘리베이터 정지 버튼을 누르고 있었다.

손미수는 그런 강태환의 저돌적이고 무모한 열정이 싫었다. 그녀에게 강태환은 자신의 야망을 만족시켜주기 위해 반드시 필요한 '결정적인 2%'가 부족한 남자였다. 물론 그 또래들이 호프집에서 알바나 뛰며 전망 없는 생계를 이어나가는 것과는 차원이 달랐다. 그는 매스컴의 주목을 받는 차세대 스포츠 스타였다.

강태환은 흥분을 가라앉히고 설득하듯 그녀에게 말했다.

"잘 생각해, 미수야. 너는 얼마든지 네 실력으로 뜰 수 있잖아. 저깟 스폰서가 무슨 대수라고. 나도 저 새끼 하는 것만큼은 밀어줄 수 있어."

"웃기지 마. 저 사람이 어떤 레벨인지 넌 몰라."

"내가 뭘 몰라?"

"저 사람은 우리들하고 세계가 다른 사람이야. 너도 물론 대단해. 인정하지 않는 건 아니야."

"그럼 됐잖아. 왜 이러는 거야?"

"하지만 넌 여기까지가 전부잖아."

"무슨 뜻이야?"

그녀는 강태환의 질문에 대답하지 않는다. 다만 '답은 이미 네가 알고 있잖아'라는 의미의 싸늘한 시선만 보낼 뿐이다. 그런 냉정한 눈빛과는 다른 그녀의 부드러운 음성이 강태환에게는 자신을 설득해 어떻게든 포기시키려는 잔인한 회유로밖에 받아들여지지 않았다.

"태환아. 너도 이제 네 갈 길을 가. 나는 야구 잘 모르지만 네가 맥시멈즈에 있는 게 얼마나 많은 손해를 보는지 정도는 알고 있어."

"내가 갈 길은 너였어. 그거 알잖아? 내가 왜 야구 시작했는지 말이야."

"그런 철없는 소리 이제 하지 마. 우리가 아직 고등학생이야? 이제 정신 차릴 때 됐잖아."

"미수야."

"미안해. 나 피곤해. 이제 우리 그만 만났으면 좋겠어."

손미수의 그 말은 강태환에겐 사형선고나 다름없었다. 그녀도 작심하고 그 말을 내뱉고선 떨리는 눈빛으로 강태환을 올려다보았다. 절망이 가득한 그의 눈빛. 그녀도 모르진 않았다. 강태환에게 자신이 전부라는 사실을. 하지만 그 사실이 아직은 어린 그녀에겐 부담스러웠다. 이제 스무 살을 갓 넘은 나이다. 아직 해보고 싶고 이루고 싶은 게 너무나 많은 그녀다.

엘리베이터 문이 열린다. 더 이상 강태환은 정지 버튼을 누르지 않았다. 손미수는 가볍게 강태환의 어깨를 밀치며 밖으로 나가 자신이 살고 있는 오피스텔 현관문 앞에 섰다.

충격을 받은 표정으로 엘리베이터 앞에 서 있는 강태환에게 손미수가 몇 마디 더 덧붙인다. 하지만 그런 그녀의 말은 강태환을 돌이킬 수 없는 분노의 늪으로 밀어넣고 만다.

"조만간 이 오피스텔에서 나갈 거야."

"뭐?"

"차도…… 더 이상 타지 않을래. 그동안 고마웠어."

"너, 정말 이대로 나와 끝내려는 거야?"

"그러고 싶어. 부탁이야."

"난 이대로 끝낼 수 없어."

"태환아."

"모든 게 너의 일방적인 통고일 뿐이야. 난 받아들이지 않겠어. 그리고 난 내 식대로 너를 지키겠어."

"무슨 소리야?"

"네가 만난다는 그 남자, 미성그룹의 기획실장이지? 그렇지? 이름은 박태용이고 나이는 서른두 살. 이번에 엔터테인먼트와 스포츠 사업에 진출한다고 들었어. 나도 듣는 귀가 있거든."

강태환의 말에 손미수는 이내 두려운 얼굴이 된다. 어느새 그런 것까지 알아봤느냐는 얼굴이다. 그런 그녀에게 강태환은 떨리는 음성으로 말을 이었다.

"다른 세계의 사람이라고? 그렇겠지. 나같이 무식하게 공만 뿌려대는 어린놈하고는 다르겠지. 하지만 말이야. 나, 네가 생각하는 것처럼 그렇게 단순한 놈 아니야."

"무슨 말이 하고 싶은 거야?"

"이번에 지켜봐. 미성 스틸러스하고 하는 한국시리즈."

"유치해. 그깟 시합이 태용 씨 사업하고 무슨 상관이야?"

"원래 예능이든 스포츠든 실전은 모두 유치찬란한 것뿐이야. 재주는 곰이 부리고 실속은 어른들이 챙기는 게 이 빌어먹을 세계지. 그렇지만 말이야, 우리하고 세계가 다른 그 새끼에게도 재주 부리는 곰이 제대로 진상 부리면 어떻게 되는지 한번 보여주겠어."

강태환의 그 말은 그녀에게 하는 말이라기보단 자신의 다짐을 확인하는 독백이었다. 손미수는 영문을 알지 못하겠다는 얼굴이었지만 강태환이 뭔가 확실한 결의를 굳히는 것 같은 느낌은 감지할 수 있었다. 그런 그의 표정을 손미수는 지난 5년 동안 딱 두 번 대면한 것 같다. 중학교 3학년 때 자신과 사귀고 싶다며 야구선수가 되겠다고, 1년 안에 주장이 되겠다고 장담할 때의 그 더없이 진지한 표정. 그리고 지금의 표정.

손미수는 마음속 결의에 불타는 강태환을 태운 엘리베이터 문이 닫히는 것을 확인하고도 한동안 그 자리에 서서 불안과 뜻 모를 기대가 뒤섞인 눈빛으로 엘리베이터를 응시했다.

장석준

장석준은 어느새 두 주먹을 불끈 쥐었다. 그 모습은 누구라도 잘못 걸리면 한 방에 보내버릴 성난 기세로 보였다. 190cm, 90kg에 달하는 거인 장석준은 그렇게 두 주먹을 쥔 채 울분에 사로잡힌 얼굴을 하고 있었다.

약간 위로 향한 장석준의 시선은 TV에 고정되어 있었다. 화면엔 한창 한국시리즈 1차전 경기가 진행되는 중이다. 그는 경기 한 장면 한 장면에서 눈을 떼지 않았다. 그런 장석준의 모습을 걱정스럽게 지켜보는 두 사람의 눈동자가 있다. 그건 바로 그의 아내와 둘 사이에 태어난 여덟 살 난 아들이다.

장석준은 분통이 터져 견딜 수가 없었다. 그것은 단지 맥시멈즈가 스틸러스의 먹잇감이 되어버린 것에 실망과 좌절감을 느끼는 맥시멈즈 광팬이어서가 아니다. 그는 맥시멈즈 선수다. 전반기 시즌만 해도 주전으로 3번이나 4번 엔트리에 속해 방망이를 휘둘러대던 지명타자였다.

그렇지만 지금 장석준은 맥시멈즈의 경기를 덕아웃이 아닌 병실 진열장 위에 놓인 15인치 TV를 통해 시청하고 있다. 화면을 보며 장석준은 연신 분통을 터뜨렸다. 아들의 몸 상태를 생각하며 최대한 억누른다고는 하지만 그는 자신의 팀 타자들이 스틸러스의 그저 그런 선발투수 김병수에게 유린당하는 걸 볼 때마다 아쉬움의 탄성을 내질렀고, 그럴 때마다 아들과 아내는 안쓰러운 눈길로 장석준을 지켜봤다. 그렇게 6회가 끝날 때쯤 간호사와 담당 주치의가 들어왔다. 그제야 서둘러 자리에서 일어난 그였지만, 주치의가 아들의 상태를 체크하고 간호사가 다시 새로운 링거 주사를 꽂아주는 순간에도 TV에서 눈을 떼지 않았다. 그만큼 안타까웠던 탓일까.

장석준. 그가 맥시멈즈 창단 원년 멤버인 것을 모르는 야구인들은 흔치 않다. 맥시멈즈가 창단할 무렵 20대 후반이던 그는 한창 독이 오를 대로 오른 슬러거[9]였다. 언제나 수비가 취약하다는 평가를 듣던 그이지만, 해마다 3할대나 2할 후반대 타율의 기록을 남기던 그에게 따라붙는 수식어는 다름 아닌 홈런타자, 슬러거였다.

홈런은 장석준을 수식하는 상징어다. 사실 그는 전성기 때

9 장타를 많이 날릴 수 있는 힘을 가진 타자.

도 이른바 팀배팅[10]과 팀의 승리에 결정적으로 기여하는 스타일의 선수는 아니었다. 늘 홈런을 칠 때도 투아웃 이후에 터져나오는 솔로 홈런이 대부분이었고, 어쩌다 3루타성 안타를 친다 해도 겨우 1루에서 주루 플레이를 멈춰버릴 정도로 걸음이 느렸다.

그럼에도 그는 한때 통쾌함의 상징이었다. 씨름선수에 가까운 육중한 몸에서 뿜어져 나오는 호쾌한 풀스윙은 비록 삼진을 당하더라도 보는 이의 눈을 즐겁게 하고 마음을 후련하게 만드는 묘한 매력을 발휘했다. 그러다가 빗맞은 공마저도 담장을 넘기는 괴력의 타구가 나올라치면 관중들은 열광했다. 장석준은 야구팬들에게 그런 존재였다. 느린 걸음과 거구의 몸 때문에 1루나 3루 수비를 보는 게 영 어려운, 결과적으로 팀에 별로 도움이 되지 않는 선수였지만 팬들에게는 거포로서의 강한 이미지를 심어주던 존재가 바로 장석준이었던 것이다.

하지만 그건 그가 맥시멈즈에 입단하기 바로 직전까지의 이야기일 뿐이다. 그때, 그러니까 장석준이 스틸러스에서 거의 방출되다시피 나와 맥시멈즈에 입단하게 된 그 시점도 이미

10 자신의 안타와 상관없이 주자를 진루시키는 것을 의미한다. 팀배팅의 기본 방향은 1루와 2루 사이로 구르는 땅볼이다.

전문가들은 장석준이 이제 보여줄 수 있는 걸 다 보여줬다는 냉정한 평가를 내린 상태였다. 많은 비용 들이지 않고 스타급 플레이어를 영입하기 원했던 맥시멈즈는 장석준을 소위 구색 맞추기로 창단 멤버로 불러들였고, 그를 추종하던 팬들은 '그래도 장석준인데' 하는 마음으로 맥시멈즈의 팬이 되기를 자청하기도 했더랬다.

그런데, 흡사 무슨 마법에 걸린 듯 맥시멈즈 입단 이후 장석준의 하향곡선은 눈에 띄게 두드러졌다. 그해 페넌트레이스 타율이 1할대를 기록하더니 그 다음해도 1할대, 그리고 그 다음해도 1할대에 머물러 급기야 3년 연속 1할대 타율을 기록하는 오명을 남겼던 것이다.

생각해보라. 1년 내내 100여 경기 이상 소화한 타자의 타율이 1할대란 사실이 의미하는 결과가 어떠한지 말이다. 그럼에도 맥시멈즈는 고집스럽게 장석준을 4번이나 5번에 꾸준히 등판시키면서 이렇다 할 타격 폼의 교정이나 별다른 훈련을 지시하지도 않았다. 그건 당시 감독이자 이제는 단장이 된 맹호성의 이상한 감독 철학이었다. '프로 선수는 자기가 알아서 슬럼프를 극복하고 일어서야 한다'. 이른바 자율야구의 철학을 갖고 있던 맹호성은 장석준이 슬럼프를 스스로 극복할 거란 믿음을 보이는 척하며 짐짓 큰 틀에서 선수를 다스리는 명장 흉내를 내곤 했지만, 사실 그건 전혀 진실이 아니었다. 진실은 단순했다. 맥시멈즈는 장석준의 스타성이 완벽하게 탈색될 때까지 우려먹기로 작정했던 것이고, 또한 지금도 그렇지만 실제로 그해 3년 동안 만성 자금난에 시달리던 모그룹인 삼호그룹의 어려움으로 인해 새로운 거포 영입을 엄두조차 내지 못했던 현실이 1할대 타자 장석준을 주전으로 내세운 이유의 본질인 것이다.

물론 그가 1할대 타자였지만, 아예 팬들의 호기심을 자극하지 못하는 건 아니었다. 그 1할대 타율 중 무려 8할 이상이 홈런이었기 때문이다. 그래서 그는 3년 연속 1할대 타율이란 진기한 기록과 동시에 3년 연속 홈런 10위권 내에 랭크되어 한국 프로야구사에 길이 회자될 기이한 기록을 남기기도 했다.

그렇지만 3년이 지난 후, 맹호성도 구단도 더 이상 장석준을 향한 여론의 뭇매를 견딜 수 없었던지 4년차 되던 해쯤엔 장석준을 밀어내기 시작했다. 2군 캠프로 내려가는 것도 다반사였고, 어쩌다 한번 경기에 등판한다 해도 대타나 6, 7번 지명타자였다. 그런 그에게 타격감이 무너져버린 지는 오래였고, 그렇다고 그에게 선불리 지도를 해주겠다고 나서는 코치도 없었다. 그러기엔 이미 그는 프로 15년차 고참이었고, 그런 선수에게 뭔가를 지도한다는 게 민망하게만 생각되었기 때문이다.

장석준은 한참 홈런타자로 명성을 누리던 20대 후반에 결혼했다. 그때는 나름대로 그의 결혼 소식이 스포츠신문에서 1면 헤드라인을 장식할 정도였다. 상대는 김혜미. 당시엔 그런대로 얼굴을 알리던 탤런트였다. 미모 하나만큼은 톱스타 여배우들에 비해 결코 뒤지지 않았지만, 그렇다고 대단히 인기를 얻은 것도 아닌 시기에 그녀는 장석준의 열정적인 구애에 못 이겨 결혼했고 신혼 2개월 만에 아이를 가져 축복된 삶이 예고되었다.

그런데, 둘 사이에 태어난 소중한 생명은 출생의 순간부터 이름도 모를 희귀병을 안고 태어나야만 했다. 7개월 만에 어미의 뱃속에서 난산으로 나온 아이는 거의 반년 가까이 인큐베이터에서 보내야 했고, 심장을 비롯한 각종 장기들이 제 기능을 하지 못하는 장기위축증이란 희귀병을 갖고 성장해야만 했던 것이다.

그로 인해 아이는 어릴 때부터 병원에서 시간을 보내야만 했다. 심지어 돌잔치도 병원에 마련된 식당을 빌려서 할 정도였다.

이러한 아들의 투병은 천성이 여린 장석준과 그의 아내를 쉽게 지치게 만들었다. 장석준은 아들인 형오의 몸 상태가 언제나 걱정되어 잠을 설치기 일쑤였고, 정규시즌 내내 지방으로 이동하는 강행군 속에서도 경기가 끝나면 그곳이 부산이든 광주든 가리지 않고 직접 운전을 해서 형오의 병원에 들렀기 때문에, 제대로 된 타격 연습이나 컨디션을 유지할 수 없는 건 당연한 일이었다.

그렇게 끌어온 맥시멈즈에서의 무의미한 시간. 장석준은 이제 코치나 지도자 수업을 받아야 할 30대 후반의 고령 선수였다. 하지만 그 어느 것도 쉽게 엄두를 내지 못하는 현실이 장석준의 마음을 무겁게 했다. 형오에게 들인 시간과 천문학적 치료비용으로 인해 가족의 재정 상태는 프로야구 선수라고는 도저히 믿기 힘들 정도의 극빈층 수준으로 내려앉아버렸고, 이런 힘든 상황을 어떻게든 극복해보고자 아내 혜미는 모델이나 연예활동을 재개해보려고도 했지만, 결혼할 당시도 드라마 주연 한번 제대로 해보지 못한 여자 탤런트에게 다시 기회를 주는 방송사가 있을 리 없었다.

"이 타이밍에 어쩐 일이세요?"

장석준이 느닷없이 한 통의 전화를 받은 건 한국시리즈 1차전 9회 초가 진행되던 시점이었다. 9회 초. 승부는 이미 결정이 나버린 스코어 13 대 0 상황에서 화려한 풀스윙을 선보이는 스틸러스 타자들의 쇼맨십이 장석준의 염장에 불을 지르던 바로 그 시점에 전혀 예상할 수 없었던 인물로부터 전화가 걸려온 것이다.

장석준이 놀라워하자 잠든 형오를 간호하던 아내도 의아하게 쳐다보았다. 그런 아내를 의식한 그는 그제야 자리를 털고 일어났다. 더 이상 볼 것도 없는 경기다. 9회 말 맥시멈즈 공격이 남아 있다 해도 전세를 뒤집는 건 전혀 불가능한 상황. 장석준은 미련 없이 병실 문을 열고 복도로 나갔다.

"왜? 내가 전화하면 안 되냐?"

"안 될 건 없지만 어떻게 이 시간에 전화하세요? 덕아웃이에요?"

"응."

"전화해도 되는 거예요?"

"뭐 어떠냐? 중석이는 5회부터 게임 하고 있다."

그랬다. 지금 장석준에게 전화하는 남자는 그와는 너무나 익숙한 관계인 맥시멈즈 수석타격코치 이기철이었다. 장석준과 원년 멤버 선수로 출발한 그였지만, 그는 이미 그때에도 바닥을 드러낸 기량이었기에 3년 정도 뛰다가 지금의 구단주 맹호성의 협박에 가까운 권유로 타격코치로 진로를 변경했다. 장석준과는 막역한 고교 선후배 사이. 그런데 그가 지금 아직 자신의 팀 경기가 끝나기도 전에 덕아웃 벤치 한구석에 웅크리고 앉아 병원에 있는 장석준에게 전화를 한 것이다. 그는 형오의 안부부터 챙겨 묻는 자상함을 보였다.

"형오는 좀 어때? 괜찮아?"

"그냥 그렇죠, 뭐."

"도대체 백신은 언제 나온다는 거냐? 나오기는 하는 거야?"

"기다려봐야죠, 뭐. 그래도 국내에선 이만한 병원도 없다는데."

맞는 말이다. 형오와 같은 희귀질환에 시달리는 어린 아이를 치료하는 데 있어선 미성종합병원만큼 경쟁력을 갖춘 병원은 국내에서 찾아보기 힘들었다. 물론 그에 상응하는 치료비용 역시 족히 타 병원의 서너 배에 육박했지만 말이다.

이번에는 장석준이 걱정스런 말투로 이기철에게 물었다.

"감독님이 뭐라고 하시진 않나요?"

"뭘?"

"아무리 후보라고 해도 엔트리에 속해 있는 것 같던데. 이렇게 나와 있어서 말이에요."

"미안한 말이지만 지금 꼰대는 폭발 일보 직전이라 옆에 누가 앉아 있는지도 모른다."

"그건 그렇겠네요. 그나저나 오늘 왜 저래요?"

"뭐가?"

"현종이 말이에요. 홈런을 도대체 몇 방이나 맞은 거야."

"현종이뿐이냐?"

"그래요. 호정만, 이만철 이 새끼들은 기계 치는 것보다 더 못 쳐. 이게 어떻게 된 거예요?"

"그래서 말이야."

이기철이 전화한 용건이 드러나는 순간이었다.

"다름이 아니고 너 내일 목동구장으로 출근해야겠다."

"무슨 말이에요?"

"타자 바꿔야겠어. 정만이나 순호를 자르는 건 좀 어렵고 만철이 자리에 네가 좀 나와줘야겠다."

"진심이에요, 형?"

"이 자식이. 내가 지금 너하고 장난할 군번이냐?"

장석준이 그런 질문을 한 데는 그럴 만한 이유가 있다. 그는 김인석의 전략야구의 철저한 희생양이었다. 어쩌다 한 방씩 치는 홈런타자의 비효율성을 평소 철저히 외면해오던 김인석의 스타일상 1할대 홈런타자 장석준의 필요성은 전무했기 때문이다. 그 결과 장석준은 페넌트레이스 중 10경기에도 타석에 나오지 못할 정도로 출장 기회가 적었다. 그랬기에 그는 사실 이번 한국시리즈 엔트리 최종 명단에 자신의 이름이 올라가 있는 것조차 불가사의로 느꼈었다. 이기철은 바로 그러한 사실이 자신의 공로에 의한 것임을 다시 한 번 확인하듯 생색을 내며 말을 이었다.

"너도 알겠지. 내가 이번 엔트리에 너 밀어넣으려고 얼마나 생난리를 피웠는지. 꼰대는 여차하면 재떨이 내던질 기세였다."

"알고 있어요, 형. 고맙게 생각해……. 그런데 괜찮을까?"

"뭐가?"

"나 사실 한 달 동안 손에서 배트 놓고 지냈잖아."

"괜찮아. 신경 쓸 거 없어. 그냥 나오기만 하면 돼."

대단히 무성의한 대답이다. 그렇지만 장석준은 지금 이것저것 따져 물을 계제가 아니니다. 출장 기회를 얻는 게 어딘가. 더구나 한국시리즈가 아닌가. 장석준은 자신이 한국시리즈에서 배트를 휘둘러본 게 언제였는지를 생각해봤다. 놀랍게도 단 한 번도 없다. 과거 타 구단에서 플레이오프 경기에 출전한 게 전부다. 이럴 수가. 그런 생각이 들자 순간 장석준의 심장이 쿵쿵거리기 시작했다.

통화가 끝나갈 무렵 혜미가 조용히 병실 문을 닫고 복도로 나왔다. 그리곤 휴대폰 폴더를 닫는 석준을 보며 조심스럽게 물었다. 혹시 구단에서 방출 소식을 알려온 게 아닌가 하여 불안이 가득한 그녀의 얼굴 표정이 안쓰러웠다.

"무슨 전화야? 구단이지?"

"응."

"누구야?"

"기철 선배."

"지금 시합 중이잖아. 그런데 전화했대?"

"그런가 봐."

"무슨…… 용건인데?"

장석준은 어색한 표정을 지으며 혜미를 쳐다봤다. 초조하게 답을 기다리는 아내에게 장석준은 여전히 믿지 못하겠다는 듯 어눌한 말투로 답했다.

"내일 출전하래."

"어디?"

"한국시리즈 2차전."

"당신이?"

"그래."

덤덤하게 말하는 석준의 말투에 혜미는 거듭 물었지만, 석준이 평소 실없는 말을 하지 않는 걸 잘 알고 있기에 그녀는 이내 환한 미소를 지었다.

"감독님이 당신 능력을 이제 좀 알아보나 봐."

"그런 건지 뭔지 잘 모르겠어."

"잘해봐. 몇 경기 안 되지만 잘하면 다음 시즌에도 뛸 수 있을지 모르잖아."

"글쎄⋯⋯ 그런가."

아직도 어리바리한 표정을 거두지 못하는 장석준을 보며 혜미는 희망에 찬 눈빛으로 자신도 모르게 그의 두꺼운 두 손을 붙잡았다. 그만큼 절박했던 걸까. 아내의 평상심을 잃은 반가운 반응을 접한 장석준의 가슴속에선 감정이 격하게 소용돌이쳤다.

1차전의 충격적인 패배로 김인석은 그날 말 그대로 고통스러운 밤을 보냈다. 선수들에게 한껏 분풀이 훈계를 늘어놓은 다음 그대로 술집을 찾은 그는 그곳에서 위스키 두 병을 1시간 만에 보기 좋게 비우고 그대로 호텔방으로 들어와 침대에 머리를 파묻었다.

그렇게 죽음에 가까운 잠을 자고 난 다음날 오전 9시. 김인석은 어김없이 호텔 로비에서 투수코치 안차현과 타격코치 이기철을 호출했다. 2차전을 대비한 작전회의를 소집한 것이었다. 2차전 선수 구성에서 큰 변화는 없을 것으로 김인석은 생각했다. 중요한 건 선수들의 멘탈이다. 김인석의 가장 큰 우려는 1차전과 같은 엉성한 상태론 도무지 2차전에서도 승산이 없다는 사실이었다.

타격코치 이기철은 그런 김인석의 고민의 핵심을 파고들었다. 그는 주전 타자들 중 한 명을 전격적으로 교체할 것을 건의했다. 그 선수가 바로 어제 경기 도중 전화를 걸어 2차전부터 선발 출전할 것을 예고한 1할대 거포 장석준이다.

김인석은 전혀 의외라는 표정으로 이기철의 제안을 일축해 버렸다.

"무슨 말도 안 되는 소리를 하고 있어. 석준이는 안 돼."

"저도 물론 석준이 상태가 안 좋은 건 잘 알고 있습니다. 그렇지만 대안이 필요해요."

"대안이라니? 누가 안 좋아?"

"어제 보셔서 알겠지만 4번 만철이 말입니다. 대단히 안 좋아요."

"부상이야, 뭐야?"

"사실 말씀은 안 드렸지만 한국시리즈 대비해서 연습하던 일주일 전부터 어깨 통증이 심해졌다고 말하더라고요. 그래도 뛰어보겠다고 하는 의지가 가상해 모른 척하긴 했는데, 그 후유증이 어제 그대로 실전에 드러나기에 이대론 안 되겠다는 생각이 들었습니다."

"그래?"

듣고 보니 일리 있는 말이라고 김인석은 생각했다. 아무리 포스트시즌 경험이 부족하다 해도 이만철은 명색이 3할대 타자에 프로 9년차 베테랑이다. 선구안[11]도 형편없이 약화되고 135km도 안 되는 직구에 배트가 밀렸다는 건 과연 이기철의 말대로 몸에 이상이 생긴 신호로밖엔 생각되지 않았던 것이다. 그래도 장석준은 아닌데……. 이러한 김인석의 복잡한 심중을 간파한 이기철은 감독의 선택을 종용하는 부연설명을 힘주어 덧붙였다.

"요즘 석준이 연습하는 거 보셨습니까?"

"그 새끼가 배트를 휘두르든 말든 무슨 상관이야?"

"장난이 아니었어요. 페넌트레이스 때하고는 확실히 달라졌습니다. 발 딛는 것도 그렇고 제대로 풀스윙하는 폼이 잘만 하면 큰일 낼 분위기였어요."

워낙 확신에 찬 눈빛의 이기철을 보자 김인석의 마음이 격하게 요동치기 시작했다. 그건 순전히 어제 이만철이 보여준 수준 이하의 플레이 때문이었다. 무엇보다 냉철하게 상황을 분석하는 김인석으로서도 팀을 대표하는 4번 타자가 어제와 같은 말도 안 되는 플레이를 2차전에서도 계속한다면 득점 올

11 투수가 던진 공 가운데 볼과 스트라이크를 가려내는 타자의 능력.

릴 가능성이 거의 없을지도 모른다는 불안감이 밀려왔던 것이다. 여기에 타격코치의 확신에 찬 추천까지. 김인석은 찜찜한 기색을 완전히 떨쳐버리진 못했으나 마지못해 이기철의 제안을 받아들이는 쪽으로 가닥을 잡았다. 하지만 노파심에선지 당부의 말을 빼놓지 않고 경고하듯 일러두었다.

"2차전뿐이야. 만약 내가 봐서 장석준이 영 아니면 그대로 아웃이야. 이의 없겠지?"

"알겠습니다. 잘하겠죠. 그래도 명색이 홈런타자인데요."

그렇게 해서 작전회의는 10시경에 마무리되었다. 역시 가장 큰 선수 구성의 변화는 4번 이만철이 물러나고 그 자리를 장석준이 대신한다는 점이었다. 김인석은 사실 이런 식의 베팅은 의심의 여지 없는 도박이라고 생각했다. 하지만 별도리 없는 일 아닌가. 그와 함께 어제 이만철이 보여준 불성실에 가까운 플레이가 생각나자 참았던 부아가 다시금 치밀어올랐다.

데니스

오후 4시. 한국시리즈 2차전이 시작될 시간은 오후 6시 30분. 아직도 2시간 30분이나 남았지만 이미 목동구장 근처는 제법 많은 팬들로 북적거렸다.

예상했던 일이지만 목동구장을 찾은 관중의 대부분이 스틸러스 팬들이다. 미성그룹은 자회사 구단인 스틸러스가 모두의 예상을 깨고 준플레이오프, 플레이오프를 모두 승리하고 한국시리즈까지 올라오더니 1차전에서 맥시멈즈에게 콜드게임[12]의 점수 차로 대승한 것에 대해 놀라움을 감추지 못했다. 이걸 두고 미성그룹은 한마음이 되고자 하는 열정이 빚어낸 그룹 정신의 승리라며 그룹 브랜드 이미지 강화를 위해 대대적인 홍보에 나섰고, 선수들 한 명 한 명의 플레이를 느린 화면으로 담아내는 그룹 이미지 광고를 보며 팬들은 열광했

12 아마추어 야구에서, 7회 이후에 10점 이상의 점수 차가 벌어질 때에 승패를 결정한 게임.

다. 거기에 그룹 차원에서 계열사 직원들까지 동원하여 표를 싹쓸이하다시피 하는 통에 정작 맥시멈즈 팬들은 표를 구하지 못하는 사태까지 벌어졌다. 참고로 말하면 스틸러스 홈구장은 잠실, 이곳 목동은 맥시멈즈의 홈구장이다. 그럼에도 관중석은 3루 쪽 일부를 제외하고는 대부분 스틸러스의 팬들이 장악해버린 것이다.

몸을 푸는 선수들을 유심히 살피던 김인석은 못마땅한 표정으로 한 선수를 노려보고 있었다. 그 녀석은 외국인 용병이었다. 다른 국내 선수들은 그래도 공을 던지거나 배트를 휘두르는 시늉이라도 해보는데, 이 녀석만큼은 예외다. 녀석은 벤치에 그대로 드러누울 듯 거만한 자세로 앉아 MP3 목걸이를 손으로 만지작거리며, 두 귀에 걸려 있는 이어폰 너머로 들려오는 갱스터 랩에 심취해 고개를 좌우로 산만하게 흔들면서 음악 감상에 열중했다. 흑인 중에서도 유난히 검은 피부를 자랑하는 녀석의 얼굴은 늦은 오후 태양의 역광을 받아 더욱 능글맞게 번들거렸다.

녀석의 이름은 데니스. 38세 나이로 퇴물 취급을 받는 선수이긴 하지만 과거 전력만큼은 화려했다. 약관 20세 나이로 미국 트리플 A에서 투수로 활약하면서 4년 동안 마이너리그에서 명성을 쌓다가 25세 나이로 시카고 컵스 제3선발로 발탁된 입지전적의 인물. 메이저리그에서도 10승 이상을 기록한 시즌이 세 번이나 될 정도로 정교한 제구력[13]과 타자의 허를 찌르는 창조적인 볼 배합을 구사하는 투수였다. 하지만 손목 부상과 고령의 나이가 겹치면서 30대 초반에 일찌감치 메이저리그에서 방출되고 일본 프로팀에서 몇 년간 공을 던지다가 거기에서도 밀려 한국의 최하위권 구단 맥시멈즈에 입단해 공을 던진 지 이제 2년째다.

김인석은 개인적으로 데니스와 같은 스타일을 좋아하지 않는다. 강태환도 마찬가지다. 김인석은 둘 모두 상대를 압도하려는 자세와 의욕은 괜찮지만, 그 정도가 너무 지나친 게 흠이라고 생각했다. 데니스와 강태환 모두 공을 던질 때 망설임이나 생각이란 걸 아예 하지 않는 스타일이다. 인터벌이 채 5초를 넘지 않는데다가 어떤 때는 포수 사인도 제대로 확인 않고 그대로 공을 뿌려대기도 했다. 때문에 경기가 시종 박진감 넘치는 방향으로 진행되긴 했지만 작심하고 배트를 휘두르는 타자에 의해 홈런을 얻어맞는 일도 빈번했기에 작전과 전략을 종교처럼 신봉하는 김인석의 방식과는 맞지 않았던 것이다.

13 투수가 안쪽, 바깥쪽, 높은 곳, 낮은 곳으로 언제든지 원하는 데로 공을 던질 수 있는 능력.

그렇지만 구질과 타자를 압도하는 파워에선 데니스와 강태환 둘 다 타의 추종을 불허하는 선수다. 타자를 전혀 겁내지 않는 타고난 배짱을 가진 데니스와 강태환. 용병 데니스가 스무 살 때부터 야구의 본고장 미국에서 공을 던져온 관록에 의해 배짱을 키운 케이스라면, 강태환은 그야말로 천부적인 파이어볼러[14]의 재능과 강골의 심리가 결합된 저돌성을 지닌 스타일로 볼 수 있다. 그런데 지금 김인석은 강태환의 한국시리즈 퇴출을 명한 상태다. 자신의 말을 다시 주워담을 순 없는 노릇. 그렇다면 이제 2차전을 맡길 수 있는 건 데니스밖에 없는 것이다.

한 가지 맘에 걸리는 부분이 김인석의 심기를 영 불편하게 했다. 데니스의 계약이 이번 한국시리즈 경기를 마지막으로 만료되기 때문이다. 재계약이 불투명한 상황에서 대만 프로팀에서 데니스에게 러브콜을 보내고 있다는 소문을 인석은 모르지 않았다. 이런 상태에서 과연 데니스가 최선을 다해서 공을 던져줄지가 그로서는 최대 고민인 것이었다.

김인석은 고등학생으로 보이는 밤톨만한 스포츠 머리의 대학생을 데리고 데니스가 앉아 있는 벤치로 다가갔다. 녀석은

14 강속구 투수. 메이저리그 최고 파이어볼러로 '스피드킹' 조엘 주마야가 100마일(약 164.15km/h) 이상의 공을 18번 이상 던진 바 있다.

외국어대학교 학생으로 통역 아르바이트를 위해 구단에서 마련해준 알바생이었다.

제기랄. 여전히 한국말을 단 한 마디도 하지 못하는 데니스와 소통하기 위해 전문 통역관도 아닌 알바생을 데리고 대화를 해야 하다니. 김인석은 이런 열악한 여건이 저주스러울 정도로 못마땅했다.

김인석은 알바생에게 자신의 말을 전하라고 주문했다.

"오늘 선발은 너라고 말해."

"오늘 선발은 데니스, 당신이랍니다."

그러자 데니스, 의외로 반갑다는 표정을 짓는다.

"와우! 정말이야? 미들도 아니고 선발 맞아?"

"진짜 선발 맞냐고 물어보는데요?"

"그럼 감독인 내가 선수 데리고 농담하냐고 전해라."

"감독이 농담하는 거 봤냐고 전하라는데요."

"그렇지, 당신이 농담할 만큼 한가한 사람은 아니지."

"당신이 농담할 정도로 한가한 사람이 아니라는데요."

"당신? 이런 예의범절이라곤 쌀 한 톨만큼도 찾아볼 수 없는 녀석. 아, 이 말은 전하지 말고…… 제대로 던질 수 있겠냐고 한번 물어봐."

"제대로 던질 수 있겠느냐고 물어보라는데요?"

"오우! 감독, 지금 내 실력을 의심하는 거야? 나 이래 보여도 메이저리거였어. 메이저리거!"

"내 실력을 의심하냐고 말하면서 이래 보여도 메이저리그 출신이라는데요?"

"지랄하네. 그런 게 아니라…… 돌려 말하지 않을 테니까 똑바로 전해. 데니스 너, 지금 먹튀 준비하고 있는 것 같아서 노파심에서 물어보는 거란 말이야. 대충대충 던지지 말고 똑바로 던질 수 있겠어, 없겠어? 어! 그것만 말하란 말이야, 새끼야!"

그러자 알바생이 망설였다. 데니스는 다소 흥분한 듯 언성이 높아진 김인석을 불만스럽게 지켜보며, 동시에 알바생의 입을 바라봤다. 다혈질 감독이 뭐라고 지껄이는지 어디 한번 들어보자는 심사로 말이다. 하지만 알바생은 제대로 입을 열지 못했다. 답답했는지 김인석이 알바생을 다그쳤다.

"뭐야? 왜 전달 안 해?"

"감독님. 먹튀를 뭐라고 번역해야 되는지 모르겠구요, 노파심도 잘 모르겠어요. 또 새끼도 뭐라고 번역해야 돼요? 갓 뎀이라고 해야 돼요? 아님 선 오브 비치?"

"에라이 진짜! 관둬라, 관둬."

좌절한 김인석은 습관처럼 알바생의 뒤통수를 내리치려고

손을 올렸다가 황급히 거두었다. 요즘이 어떤 세상인가. 알바생도 엄연히 근로자다. 근로자의 신체에 상해를 입혔을 때 어떤 곤욕을 치러야 하는지 너무나 뼈저리게 경험해본 그였기에 가까스로 그 고질적인 습관을 억누르고 데니스에게서 물러났다.

감독의 행동에 부아가 치민 데니스는 대신 알바생을 붙잡고 따지듯 묻기를 멈추지 않았다. 그러므로 더욱 난처해진 건 알바생뿐이었다.

냉소

장석준은 대형 전세버스를 타고 목동구장까지 도착하는 내내, 그리고 덕아웃에 장비를 내려놓고 앉아 시합을 준비하는 동안에도 묘한 느낌과 시선들이 자신의 뒷덜미를 사로잡는 것을 감내해야 했다. 특히 이만철이 자신을 대하는 태도가 더욱 두드러졌다.

이만철은 프라이드가 남달리 강한 편이다. 아마도 프로팀의 주전 4번 타자라면 누구나 그럴 것이다. 페넌트레이스 내내 4번 자리를 놓치지 않고 배트를 잡았던 팀의 간판타자가 단지 1차전 결과만을 두고 그대로 교체된 이런 식의 상황은 누가 보아도 보복성 징계로밖에 보이지 않을 텐데, 그러한 결과를 받아들이는 이만철의 반응은 싱거울 정도로 담담했다.

장석준은 참다 못해 이만철에게 먼저 다가가 미안하다는 말을 꺼냈다. 덕아웃에 들어가 장비를 내려놓는 그 시점에서. 그런데 이만철의 반응은 장석준의 예상을 완전히 뒤집었다.

"미안하다, 만철아."

"선배가 왜요?"

"내가 더 잘할게. 너만큼은 아니겠지만."

천성이 순하고 여린 장석준. 혹자들은 이런 장석준의 여린 성품을 거칠고 야만적인 약육강식의 프로 세계에 어울리지 않는 성격으로 치부하기도 한다. 어쨌든 이만철에 비하면 한참 선배인 장석준으로서는 팀워크를 새롭게 하기 위해 먼저 말을 건넸던 것인데, 이런 선배를 받아들이는 이만철의 다음 말이 덕아웃의 공기를 순간 차갑게 만들어버렸다.

"더 잘하실 것도 없어요. 그냥 평소대로만 하세요. 그럼 아무 문제 없어요."

"그게…… 무슨 말이냐?"

이만철의 그 말은 자신도 의식하지 못한 사이에 순간적으로 내뱉은 것이었다. 팀원들 모두 내색하지 않았지만 이만철의 말을 듣자 나름 긴장한 표정이 되어 이만철과 장석준이 있는 곳을 조심스럽게 바라봤다. 아무리 감이 둔한 장석준이라 해도 이런 식의 분위기를 감지하지 못할 정도는 아니다. 하지만 도대체 이게 무슨 분위기인지 모르겠다. 분명한 건 1차전 패배로 인해 의기소침하거나 분노에 차 있는 그런 식의 분위기는 결코 아니라는 거다. 오히려 뭔가 엄청난 것을 숨기고 있는 듯한 분위기. 음흉한 긴장감이 대부분의 선수들에게서 예외 없이 감지되고 있는 이 상황을 장석준은 이해하기 어려웠다.

자신의 말을 주워담기 위한 노력으로 이만철이 장석준의 어깨를 가볍게 두드리며 상투적인 격려의 말을 내뱉지만 그 역시 퍽이나 어색하다.

"제 말은 선배님이 평소대로만 하셔도 우리 팀이 승리할 수 있단 말이죠. 선배님은 홈런타자 아닙니까, 홈런타자! 안 그래요? 응?"

이만철은 괜히 자신만 죽을 수 없다는 심사로 옆에 앉아 글러브를 만지작거리는 동기 호정만에게 동의를 구하는 말을 건넸고, 호정만은 마지못해 고개를 끄덕거렸다.

상황은 그렇게 대충 마무리되었지만 어색한 기류는 2차전 시합이 끝나는 그 순간까지도 계속되었다.

프로페셔널

김인석의 우려와 다르게 데니스는 제대로 된 프로페셔널의 면모를 유감없이 발휘했다. 데니스는 매서운 스피드를 자랑하는 직구와 허를 찌르는 슬라이더를 바탕으로 스트라이크를 잡아냈고, 마지막 결정구로는 타자의 타이밍을 뺏는 싱커[15]와 서클체인지업[16]으로 스틸러스의 중심타자들을 유린했다.

그렇게 5회가 진행되는 동안 데니스는 단 1안타만을 허용하고 삼진을 무려 아홉 개나 잡는 위력을 선보였다. 하지만 마운드 위에서의 독선은 여전했다. 그는 포수 정진수의 사인을 거의 인정하지 않았다. 정진수가 잔뜩 생각하고 뭔가 사인을 내려고 할라치면 벌써 데니스의 손에서 볼은 떠나 있었고, 정진수는 그 공을 받아내느라 정신이 없었다. 포수나 투수코치의 별다른 사인도 받지 않고 제멋대로 뿌려대는 공이지만 사

15 투수가 던진 공이 큰 회전 없이 타자 앞에서 급히 떨어지는 변화구.

16 투수가 새끼손가락은 공의 옆면에, 약지와 중지는 윗면에, 엄지손가락과 집게손가락은 끝에 놓아 동그라미 모양을 만든 상태에서 던지는 공.

실 야구는 결과가 말해주는 법이다. 김인석은 그런 데니스의 독선이 못마땅하긴 했지만, 구질이나 스피드는 그야말로 최상이었다. 1회 1, 2, 3번을 연속해서 삼진아웃시키며 뿌려대던 결정구인 서클체인지업에서 나타나는 홈플레이트에서의 종속 변화는 5회를 맞이한 순간까지도 여전한 위력을 발휘했다. 그 공의 위력에 스틸러스의 막강 클린업트리오로 알려진 이대철, 고영주, 존슨이 배트 중심에 공을 맞히지도 못하고 파울플라이나 내야땅볼로 물러났다.

물론 스틸러스 타자들이 데니스의 공에 이처럼 당하는 건 녀석의 구질이나 컨디션이 최상이어서만은 아니다. 준플레이오프와 플레이오프를 거치는 동안 스틸러스는 주전 선수들의 엔트리를 변화 없이 이끌어왔고, 그로 인해 누적된 피로감은 상당할 것이었다. 그래서 한국시리즈에 직행한 팀의 우승 확률이 그렇지 못한 팀보다 훨씬 높은 것이 아니겠는가. 스틸러스 타자들은 확실히 플레이오프전에서 보여주던 매서운 맛을 보여주지 못했고, 1차전에서 선보이던 맹타와도 확실히 달랐다. 이런 모습을 보자 김인석은 더욱 1차전 상황이 아쉬워졌고, 동시에 의심스러웠다. 지금 스틸러스 타자들의 컨디션은 결코 좋은 상태가 아니다. 공을 고르는 선구안도 많이 떨어져 있고, 팀배팅도 원활하지 않은 편이다. 그런데 이런 타자들을 상대로 어제 보여준 유현종의 투구 내용을 과연 어떻게 납득할 수 있단 말인가. 김인석은 덕아웃에 앉아 이만철과 키득거리며 농담을 주고받는 유현종을 조심스럽게 살폈다. 10점을 내리 실점한 패전투수의 죄책감이라곤 전혀 찾아볼 수 없는 녀석의 뻔뻔스럽기까지 한 모습을 보며 김인석의 의구심은 더욱 증폭되어만 갔다.

데니스를 앞세운 수비는 김인석으로 하여금 2차전을 잡을 수 있겠다는 희망을 심어주기에 충분했지만, 공격은 정반대였다. 그러한 그의 우려는 4회부터 본격화되었다.

1회부터 3회까지. 너무나 허무하게 스틸러스 일본인 용병투수 와카이로부터 삼진을 두 개나 잡히면서 아홉 명의 타자가 삼자범퇴로 물러났다. 중전안타나 깊은 곳으로 날아가는 외야플라이 하나 없이 내야땅볼이나 삼진, 내야뜬공으로 아웃된 것이다.

김인석은 2회 선두로 나선 장석준을 눈여겨봤다. 타격코치 이기철이 도대체 무슨 생각으로 저 거인을 4번 타자로 낙점한 걸까 하는 의문과 기대를 동시에 갖고서 말이다.

그렇지만 일말의 기대는 이내 좌절로 돌변해버리고 만다. 물론 장석준의 스윙은 호쾌하고 나름대로 날카로운 구석이 전혀 없진 않았다. 2구째 와카이가 던진 유인구성 바깥쪽 슬라이더를 그대로 밀어쳐 장외 파울홈런이 나온 것이 그 증거였다. 순간 관중들은 탄성을 질렀고 3루 쪽 자리에 듬성듬성 모여 앉은 맥시멈즈 팬들은 그제야 그가 이만철이 아님을 확인하곤 간간이 장석준을 외치기도 했다.

그렇지만 그게 전부다. 3구째, 방금 전 파울홈런에 약간 겁을 먹은 와카이는 설마 하는 마음으로 바운드되는 커브 유인구를 던졌는데, 그게 그대로 적중했다. 머리가 돌아가 헬멧이 벗겨질 정도로 엄청난 헛스윙을 하면서 장석준은 그대로 삼구 삼진을 당하고 말았다. 이것이 한국시리즈에 처녀출전한 관록의 거포 장석준이 보여준 첫 타석 성적이다. 이런 장석준의 등장을 놓고 캐스터 윤형주와 해설위원 김봉균은 다음과 같이 혹평했다.

"아, 장석준 선수. 호쾌하게 배트를 휘둘러보지만 헛스윙이군요. 삼구 삼진으로 물러납니다. 음, 김봉균 위원님. 지금 장석준 선수를 4번 타자에 배정한 김 감독의 전략에 대해 어떻게 생각하시는지요?"

"글쎄요. 어제 이만철 선수가 극도의 부진을 보였다고는 하지만 그 대안으로 장석준 선수가 등장하게 될 줄은 전혀 예상하지 못했어요. 장석준이 물론 한 방이 있는 선수이긴 하지만 페넌트레이스 타율이 1할대였거든요. 그것도 3년 가까이 그 정도죠? 이거 참, 김 감독답지 않은 용병술이네요. 이 상황을 뭐라고 말씀드려야 할지."

"장석준 선수 컨디션은 어때 보입니까?"

"한마디로 이건 아니죠. 방금 전 3구째 바운드되는 공에 완전히 헤드업[17] 되는 스윙을 보여줬지 않습니까? 이건 아예 공도 안 보고 휘둘렀다는 얘기밖에 안 되는 거예요. 타격 밸런스도 전혀 갖춰지지 않았고요. 아하, 저 상태로는 어렵겠는데요. 어려워요."

김봉균의 지적은 듣기에 따라선 혹평으로 보일 수 있으나 나름대로 정확했다. 왜냐하면 팔짱을 끼고 감독석에 앉은 김인석 역시 세 번의 스윙만을 보고도 그렇게 판단했기 때문이다. 오랫동안 스윙 연습을 하지 않아 감각과 균형을 완전히 상실한 모습이었다. 김인석은 장석준이 송구스런 표정으로 덕아웃으로 들어오는 순간 타격코치 이기철을 향해 매서운 눈빛을 날렸다. 이기철은 애써 그런 김인석의 시선을 피했다.

처음 3회까지는 그럴 수 있다고 김인석은 자위하려 했다. 하지만 4회부터 그의 심기는 스스로 인내심을 시험하는 수위에 이르렀다. 다시 돌아온 1번 육덕호에게 김인석은 와카이 공략법을 자세히 일러주었다. 몸쪽 슬라이더, 아니면 직구 하

17 스윙할 때 턱이 올라가고 얼굴이 돌아가서 공에서 눈이 멀어지는 일.

나를 노려서 치라는 것. 와카이는 구질이 다양하지 않아 그 점만 공략하면 승산이 있다는 게 김인석의 분석 결과였고, 실제로 와카이는 5회 이상을 넘기지 못하는 스타일이었다. 포스트시즌에 풀가동되면서 달려온 스틸러스가 선택한 카드인 팀의 5선발 와카이는 사실 김병수처럼 약체에 속하는 투수인 것이다. 이거야말로 기회였다. 김인석은 와카이로부터 적어도 자신이 조련한 이재용, 호정만, 그리고 성순호가 못해도 3점 정도는 뽑아낼 수 있다는 계산이 섰었다.

그렇지만 뚜껑을 연 두 번째 타석에서도 결과는 마찬가지였다. 1번 육덕호 삼진아웃. 2번 이재용 볼넷 진출. 김인석은 이 상황에서 3번 호정만에게 번트를 지시했다. 그리고 4번, 5번이 한 방을 만들어내는 시나리오를 기대했다. 그러나 어이없는 상황이 벌어졌다. 번트 사인을 무시한 호정만이 도대체 무슨 생각에선지 낮게 깔리듯 들어오는 와카이의 1구 바깥쪽 체인지업을 그대로 힘없이 건드렸고, 자연스럽게 2루 쪽으로 굴러간 공은 그대로 2루수 글러브 속으로 빨려들어가 병살타가 되고 말았다.

그리고 5회 선두타자로 나선 장석준. 이번에도 삼구 삼진. 장석준이 삼진을 당하는 순간 스틸러스 덕아웃과 심지어 맥시멈즈 덕아웃에서조차 간간이 폭소가 터져나왔다. 이유인즉, 3구 승부 때 그만의 풀스윙을 선보인 장석준은 그만 몸의 균형을 잃고 그대로 자리에 주저앉아버렸기 때문이다. 이 상황을 두고 해설위원 김봉균은 다음과 같이 말했다.

"야, 이거야 참. 마치 이종격투기 헤비급 선수가 테이크다운 당하는 장면을 보는 것 같네요. 이게 뭡니까? 한국시리즈에 출전한 4번 타자가 저런 스윙을 보여주다니요."

그렇지만 캐스터 윤형주는 김봉균과는 조금 다른 견해를 피력했다.

"그래도 스윙만큼은 호쾌한데요. 제대로만 맞으면 장외홈런도 문제없겠어요."

"글쎄 그게 제대로 맞을 확률이 일 퍼센트도 안 되니깐 문제 아닙니까? 더구나 한국시리즈인데 상대 투수들이 바보입니까? 페넌트레이스에서야 어쩌다 실투도 들어오고 하지만 홈런타자인 걸 뻔히 알면서 몸쪽 높은 공 따위를 주겠어요? 안 그러냐고요?"

"아, 예. 알겠습니다, 김 위원님. 그만 흥분하시구요. 자, 다음 타자는 5번 성순호입니다. 이번엔 좀 기대해봐도 될까요?"

"기대해야죠. 여기서 안타 하나라도 안 나오면 정말 맥시멈즈 어려워집니다. 사실 와카이한테 이 정도로 농락당하는 것도 평소 맥시멈즈 모습은 아니에요."

그러나 모두의 기대와는 달리 5번 성순호, 6번 봉태호 모두 내야땅볼로 아웃되고 만다.

순간 화를 견디지 못한 김인석은 주먹으로 물병을 내리치고 말았다. 하지만 김인석은 흥분을 가라앉히며 5회 이후를 준비해야 했다. 그런 그의 머릿속엔 어떻게든 1점을 뽑아야겠다는 집념이 불타올랐다.

비장의 무기

김인석의 집념의 불꽃은 전혀 다른 방향에서 점화되고 말았다. 그것도 아찔한 절정의 순간에 말이다.

8회 초 스틸러스 공격. 데니스는 이때까지 모두 105개의 공을 던지면서 안타 2개만을 맞고 무실점으로 호투하는 그야말로 왕년 메이저리거다운 투구 내용을 선보였다. 스틸러스 타자들은 여전히 데니스의 공에 한 박자 늦게 반응하는 배트스피드로 인해 밀리거나 뜬공으로 처리되는 수모를 겪어야 했고, 그런 이유로 데니스는 지나치게 흥분된 상태에서 오히려 페넌트레이스 때보다 더 빠른 인터벌 단축의 투구를 지향했다. 캐스터 윤형주와 해설위원 김봉균의 중계는 계속된다.

"정말 데니스 선수는 공을 던지는 인터벌이 빠르군요. 타자가 준비 끝내기 무섭게 피처 와인드업[18]을 하지 않습니까?"

"제가 볼 땐 지금 데니스 선수는 정진수 포수의 사인을 거

18 투수가 공을 던지기 전에 팔을 크게 돌리거나 양손을 머리 위로 높이 쳐드는 동작.

의 신경 쓰지 않는 것 같아요."

"그럼 어떻게 던지는 거죠?"

"그냥 자기 느낌대로 이번엔 직구, 이번엔 변화구, 이런 식으로 계산해서 던지는 것 같단 말이죠. 지금도 보세요. 정진수 포수가 무슨 사인을 낼 타이밍이 없지 않습니까?"

"그렇군요."

"저러면 곤란하죠. 포수가 왜 있는 건데요? 볼 배합하고 투수 리드하려고 있는 거 아닙니까? 그냥 공만 받는 역할이 결코 아니란 말이죠."

"그래도, 만약 그렇다면 더 대단한 거 아닙니까?"

"글쎄요. 그게 대단한 건지 뭐 왕년에 메이저리거였다고 그러는 건지 저도 잘 모르겠네요. 하하하."

김봉균의 지적은 정확했다. 데니스는 거의 사인을 의식하지 않았고, 심지어 자기 팀의 사인이 어떤 건지 알고 있는지조차 의문스럽게 보일 정도다.

그런 상황에서 맞이한 8회 초 투아웃 상황. 5번 존슨이 범타로 물러난 다음 스틸러스 감독 전용호가 주심에게 대타를 요청했고, 곧이어 6번 김보람이 아닌 대타 추민수가 모습을 드러냈다. 대타 전문요원은 아니지만 그런대로 한 방이 있는, 주로 지명타자로 등장하던 추민수. 그 역시 미국 트리플 A에서 타자로서 선수 생활을 한 적이 있는 이른바 미국통이다.

추민수가 등장하자 김인석은 안차현을 불러 데니스에게 초구에 직구를 뿌리지 말도록 하라고 지시했다. 지시를 받은 안차현이 타임을 요청하고 데니스가 서 있는 마운드를 향해 올라갔다. 포수 정진수와 알바생도 함께.

작전지시를 마친 안차현이 덕아웃으로 들어오면서 김인석에게 고개를 끄덕여 보였다. 그리고 데니스는 추민수를 타자로 맞아 초구로 변화구의 일종인 포크볼[19]을 던졌다.

포크볼? 순간 김인석은 가슴이 철렁했고, 찰나의 순간 엄청난 불안이 엄습했다. 데니스가 포크볼을 던진 걸 본 적이 있었던가? 포크볼은 그가 연습경기에서나 보여주던 공이었다.

찰나의 순간이 지나자 혹시 하는 마음으로 데니스가 평소 비장의 무기로 포크볼을 준비했을지도 모른다는 김인석의 기대감은 철저히 짓밟혀지고 말았다. 포크볼을 던진다고 던졌지만, 이미 손에서부터 미끄러진 공은 평범한 몸쪽 직구가 되어버리고 말았다. 하이에나 같은 날카로운 눈매로 호시탐탐 기회를 노리던 추민수는 기다렸다는 듯이 배트를 휘둘렀고, 중심에 그대로 맞아버린 공은 총알처럼 전광판을 향해 내달렸

19 투수가 집게손가락과 가운뎃손가락 사이에 끼어 던지는 공. 변화구의 하나로, 공의 회전이 적으며 타자 앞에서 갑자기 떨어진다.

다. 구장의 전광판을 그대로 맞혀버리는 호쾌한 솔로 홈런이 터져나온 것이다.

잠시 후, 열광하는 스틸러스 팬들의 아우성에 가까운 환호를 뒤로하고 덕아웃으로 들어오는 데니스를 향해 김인석은 달려들었고, 그것도 모자라 녀석의 멱살까지 붙잡는 추태를 보였다. 바로 그때 데니스 옆으로 알바생이 다가왔다. 이 상황에서 가장 중요한 건 소통이기 때문이다.

영문을 모르겠다는 듯 데니스가 자신의 멱살을 잡은 김인석을 혐오스럽게 쳐다보며 말했다.

"오 마이 갓. 지금 뭐하는 거야? 감독이 이래도 되는 거야? 메이저리그에선 상상도 할 수 없는 일이야."

"메이저리그에선 상상도 할 수 없는 일을 감독님이 하고 계신다고 말하는데요."

"지랄하고 자빠졌네.. 야, 이 미친 갓뎀아. 왜 갑자기 포크볼을 던진다고 설쳐대?"

"왜 갑자기 포크볼을 던진다고 설쳤냐고 묻는데요."

"내 비장의 무기였어. 깜짝 놀라게 해주려고 그랬지. 그게 잘못이야?"

"깜짝 놀라게 해주려고 그랬다는데요?"

"이게 애들 장난이야! 애들 장난이냐고!"

"이게 애들 장난이냐고 말하시는데요."

분을 못 이긴 김인석. 고래고래 악을 쓰며 데니스에게 더욱 거칠게 달려들었다. 그러자 서둘러 달려온 투수코치 안차현이 김인석을 제지했고, 가까스로 멱살잡이에서 풀려난 데니스는 불안에 찬 표정으로 두 손을 합장하고 뭔가를 중얼거렸다. 어울리지 않게 독실한 회교도인 그는 마음을 가라앉히기 위해 기도하는 것으로 보였다. 그때 선수들은 데니스의 멱살을 잡던 김인석의 행동을 제지하려 했다. 그러자 자신을 말리는 선수들을 향해 김인석의 일갈이 터져나왔다. 선수들과 코치들은 일제히 동작을 멈췄고, 김인석은 그들을 바라보며 참아왔던 한마디를 폭탄선언처럼 내뱉었다.

"내가 너희들을 이런 식으로 가르쳤냐?"

"……."

"이건 분명해. 긴장해서 너희들이 이렇게 플레이하는 게 아니야. 일부러 안 하는 거라구!"

"……."

"각오해라. 후회할 날이 올 거다. 각오하라고."

독백과 같은 말을 의미심장하게 남긴 김인석이 자포자기하는 심정으로 다시 자리에 앉았다. 선수들은 서로의 표정을 조심스럽게 살폈고, 이러한 상황을 지켜보던 장석준은 아예 고개조차 들지 못했다. 이 모든 사단이 마치 자신이 4번 타자로 들어선 탓에 벌어진 게 아닌가 하는 죄책감이 밀려들었기 때문이다.

결국 맥시멈즈 홈구장 목동에서 벌어진 한국시리즈 2차전의 승자는 스틸러스였다. 데니스의 1실점 완투에도 불구하고 와카이와 구원 오승태, 강선동으로 연결되는 스틸러스 투수진에 의해 맥시멈즈는 이번에도 1차전과 같은 완봉패를 당하고 말았다. 스코어는 1 대 0.

그리고 다음날 3대 유력 스포츠 일간지에선 거의 동일한 장면이 담긴 한 장의 사진이 1면을 장식했다. 바로 겁에 질린 데니스의 땀에 젖은 시커먼 얼굴과 그런 녀석의 멱살을 잡고 으르렁거리는 김인석이 찍힌 사진이었다. 헤드라인은 '김인석 감독 이젠 막 나가자는 건가?', '김인석 감독 이성을 잃다', '겁에 질린 용병 데니스, 한국이 너무 무서워요' 등등이었다. 기사 역시 김인석의 프로 감독으로서의 자질을 의심하고 맥시멈즈의 형편없는 경기 내용의 주원인이 폭군 기질이 다분한 김 감독에게 있음을 성토하는 내용 일색이었다. 결국 이렇게 맥시멈즈는 전문가들의 예상을 철저히 뒤엎고 1, 2차전 홈구장에서의 경기를 모두 내주는 최악의 성적을 기록하고 말았다.

은둔

목동 홈경기에서 충격의 2패를 당한 김인석. 그는 다음날 외부와의 연락을 차단하고 목동 근처의 호텔방에 칩거한 채 철저한 은둔을 시작했다.

그를 찾고자 하는 사람들은 많았다. 먼저 2차전까지 어이없이 패배한 그에게 기자들의 인터뷰 요청이 쇄도했다. 다음은 3차전 전략회의를 준비하는 코칭스태프가 그를 기다렸다. 하지만 그들 중 누구도 김인석을 만난 이는 없었다. 2차전 패배를 당하고 호텔로 돌아온 김인석은 누구에게도 알리지 않고 홀로 호텔 프런트를 찾아가 룸을 바꿔줄 것을 요구했기 때문이다.

지금 김인석이 묵고 있는 곳은 1층 이코노미 룸이다. 11층 로열 더블 룸에 비하면 초라할 정도로 비좁은 공간이다. 싱글 침대에 바로 보이는 화장실, 게다가 커튼만 젖히면 드러나는 차도의 살풍경과 창문 틈틈이 빼곡히 쌓여 있는 먼지까지. 하지만 김인석에게 지금 이 장소는 번뇌의 시간을 흘려보내기에 더없이 적합한 곳이다. 김인석은 베개에 머리를 파묻고 있었다. 그 옆 바닥엔 그가 밤새 비워낸 잭 다니엘 술병 두 개가 초토화된 폐허처럼 텅 빈 채로 뒹굴었고, 룸 전체는 알코올 냄새로 가득했다.

오후 2시가 돼서야 김인석은 자리에서 일어났다. 마구 헝클어진 머리칼과 퉁퉁 부은 눈이 전날의 격렬했던 폭음을 말해주고 있었다. 갈증을 느낀 그는 더딘 손짓으로 소형 냉장고의 문을 열어 에비앙 생수 한 통을 단숨에 비워냈다.

잠시 후 정신을 차린 김인석은 시간을 확인하곤 인상을 잔뜩 찡그렸다. 그와 함께 나이트 테이블 위에 함부로 방치되어 있던 휴대폰을 집어들었다.

휴대폰의 전원은 꺼진 상태다. 그건 김인석이 철저히 의도한 바다. 그는 전날 밤부터 지금 이 시간까지 그 누구의 방해도 받고 싶지 않았다. 물론 정상적인 감독이라면 포스트시즌에 이런 모습을 보이는 게 그야말로 자살행위나 다름없을 것이다. 하지만 김인석은 현재 자신의 팀이 처한 상황이 매우 난감한 음모와 모순의 진창 속에 빠져 있다는 걸 확인해야 했다. 그래서 잠행을 결심한 것이다. 내일 벌어지게 될 3차전을 대비한 작전회의나 선발 예고 등의 스케줄은 아예 덮어버린 채 그는 한 가지 사실에만 집중했다. 그 한 가지 사실, 김인석은 그것을 확인하기 위해 휴대폰의 전원을 다시 켰다.

부재중 통화내역을 확인한 김인석은 엄청난 양의 수신자 번호가 찍혀 있는 것을 확인했다. 그리곤 쓴웃음을 지었다.

"젠장, 내가 언제부터 이렇게 유명인사가 되었지?"

자조 섞인 독백을 내뱉은 김인석은 그 수많은 수신자 번호 중 한 명의 번호에 주목했다. 그리곤 통화 버튼을 눌렀다. 곧 이어 익숙한 중년 가수의 트로트 컬러링이 들렸고, 상대는 신호가 두 번 가기도 전에 전화를 받았다. 그 상대는 바로 맹호성. 맥시멈즈의 단장이자 김인석의 야구 선배였다.

맹호성은 김인석의 기행을 전혀 탓하지 않았다. 오히려 침착하고 냉정했다. 그런 맹호성과 통화를 시작한 김인석의 얼굴 표정이 다시금 험악하게 일그러졌다.

"그래, 인석아."

"혼내지 않네."

"혼내긴, 내가 무슨 힘이 있냐?"

"어울리지 않소. 힘이 없긴 왜 없어. 구단 전체를 들었다 놨다 하는 사람이 말이야."

"인석아, 이러지 마라."

"뭘 말이요?"

"이거 참. 꼭 내 입으로 말해야 되겠냐?"

난감해하는 맹호성. 그런 그를 향해 김인석은 더욱 고통스럽게 양미간을 일그러뜨리며 본론으로 바로 들어간다. 사실 그는 지금 맹호성의 목소리를 더 듣고 싶지 않았다. 치가 떨렸기 때문이다. 한국시리즈를 시작하기 직전 강남 룸살롱에서 양주를 나눠 마시며 오갔던 이야기, 맹호성의 그 터무니없는 말들이 폭파 직전의 뇌관이 되어 그의 머릿속을 가득 메워버렸다.

"한 가지만 물읍시다."

"말해라."

"그때 나한테 했던 얘기 말이요."

"그래."

"그거 나한테만 했던 말이요? 아님……."

"……."

"내가 제일 나중에 들었던 말이요?"

"……."

"내가 구단에서 그 제안을 받은 가장 마지막 사람이었냐고 묻는 거요. 멍청히 앉아 결재만 기다리는 바지사장처럼 말이요."

"그게 뭐가 중요하냐?"

"적어도 나한텐 중요하지."

"어째서?"

"몰라서 묻는 거요? 감독이 선수를 믿지 못하면 어떤 결과가 나오는지 선배가 더 잘 알 거 아니요?"

"넌 원래 애들 안 믿잖아. 데이터를 믿지."

"지금 그런 얘길 하자는 게 아니잖아!"

순간 김인석은 분을 참지 못하고 고성을 내질렀다. 맹호성은 잠시 침묵했다. 아무리 후배지만 김인석의 욱하는 성격을 잘 알고 있는 터라 그는 최대한 김인석의 비위를 살폈다. 그와 함께 맹호성은 지금 협상의 여지를 갖고 싶어 하는 눈치였다. 분명 그랬다. 김인석은 그의 의중이 자신에게 너무나 명확하게 전달되는 게 치가 떨리게 싫었다.

잠시 침묵을 지키며 김인석의 흥분이 가라앉길 기다리던 맹호성이 말을 시작했다. 이번엔 설득조의 음성이 아니다.

"인석아. 현실이란 건 말이다. 경우에 따라선 그 현실을 받아들이고 순응하는 사람에겐 기회가 될 수 있지만, 그와는 반대로 막나가는 사람에겐 악몽이 될 수도 있다."

"……."

"물론 고매한 스포츠맨십을 지키고 싶어 하는 네 마음을 모르는 건 아니다. 하지만 말이야. 프로야구는 말 그대로 프로

야구야. 이건 흥행이야. 장사라고, 장사. 단지 그 장르가 스포츠라는 점이 다른 것뿐이야. 거창하고 멋있게 보이거든. 한편의 드라마틱한 할리우드 영화를 보는 것처럼 말이야. 미국 프로레슬링 생각하면 되잖아. 뭐가 어려워?"

"장사…… 그래. 장사 맞지. 그래도 말이야, 선배."

"……."

"장사하는 사람끼리도 지켜야 할 룰이 있고 상도덕이 있어."

"……."

"지금 선배가 하고 있는 짓거리는 최소한의 룰도 짓밟은 거야. 그것만 명심해둬."

"중요한 건 지금 네가 나한테 그런 경고나 훈계를 할 상황이 아니라는 거다."

"뭐야?"

"난 너한테 마지막 기회를 준 거였어."

"마지막 기회?"

"그래, 지금 대답해주마. 네가 알고 싶어 하는 그 사실 말이야. 네 녀석이 우려하고 있던 그대로야. 이미 너한테 그 말을 하기 전부터 알 만한 애들은 알고 있었다."

"이런 썅……."

"그리고 모두 내 제안에 호의적으로 반응했고. 그게 프로다운 모습인 거야. 쿨하게 말이지."

"……."

"지금이라도 늦지 않았어. 그냥 마음 고쳐먹고 순리를 그르치지만 않으면 내년도 시즌 감독 자리도 내가 보장하마. 날 믿어라."

"지랄하고 자빠졌네."

"뭐야? 이 자식이 그래도."

"잘 들어, 맹호성."

"이 자식이! 선배한테 무슨 말버릇이야?"

"선배 대접 받길 포기한 양아치 새끼야. 똑바로 듣기나 해."

"이 새끼가……."

"내가 야구 왜 시작했는지 알아? 왜 지금까지 이 빌어먹을 야구판에 들러붙어 있는 줄 아느냐고?"

"……."

"적어도 야구는 끝날 때까지 아무도 모른다는 매력 때문이야. 선수도, 감독도, 네가 그렇게 좋아하는 장사꾼들도 모르는 게 야구라고. 알아듣겠어?"

"이 새끼, 그럼 끝까지 해보겠다는 거냐?"

"아직 게임 끝난 거 아니야. 한번 지켜보라고."

"그래, 이 씨발 새끼야. 어디 한번 지켜보마. 하지만 똑똑히 들어둬. 넌 이제 어떤 결과가 나오든 끝장난 줄 알아. 내년부터는 어디 지방 고교 감독 자리나 알아보라고. 더 이상 이 바닥에서 발 못 붙이게 할 테니까 말이야. 알아들어!"

"웃기지 마, 이 새끼야. 떠나는 것도 남는 것도 내가 결정해. 더 이상 나한테 이래라저래라 하지 말란 말이야!"

그 말을 끝으로 김인석은 자신의 휴대폰을 보란 듯이 바닥에 내동댕이쳤다. 누가 왕년의 강속구 투수 아니랄까 봐 그가 내던진 휴대폰은 바닥과 충돌하는 그 순간 두 동강 나면서 더 이상 사용할 수 없는 고물이 되어버리고 만다. 여전히 그는 격한 흥분에 사로잡힌 상태지만 오히려 머리는 한층 맑고 상쾌해졌다. 그제야 자신을 진창 속으로 몰아넣은 실체를 확인했기 때문이다. 이젠 모든 것이 분명해졌다. 그러므로 선택도 단 두 가지로 압축된다. 포기할 것이냐, 끝까지 갈 것이냐. 물론 김인석에게 언제나 답은 하나였다. 언제라도 그럴 것이다.

3차전

한국시리즈 3차전.

김인석의 끓는 속과는 반대로 스틸러스와 수많은 야구팬들은 그야말로 흥분의 도가니였다. 먼저 준플레이오프부터 혼신의 힘을 발휘하며 한국시리즈까지 올라온 미성 스틸러스의 감동적인 투혼이 야구팬들의 폭발적인 관심을 이끌어냈다. 더욱이 누구도 예상하지 못했던 스틸러스의 1, 2차전 승리는 전국 스포츠계에 스틸러스 붐을 일으킬 정도로 선풍적인 인기를 끌었다.

그리고 그 결과는 자연히 흥행으로 연결되었다. 사실 한국시리즈에 스틸러스가 올라온 것만으로도 화젯거리였고, 이미 스틸러스 홈구장인 잠실은 팬들의 광적인 열기로 인해 사전에 표가 매진이 된 상태다. 거기에다 한술 더 떠 스틸러스가 원정경기임에도 불구하고 1, 2차전을 모두 쓸어담는 기염을 토하자 암표가 10만 원을 호가하기까지 했다. 그렇게 현장에서 직접 3차전을 구경하려는 야구팬의 열기는 그야말로 절정에 이르렀다.

미성그룹은 이런 분위기를 자사의 그룹 이미지 개선에 활용하려는 데 혈안이었다. 최근 미성그룹은 사회로부터 질타를 받기에 충분한 굵직굵직한 비리와 스캔들에 연루되어 골머리를 앓고 있었다. 경영세습 문제부터 시작해 대한민국 대기업들에게 여지없이 찾아오는 분식회계와 탈세 혐의까지 하나도 빠지는 게 없었다. 길고 지루한 법정공방이 계속되는 동안 기업 이미지가 실추되는 것을 막으며 여론을 우호적으로 만들기 위해 뭐라도 하지 않으면 안 되는 시기였다. 그 와중에 미성그룹이 운영하는 스틸러스가 두각을 나타낸 것이다. 가장 두드러진 이미지 개선 방법은 바로 스틸러스 감독 전용호의 소위 신뢰의 리더십을 홍보하는 일이었다. 여간해선 한 번 믿은 선수를 계속 기용하는 그의 용병술을 미성그룹은 자신들의 기업 홍보에 적극적으로 활용했다. TV 광고에선 4번 타자 고영주가 한국시리즈 1차전에서 홈런을 치는 장면과 이를 흐뭇하게 바라보는 전용호 감독의 모습을 오버랩시켰다. 그러면서 미성그룹이 마치 직원들과 소비자들을 무한히 신뢰하고 책임진다는 듯한 이미지를 연출하려 했다.

그것까지는 괜찮았지만 공교롭게 그 광고엔 김인석도 출연

했다. 경우에 따라선 명예훼손 운운할 정도의 장면 연출인데, 바로 그건 김인석이 덕아웃으로 들어오는 자신의 팀 4번 타자를 향해 물병을 집어던지는 장면이었다. 의도하지 않은 것처럼 아주 짧은 순간 스치고 지나가는 것으로 연출되었지만, 전용호 감독이 홈런을 치고 들어오는 고영주를 힘차게 끌어안는 그 직후의 화면과 대비시킨 것이다.

하지만 광고는 어디까지나 광고일 뿐이다. 미성그룹이 이제껏 저질러온 탈법과 비리를 덮을 수는 없을 것이다. 그러나 미성그룹은 스포츠 중에서도 가장 드라마틱한 야구라는 스포츠를 상업적 방향으로 활용하는 데 있어선 타의 추종을 불허했다. 여론은 그만큼 잔인한 경쟁구도를 가능하게 만든다. 어느 순간 한쪽은 선한 투쟁을 벌이는 의로운 다윗이 되고, 다른 한쪽은 힘과 악만 남은 악의 상징 골리앗이 되어버린다. 내면을 들여다보면 상황은 정반대인데 말이다.

여하튼 이러한 일방적인 스틸러스 분위기로 3차전의 막이 올랐다. 홈구장에서 간간이 보이던 맥시멈즈의 마니아 팬들조차 원정경기인 지금에 와선 거의 눈에 띄지 않을 정도였다. 이건 완전히 한일 월드컵 16강전을 방불케 하는 일방적인 붉은색 천지다. 스틸러스 팬들은 기업에서 동원된 인력인지 어떤지는 잘 모르겠으나 붉은색 바탕에 일곱 개의 흰 별이 박힌 스틸러스 유니폼의 상징을 일일이 플래카드로 만들어 카드섹션을 선보였는데, 그 장관은 NBC 야구 캐스터 윤형주와 김봉균의 마음마저 뭉클하게 만들었다. 그래서일까. 그들 역시 경기가 시작하기 전부터 객관성을 잃은 중계를 시작하고 만다.

"아, 감동적이군요. 스틸러스 팬들이 보여주는 저 카드섹션 말입니다."

"스틸러스 V1. 그렇습니다. 오늘 경기에서 스틸러스가 맥시멈즈를 잡으면 그야말로 한국시리즈 첫 우승의 감격을 목전에 두게 되는 것이죠."

"사실 스틸러스는 한국시리즈를 제패할 수 있는 충분한 전력을 갖춘 팀 아니겠습니까?"

"그렇죠. 모기업인 미성그룹의 전폭적인 후원을 받으며 우수한 선수를 대거 영입했고, 무엇보다 신뢰의 리더십을 보여주는 전용호 감독이란 걸출한 스타 감독을 갖고 있지 않습니까? 조심스럽지만 말입니다. 저는 말이에요. 허참, 이런 말씀을 드려도 될는지."

"말씀하세요, 김봉균 해설위원님. 못 하실 말이 어디 있겠습니까?"

"좀 시기상조일지 모르겠지만 이번 잠실 홈경기에서도 스틸러스가 맥시멈즈를 잡는다면 말입니다. 물론 선수들이 많이 지친 상태이긴 하지만 그야말로 한국시리즈 우승이 거의 확실시된다고 볼 수 있어요."

"그렇군요. 하지만 페넌트레이스 전적에서는 맥시멈즈가 월등히 앞섰거든요. 사실 1, 2차전에서 누구도 스틸러스가 그렇게 두 경기 모두를 잡을 줄은 예상하지 못했지 않습니까?"

"그래서 페넌트레이스와 한국시리즈는 다르다는 거예요. 그건 말이죠. 감독의 역량 차이가 아닐까 하는 생각을 조심스럽게 해보네요."

"아무래도…… 김인석 감독님의 조련 스타일을 지적하시는 말씀이겠군요."

"맞아요. 뭐 해설위원이 이런 말을 하면 객관성을 잃은 해설일지도 모르지만 말이에요. 사실 이 무대가 실업이나 고교 무대가 아니잖아요? 모두 나름대로 프라이드를 갖고 있는 프로 선수들이란 말이에요. 그런데 그런 선수들을 고교생 취급하며 윽박지르듯 물병이나 내던지고…… 거참, 더 말씀드리기 송구할 정도네요."

"그건 그런 것 같군요, 하하하."

김인석은 덕아웃에서 이들이 지껄이는, 한일전 때보다 더 심한 편파방송을 똑똑히 청취하고 있었다. 굳이 들을 필요까지는 없을 텐데 하는 안타까운 마음으로 바라보는 투수코치 안차현은 순간 깜짝 놀라고 말았다. 갑자기 김인석이 옆에 앉은 자신을 바라보며 손짓했기 때문이다. 안차현은 서둘러 김인석에게 다가갔다.

짙은 검은색 선글라스를 눌러쓴 김인석은 안차현에게 별다른 질문을 던지지 않았다. 단지 그의 시선은 시합을 하기 전 몸을 풀고 있는 맥시멈즈 3차전 선발 박철수를 향해 고정되어 있었다. 김인석은 여전히 그에게서 눈을 떼지 않은 채로 자신의 옆에 다가온 안차현에게 말했다.

"저 친구도 그래?"

"예? 무슨 말씀이세요?"

"저 친구도 너희들이랑 한편이냐고?"

그렇게 말한 김인석은 매섭게 안차현을 노려보았다. 김인석의 말이 끝나기가 무섭게 순간 덕아웃은 차갑게 얼어붙는다. 1회 초 공격을 기다리는 맥시멈즈 덕아웃. 김인석은 선글라스 너머 본능적으로 날카롭게 번들거리는 눈매로 덕아웃에 앉아 있는 선수들을 크게 둘러보았다. 틀림없다. 김인석은 맹호성의 말이 사실이 아니길 바랐지만, 지금 그의 눈에 들어오는 선수들의 눈빛이나 표정으로 진단해볼 때 맹호성의 말이 사실일 수밖에 없다는 절망적인 확신을 갖게 되었다.

철저하게 전의를 상실한 얼굴들, 어서 빨리 시리즈를 마무리하고 싶어 하는 간절한 마음. 팀에 대한 결속력이나 우승에 대한 최소한의 목마름조차 휘발되어버린 그들을 보며 김인석은 자신도 모르게 입술을 깨물었다. 지금 김인석은 할 수만 있다면 감독이란 자리를 내던져버리고 그냥 저 쓰레기 같은 타협주의자들의 턱에 하이킥을 날려주고 싶은 충동뿐이었다. 그와 함께 그의 머릿속은 복잡해져만 갔다. 지금 몸을 풀고 있는 박철수를 지켜보면서 그러한 그의 심중 계산은 더욱 복잡해졌다.

3차전 선발 박철수 역시 10승 투수다. 게다가 방어율 2점대의 우수한 기록의 보유자.

김인석의 예상대로였다면 1차전에서부터 시작된 이 정도 투수 로테이션이면 3차전까지 스틸러스에게 패배를 당한다는 게 오히려 이상할 정도가 되었어야 했다. 그런데, 지금 김인석은 박철수의 투구 폼에서 억지스럽게 연출된 컨디션 난조의 기운을 포착할 수 있었다. 손에서 공이 떨어지는 과정에서 보여주는 느슨한 볼 처리부터 시작해 하체를 전혀 사용하지 않고 상체만으로 볼을 던지는 모습. 그건 시즌 중에 박철수가 보여준 모습이 전혀 아니었다. 김인석이 박철수를 처음 데려왔을 때의 모습으로 되돌아간 것이다.

박철수는 LS 라이온즈에서 방출된 천상 2군 선수였다. 투구 폼, 구질, 구속 어느 것 하나 평범하지 않은 게 없는 그저 그런 투수. 김인석은 그런 녀석의 입에서 단내가 날 때까지 반복 훈련을 시켜 투구 폼을 완전히 교정하는 데 성공했으며, 심리학 분석 책까지 정독케 해 타자의 심리를 이해하고 타자로부터 타이밍을 빼앗아내는 기술을 가르쳐주었던 것이다. 그 결과가 시즌 10승. 이 정도면 거의 인간 개조 수준인데, 그런 녀석이 지금 의도적으로 이전 자신의 모습으로 돌아가버리다니. 김인석은 아예 미쳐버릴 것 같았다. 이 상태로 1회를 맞는다면…….

무간지옥

1회부터 맥시멈즈의 지옥은 시작되었다. 너무나 기가 막힌 삼자범퇴를 당한 맥시멈즈의 1회 초 공격. 그리고 맞이한 1회 말 수비에서 선발로 나온 박철수의 형편없는 볼 배합과 완만한 구질의 반복으로 한창 물이 오를 대로 오른 스틸러스 1, 2, 3번 모두가 중전안타를 엮어내며 3안타로 포문을 연 것이다. 3안타를 얻어맞고도 박철수는 전혀 의기소침한 모습을 보이지 않았다. 물론 자신을 노려보는 김인석의 시선을 필사적으로 피하려는 모습을 보이긴 했지만 그는 당당했다. 이미 그의 마음속에 이 경기는 져주기 게임이란 생각이 분명했기에 그랬을 것이다. 아마도 녀석은 지금 몇 점을 내줘야 개망신을 면할까 하는 궁리에만 몰두하는지도 몰랐다.

3안타 중 1번, 2번에게 맞은 안타는 단타였지만, 3번 이대철에게 맞은 안타는 우중간을 가르는 2루타였다. 그로 인해 무사에 주자 2루가 되었고, 스코어는 순식간에 2 대 0이 되었다.

이어서 맞이한 스틸러스의 4번 고영주. 그가 타석에 들어서자 잠실구장은 일제히 고영주를 연호하는 관중들의 환호와 괴성의 공간으로 돌변해버렸다. 정신을 차릴 수 없을 정도의 열광적인 환호성. 그러한 환호성의 단비를 흠뻑 맞은 고영주는 기다렸다는 듯이 박철수의 초구를 노려 쳤다. '쾅' 소리와 함께 밀어 친 타구가 홈런처럼 뻗어나갔지만 가까스로 펜스 우측으로 벗어나 파울 판정을 받았다.

그리고 2구째. 김인석은 포수 정진수가 어떤 사인을 보내는지 주의 깊게 살폈다. 몸쪽 직구. 이런 개또라이 새끼. 1구도 몸쪽 직구 던져 홈런성 파울을 맞았는데 2구도 직구라니. 이거 해도 너무한 거 아니야?

그와 함께 사전에 계획된 것처럼 고영주는 배트를 최대한 길게 잡고 볼이 날아오자마자 있는 힘껏 풀스윙을 했다. 유인구인지 바깥쪽인지에 대한 가능성을 전혀 고려하지 않은 스윙이었는데, 그것이 적중했다. 왜냐하면 박철수가 2구 역시 몸쪽 직구를 던졌기 때문이다. 그것도 이번엔 초구 때보다 더 높고 형편없는 스피드로 들어오는 실투 중의 실투. 고영주는 기다렸다는 듯이 그 공을 잡아당겼고, '쾅' 소리와 함께 공은 하늘 높이 그리고 멀리 뻗어나갔다.

관중들은 일제히 기립했고, 급기야 잠실구장에서 장외홈런이 터져나오자 그 기쁨과 감격을 주체할 수 없어 관중들은 서로가 서로를 끌어안고 울음을 터뜨리거나 심지어 어떤 여성팬은 감격에 겨워 실신하는 사태까지 벌어졌다.

곳곳에서 축포가 터져나왔고, 고영주는 자신이 무슨 미스코리아 진에 뽑힌 것마냥 한껏 거만하고 우아한 몸짓으로 무대 위를 걷듯 어슬렁거리며 베이스를 밟아나갔다.

결국 스코어는 4 대 0.

2회 초, 맥시멈즈의 공격. 선두타자로 4번 장석준이 타석에 들어선다. 그런 장석준을 바라보는 해설위원 김봉균의 평가는 냉혹했다.

"김 위원님, 저 장석준 선수를 어떻게 생각하십니까?"

"허허, 뭐 생각하고 말 게 있나요? 한 방이 있는 선수이긴 해요. 방금 전 고영주 선수가 장외홈런을 때려내긴 했는데, 음, 제가 아는 장석준 선수의 기록이라면 말이죠. 재작년에 홈런을 시즌에서 다섯 개를 때려냈는데, 흥미롭게도 모두 장외홈런이었다는 사실이에요."

"저도 기억이 있습니다. 광주구장에서 장석준 선수가 솔로홈런을 때린 적이 있었죠."

"그래요. 아마도 김인석 감독이 장석준 선수의 한 방을 믿은 것 같긴 한데 평소 김 감독의 용병술이라고 보긴 좀 어렵네요."

"어째서 그렇습니까?"

"2차전에 장석준 선수가 나오지 않았습니까? 전 그때 장석준 선수 컨디션이 상승 분위기인 줄 알았어요. 그런데 그게 아니더군요. 오히려 더 무뎌졌어요. 그런 맥락에서 장석준 선수가 확률 상 열 번 정도 타석에 나와 한 번 홈런을 친다 한들 그게 이런 단기전에서 어떤 효과를 발휘할지 모르겠어요."

"그래도 장석준 선수를 기용한 건 4번 이만철이 지금 워낙 부진한 모습을 보여서 그렇지 않겠습니까?"

"그건 그렇죠."

"아, 말씀 드리는 순간 장석준 선수! 이거 참, 삼진아웃되고 말았습니다. 제대로 중계도 못했는데 타석에서 물러나버리네요. 공 세 개였죠."

"직구, 직구, 두 공으로 투 나씽 당하는 건 그렇다고 해도 3구째는 완전히 바깥쪽 원 바운드로 떨어지는 실투성 싱커였는데, 저런 볼에 배트가 나가는 걸 보면 어려워요, 어려워. 아, 맥시멈즈. 이거 무슨 동네 야구도 아니고 말이죠. 정말 중계하기가 짜증스럽네요."

김봉균은 확실히 해설위원으로서의 자신의 위치를 너무

과신하고 있는 것 같았다. 동네 야구 운운할 정도로 평가할 만한 입장은 아닌데 말이다.

여하튼 작심하고 선두타자로 타석에 들어선 장석준은 부끄러워 고개를 제대로 들 수 없었다. 삼구 삼진이라니. 그는 답답함을 느꼈다. 아, 공이 보이지 않는다. 감각이 무뎌질 대로 무뎌져 자신을 향해 날아오는 공을 맞출 수 있을 거란 확신이 서질 않는 것이다.

하지만 상심한 상태로 덕아웃에 들어온 장석준에 대해 선수들은 전혀 비난하는 태도를 보이지 않았다. 그렇다고 해서 그들이 장석준을 두둔하거나 격려해주는 것도 아니었다. 그들은 애써 관심을 두지 않으려는 듯한 모습과 표정이었다.

헬멧과 장갑을 벗으며 장석준은 그러한 짐작을 조심스럽게 실감했다. 자신의 자리에 원래 있어야 할 4번 이만철이 특히 그랬다. 어이없는 컨디션 난조로 인해 4번 자리를 내준 입장이다. 만일 자신이 그랬다면 엄청난 울분에 사로잡히거나 절망했을 텐데 이만철은 전혀 그렇지 않았다. 풍선껌을 질겅질겅 씹어대며 덕아웃 구석에 앉아 그가 하고 있는 것이라곤 PMP를 만지작거리며 오늘의 주식 시황을 점검해보거나, 그러다가 심심하면 호정만이나 이재용과 농담이나 주고받는 게 전부였다.

그건 비단 이만철만 보이는 특이한 반응이 아니었다. 1번 타자 육덕호, 2번 이재용, 3번 호정만, 그리고 5번 성순호과 6번 봉태호, 심지어 포수 정진수까지. 페넌트레이스 때 프로야구 타자 부문 시즌 기록들을 거의 독식하다시피 한 이 쟁쟁한 올스타들이 완전히 죽 쒀서 개를 준 격인 한국시리즈에서의 무참한 연패를 전혀 의식하지 못하는 듯했다.

물론 그러한 기운이 덕아웃 전체를 다 차지한 건 아니다. 올해 계약이 만료되는 상황임에도 불구하고 용병 데니스는 자신의 팀이 연신 두들겨 맞는 모습을 보고는 혼잣말로 영어 욕설을 내뱉으며 분통을 터뜨렸고, 몇몇 중간계투 투수들 역시 팀이 오늘도 패할지도 모른다는 무력감에 안타까워하기도 했다.

하지만 그럼에도 장석준은 패배를 묵묵히 받아들이는 분위기가 대세인 것만은 확실하다고 생각했다. 그러한 분위기에 자신이 4번 타자로 등록되어 있다. 이 상황이 의미하는 바는 무엇일까. 장석준은 갑자기 이상한 생각이 들었다. 전혀 믿을 수 없고 믿어서도 안 되지만, 자신이 생각하고 있는 그 이상한 방향으로 자꾸만 분위기가 형성되는 이 불길한 징조. 장석준은 그런 생각을 하며 자신도 모르게 고개를 가로저었다.

만루 홈런

2회 말에 어이없는 내야 실책으로 좌전안타를 맞아 2점을 더 내준 박철수는 3회 말도 그냥 지나치지 않고 스틸러스 팬들에게 감동의 이벤트를 헌납하고 만다.

하위 타순이며 8개 구단 중에서도 타율이 가장 안 좋기로 소문난 스틸러스 8번과 9번을 연속 볼넷으로 내보낸 박철수는 김인석이 보기엔 가증스러울 정도로 말도 안 되는 온갖 변화구를 선보이며 1번 진재형마저 볼넷으로 내보내 무사에 만루를 초래하고 만 것이다.

2번 김만수의 과욕에 의한 헛스윙 삼진으로 1사 만루. 그리고 맞이한 3번 이대철을 상대로 박철수는 나름대로 괜찮은 공을 던졌고, 그로 인해 맞히기에 급급한 이대철의 내야플라이를 유도해 아웃카운트 한 개를 더 잡아내는 데까지는 성공했다. 이어서 스틸러스의 4번 고영주가 타석에 들어섰다.

스틸러스 팬들은 일제히 일어나 홈런을 외쳐댔다. 주먹을 흔들거나 북을 두들기며 어느새 한국시리즈 초대형 슬러거가 되어버린 고영주의 이름 석 자를 목 놓아 불렀으며, 여성 팬들은 거의 종교적인 분위기에 압도된 긴장된 표정으로 오늘의 교주 고영주의 일거수일투족에 주목했다.

그런데 고영주, 이게 또 뭔가. 타석에 들어선 그가 호기 좋게 배트를 집어들어 중견수 쪽 전광판을 가리키는 게 아닌가. 박철수는 고영주의 그 모습을 보며 쓴웃음을 지었지만, 그 자신만만한 모습에 스틸러스 팬들은 거의 기절할 것 같은 탄성을 내질렀다. 그야말로 종교 집회의 한순간을 떠올릴 정도로 말이다.

"아, 고영주 선수. 저건 무슨 제스처일까요?"

"보고도 모르시겠습니까? 배트를 전광판을 향해 겨냥한 거라면 다시 홈런을 치겠다는 것이죠."

"오호, 그럼 연타석 홈런을 치겠다는 건가요? 저 무슨 자신감일까요?"

"포스트시즌 자신감이라고 해야 되나요? 그래도 상대 투수가 박철수인데, 두 번째에도 또 당할까 모르겠네요. 한번 지켜보죠."

1구, 바깥쪽 슬라이더다. 스트라이크 존과는 멀어졌지만 배트를 휘둘러 스트라이크.

2구, 좌측 파울.

3구, 원 바운드 체인지업. 볼.

4구, 우측 파울.

5구, 몸쪽 직구. 볼.

6구, 바깥쪽 커브. 볼.

투 스트라이크 쓰리 볼, 풀 카운트. 그리고 맞이하는 7구째. 긴장감이 고조되는 순간이다. 그때, 김인석은 안차현을 손짓으로 불렀다. 그리고는 직접 안차현에게 7구에 대한 사인을 전달해주었다. 단지 손짓만으로 김인석은 7구를 무조건 바깥쪽 체인지업을 던지라고 지시했다. 고영주는 바깥쪽 공에 취약하며, 게다가 체인지업에 매우 쉽게 방망이가 나가는 습성을 지닌 사실상 약점투성이 타자다. 최소한 몸쪽 높은 직구만 피하면 녀석이 호언장담하던 홈런성 장타는 피할 수 있다.

김인석의 지시를 받은 안차현이 자신과 눈을 마주친 박철수에게 바깥쪽 체인지업 사인을 보냈다. 그에 대한 화답이라도 하듯 고개를 끄덕인 박철수. 그런데 그가 다시 포수 정진수를 바라봤다. 김인석은 그때 정진수가 찰나의 사이 가랑이 사이로 내민 녀석의 엄지와 새끼손가락을 발견하곤 얼굴이 납처럼 굳어버리고 말았다. 그 사인은 바로 몸쪽 높은 직구였기 때문이다. 박철수의 직구 스피드는 135km를 채 넘지 못한다. 그 정도 구속을 가지고 몸쪽 승부를 하는 것은 자살행위다. 지금 정진수는 그 자살행위를 연출하는 사인을 박철수에게 전달하고 있는 것이다.

김인석은 기도하는 마음으로 박철수를 바라보았다. 최소한 투수로서의 자존심을 지켜주길 바라는 마음에서였다. 박철수 역시 망설이는 기색이 역력했다. 지금의 스코어 6 대 0 정도라도 괜찮지 않겠는가 하는 생각 때문에 망설이는 것인가. 박철수는 약간 혼란스런 눈빛으로 마운드에서 발을 떼고 송진을 털었다. 관중들의 야유 소리가 들렸고, 타석에서 물러난 고영주가 매섭게 배트를 두어 번 휘둘렀다. 박철수는 관중들을 한 번 크게 훑어보고는 다시 마운드에 올라섰다. 뭔가 결심이 선 모양이다.

주자 만루 상황에서 그렇게 박철수는 회심의 7구를 던졌다. 바깥쪽 체인지업인가? 아니다. 정진수의 사인대로 그는 이번에도 몸쪽 높은 직구를 던졌다. 채 130km도 되지 않는 평범하기 짝이 없는 몸쪽 직구. 그 공을 고영주가 놓칠 리가 없다. 입을 앙다문 고영주는 있는 힘껏 배트를 휘둘렀고, 배트 정면에 충돌한 공은 다시 한 번 강력한 파워를 수반하며 하늘로 솟구쳤다. 그와 함께 공은 쭉쭉 뻗어나가는 것을 멈추지 않더니 이번엔 보기 좋게 전광판을 두들기는 것이었다.

이 모습을 지켜본 관중들은 한동안 말을 잇지 못할 정도의 경이로운 감격에 사로잡혔다. 고영주는 관중들을 향해 두 손을 들어 보이는 만세 세레모니를 선보였다. 스코어 10 대 0. 고영주의 연타석 홈런, 그것도 만루 홈런이 터진 것이다.

한 가지 특기할 만한 일은 이후 벌어진 김인석의 기행이다. 박철수가 자신의 사인을 무시하고 포수 정진수의 지시대로 몸쪽 높은 직구를 던진 걸 확인한 순간 그는 자리에서 일어나 서둘러 덕아웃을 빠져나갔다. 고영주가 만루 홈런을 치든 삼진아웃을 당하든 그건 더 이상 김인석의 관심사가 될 수 없었다. 김인석은 그렇게 빠져나갔고, 공석이 되어버린 감독석 테이블 위에 한 장의 메모지가 놓여 있었다.

메모지를 제일 처음 발견한 건 가장 근접한 거리에 있던 투수코치 안차현이었다. 메모지엔 다음과 같이 적혀 있었다.

'박철수 강판, 모중석으로 투수 교체. 몇 점을 실점하든 모중석을 7회까지 던지게 하고 7회 이후부터 한정우로 교체. 한정우가 마무리하도록.'

그것은 작전지시 메모였다. 김인석이 퇴장하자 잠시 만루 홈런의 감격에 젖어 있던 중계석의 카메라는 이번엔 맥시멈즈의 덕아웃을 줌인하여 김인석의 부재를 확인시켜주었다. 그와 함께 캐스터 윤형주가 다소 격앙된 어조로 이 사실을 부각시켰다.

"아, 이게 어떻게 된 겁니까? 김인석 감독이 보이지 않는데요."

"음, 만루 홈런을 맞았을 때, 그때 바로 덕아웃을 나간 것 같습니다."

"박철수 투수가 교체되는데요. 아직까지 돌아오지 않는 거 보면 이게 어떻게 된 거죠?"

"믿고 싶지 않지만 글쎄요. 더 이상 경기를 보고 싶지 않다는 의지의 표현으로 봐야 할지도 모르겠네요."

"화장실을 가신 게 아닐까요?"

"제가 아는 김인석 감독은 경기 중에 좀처럼 자리를 비우는 사람이 아닙니다. 아마 안 들어오지 않을까 싶은데요."

"하하, 이런 경우가 있습니까? 경기 중에 감독이 스스로 퇴장하다니. 이럴 경우 어떻게 되는 겁니까? 작전지시는 어떻게 내려야 되는 거죠?"

"글쎄요, 전례가 없어서. 하여튼 김인석 감독의 이런 돌발행동이 프로야구의 수준을 너무 저질로 만들고 있어요. 좀 젠틀할 수 없을까요? 이게 뭡니까? 상대 팀한테 홈런 좀 얻어맞았다고 자리나 뜨고 말이죠. 정말 실망이네요, 김인석 감독. 감독 자질을 의심해봐야 할 것 같아요."

"그나저나 방금 전 고영주 선수의 만루 홈런은 정말 한국 야구사에 길이 남을 명장면이 아닐까 싶은데요. 감동적이었어요."

"고영주 선수는 확실히 스타성이 있어요. 아까 보셨잖습니까? 배트를 전광판을 향해 겨누는 그 자신감. 팬들을 매료시킬 확실한 능력을 갖고 있는 선수예요."

져주기 게임

"이게 어떻게 된 거냐?"

"무슨 말씀이세요?"

덕아웃 밖으로 나온 장석준과 박철수의 대화다. 강판당한 박철수를 장석준이 조용히 불러내어 덕아웃 밖으로 데리고 나온 것이다.

한물간 퇴물 소리를 듣긴 하지만 장석준은 맥시멈즈를 대표한다고 볼 수 있는 팀의 맏형이다. 그에 비하면 이제 프로 5년차인 박철수는 거의 조카뻘 되는 후배라고 할 수 있기에 장석준이 그를 심문할 자격은 충분했다.

시즌 내내 고영주로부터 단 한 개의 홈런도 허용하지 않던 박철수는 지금처럼 중요한 경기에서 연타석 홈런을 얻어맞은 것에 대해 스스로도 어느 정도는 씁쓸한 기분을 안고 있던 모양인지 표정은 좋지 않았다. 그럼에도 장석준은 느낄 수 있었다. 왜냐하면 고영주와의 승부처인 마지막 7구째 김인석이 직접 보낸 사인을 장석준도 목격했기 때문이다. 그와 함께 차마 생각하고 싶지 않았던 불안이 현실 상황으로 구현되고 있다는 우려 때문인지 장석준은 평소의 후덕한 인상을 거두고 정색을 한 채 박철수에게 물었다.

"넌 분명히 바깥쪽 체인지업 사인을 받았어. 그런데 몸쪽 직구라니. 왜 그런 거냐고?"

"실투였어요."

"아무리 실투여도 바깥쪽과 안쪽을 구분 못할 정도는 아니잖아. 더구나 그 공은 고영주가 제일 즐겨 치는 코스였어. 어떻게 두 번 모두 똑같은 공을 던질 수가 있지?"

"무슨 말씀이 하고 싶은 거예요?"

"내가 직접 입에 담고 싶진 않지만 말이야."

장석준도 흥분하기 시작했다. 박철수는 그런 장석준이 두려웠다. 두려움의 기색은 거짓이나 짜고 치는 도박판 같은 경기가 익숙하지 않은 젊고 어린 선수일수록 더욱 선명하게 드러나는 법이다. 장석준은 방금 전 마운드에서 전도유망한 투수 박철수가 보여준 망설임을 알고 있다. 그렇기에 그는 더욱 안타까운 심정으로 추궁할 수밖에 없는 것이다.

"내 질문에 예, 아니요로 대답해라. 대답하기 싫으면 고개를 끄덕이거나 가로젓거나 해도 상관없어."

"……"

"잘 들어. 딱 한 번만 질문할 거다. 그러니 너도 잘 대답해라. 이건 팀의 최고참 선배로서 하는 처음이자 마지막 명령이야. 알아듣겠어?"

윽박지르는 건 아니지만 분명 최고참 선배이자 190cm에 달하는 거인 장석준의 몸 전체에서 분출되는 기운은 박철수의 오금을 저리게 만들 정도의 충분한 위협이 되었다. 박철수는 그런 장석준의 경고에 자신도 모르게 고개를 끄덕였다. 장석준은 약간 뜸을 들인 다음 그대로 송곳 같은 질문 하나를 던졌다.

"이 게임, 져주기 게임이냐?"

"……"

"그래서 너희들 몇이 얻게 될 대가가 있겠지. 나머지 녀석들은 방출되고."

"……"

"대답해라. 이 한국시리즈, 처음부터 짠 거야? 스틸러스한테 져주기로 약속된 게임이냐고?"

"이봐, 선배. 그걸 꼭 말로 해야 알아들어?"

뒤쪽에서 들려온 소리에 장석준이 고개를 돌렸다. 덕아웃 밖으로 나온 또 한 명의 선수는 바로 이만철이었다. 그는 장석준의 5년 후배였으며, 예전부터 막역한 사이이기도 했다. 하지만 지금은 다르다. 이만철은 프로 선수로 살아남기 위한 가장 중요한 시점에 놓인 나이로 고만고만한 실력을 가진 4번 타자였다. 그런 그가 장석준을 향해 다가온다. 제법 시건방진 모습으로 풍선껌을 질겅질겅 씹으면서 다가온 이만철은 눈짓으로 박철수에게 들어가라는 지시를 내렸고, 박철수는 잠시 망설이다가 서둘러 덕아웃 안으로 들어갔다. 장석준이 그런 이만철에게 물었다.

"그게 무슨 소리냐?"

"말 그대로야, 선배. 상황 돌아가는 거 보면 대충 알 거 아냐. 그런 걸 꼭 입으로 말해야 아냐고."

"이 새끼야! 이건 게임이야. 장난하는 게 아니란 말이야!"

"선배야말로 감을 완전히 잃어버린 거 아니야?"

"뭐야?"

"여긴 고교도 아니고 대학도 아니야. 올림픽 같은 건 더더욱 아니고. 여긴 프로야. 그리고 우린 프로 선수라고."

"그게 져주는 거하고 무슨 상관인데? 넌 선수의 본분도 모르냐?"

"매년 있는 게 한국시리즈고 해마다 120경기 이상 경기를 치르는 게 프로야. 한 해 정도 건너뛴다 해도 크게 달라지는 건 없어. 그래도 우린 시즌 중에 이룬 게 많아. 개인 타이틀도 거의 우리 팀에서 싹쓸이했고. 그깟 한국시리즈 하나 내주고 얻는 게 더 많다면 그걸 선택해야지. 그게 현명한 거 아니야?"

"너 미쳤구나."

"경고하는데, 선배는 그냥 선배 하던 대로 배트나 휘둘러대. 선배보고 일부러 죽 쑤라는 부탁은 안 할 테니깐 말이야. 제발 선배라도 홈런이나 하나 좀 쳐줘. 가까스로 4번 타자 꿰찼으면 국으로 가만히나 있으란 말이야. 알아들어?"

가볍게 말을 잇고는 있었지만, 이만철 역시 거의 악에 받친 얼굴이었다. 그 역시 팀 내 잔류냐 방출이냐 하는 자신의 진로 문제로 스트레스를 받아오던 상황이었기에 단장 맹호성의 검은 제안을 뿌리칠 수 없었던 것이 분명했다.

그래도 장석준은 이해할 수가 없었다. 시즌 최다 승수 우승이란 대기록을 세울 수 있게 만든 그 바탕엔 분명 김인석 감독의 절대적인 수훈이 있었다. 이만철이나 육덕호, 이재용, 호정만 같은 선수들, 그리고 박철수나 한정우 같은 투수들은 주전이 되기엔 어딘가 하나씩 모자라던 선수들이었다. 그런 이들을 이끌고 자신만의 방법으로 사육하다시피 단련시켜 시즌 우승까지 만들어낸 김인석 없이 어떻게 이런 식의 무모한 일을 강행할 수 있는지 장석준은 이해하기 어려웠다. 그와 함께 그는 확신했다. 감독 김인석은 이들의 져주기 게임에 끝까지 동참하지 않을 거란 확신 말이다.

이만철은 말없이 장석준의 어깨를 가볍게 두드린 다음 덕아웃으로 돌아갔다. 하지만 장석준은 한동안 멍한 표정으로 그 자리에 그대로 서 있어야 했다. 한순간 머리에 강한 충격을 받은 사람처럼.

한국시리즈 3차전 결과는 변하지 않았다. 스코어 11 대 0. 이번에도 스틸러스의 승리다. 이제 스틸러스는 한국시리즈 우승을 단 한 경기만 앞두고 있고, 맥시멈즈는 벼랑 끝에 몰리게 되었다.

병문안

한국시리즈 3차전의 어이없고 무참한 패배를 겪은 그날 밤, 장석준은 맥시멈즈의 숙소인 목동 근처 호텔로 가지 않고 양재동 미성병원을 찾았다. 장석준의 아내 혜미는 자정을 넘긴 늦은 시간에 운동복 차림으로 병실을 찾은 그를 반가움보다는 우려 가득한 표정으로 맞이했다. 하지만 별다른 말을 하진 않았다. 그런 아내를 석준은 차마 똑바로 보지 못했다. 아내를 보게 되면 오늘 경기에서 보여준 자신의 타격 장면들이 떠오를 것 같아서였다. 그건 악몽이었다.

5회가 지나고 감독의 무단 부재에 황망해하는 팀 분위기를 쇄신하기 위해서라도 장석준은 더욱 힘껏 배트를 휘두르고 싶었고, 희박하지만 한 방의 확률을 성취하려 애썼다. 그렇지만 페넌트레이스 중후반부터 주전으로 뛰지 않아 무뎌질 대로 무뎌진 타격 감각은 열정과는 다른 방향으로 그의 배트를 이끌었다. 있는 힘껏 배트를 휘두를 때마다 그의 헬멧은 벗겨져 바닥을 뒹굴었고, 그럴 때마다 스틸러스의 덕아웃뿐만 아니라 자신의 팀 멤버들마저도 그에게 무언의 조롱을 보냈다. 그 차가운 시선이 장석준의 뇌리에서 지워지지 않았기에 그는 잠든 아들의 손을 붙잡고 있으면서도 좀처럼 마음을 가라앉힐 수 없었다. 그와 함께 까마득한 후배 투수 박철수와 순전히 김인석 감독의 지도하에 어느 순간 급성장한 주전 4번 타자 이만철에게 전해들은 충격적인 음모까지……. 장석준은 도대체 이게 뭔가 하는 마음에 솔직히 아직도 제정신을 못 차리고 있었다. 그런 남편을 걱정스럽게 바라보던 혜미가 마침내 조심스럽게 물었다.

"저녁은 먹었어?"

"응? 응, 그럼 먹었지."

"샤워는 안 해?"

"냄새 많이 나?"

"아니, 당신이 찝찝할까봐 그렇지."

장석준의 유니폼은 땀에 흠뻑 젖어 있긴 했지만 진흙이나 먼지는 묻어 있지 않았다. 그는 오히려 너무 깨끗한 자신의 유니폼이 새삼 부끄러웠다.

잠든 아들의 손을 붙잡고 어느 정도 마음을 다잡은 장석준이 자리에서 일어나 시간을 확인했다. 12시 30분. 그가 병실에 들어섰을 때가 12시 조금 넘은 시간이었다. 고뇌가 깊었던 탓일까. 찰나에 30분이란 시간이 지나버린 것처럼 느껴졌다. 자리에서 일어선 그에게 혜미가 묻는다.

"다시 가려고?"

"응. 호텔로 돌아가야 돼."

"택시 타고 가. 많이 피곤해 보여."

"그래, 알았어."

"그리고 석준 씨."

혜미의 한마디가 병실 밖으로 나가려는 장석준의 발을 잡았다. 그는 문 앞에 멈춰 선 채로 아내 혜미를 바라봤다. 옅은 불빛 아래 비친 그녀의 얼굴엔 남편을 향한 더없는 안쓰러움이 깊이 배어 있었다. 그건 그녀가 굳이 연출하지 않아도 자연스럽게 드러나는 감출 수 없는 속마음이기도 했다. 망설이는 그녀에게 장석준이 낮은 음성으로 말했다.

"말해."

"너무 실망하지 마."

"……."

"그래도 당신 오늘 잘했어. 적어도 내가 보기엔."

그녀의 말이 장석준에게는 위로임과 동시에 안타까움으로 다가온다. 그리고 가슴 한켠이 무너져 내리는 것 같은 절망감이 엄습했다. 내일이면 모든 것이 끝나지 않는가. 그러면 내년은…….

그러한 불안감을 가슴에 한가득 끌어안은 장석준이지만, 자신을 위로해주는 혜미를 향해 최대한 밝게 웃어 보이며 병실을 나섰다.

아들의 병실이 있는 미성병원 14층 엘리베이터 앞에서 장석준은 순간 굳은 밀랍인형처럼 멈춰 서버렸다. 도저히 이 시간에 이곳에서 마주치리라곤 상상도 하지 못했던 인물이 자신 앞을 가로막고 섰기 때문이다. 바로 김인석이다. 그는 사복 차림이었고, 더구나 진한 술 냄새까지 풍기고 있었다. 장석준은 믿을 수 없다는 얼굴로 그를 한동안 내려다보았다. 그렇지만 김인석은 능청스러웠다. 장석준의 놀란 표정을 뒤로하고 병실 복도 쪽을 크게 훑어보며 말하는 것이다.

"아들은? 어디 있냐?"

"네?"

"네 아들자식 말이야. 여기 입원했다며?"

"그걸 어떻게 아세요?"

"미친 자식. 감독이 선수들 근황도 몰라서야 되겠냐? 아무튼 말이야. 내가 병문안을 오긴 왔는데 말이야."

그렇게 말한 김인석은 하지만 곧 자신이 한 말을 도로 주워 삼켜야 할 정도의 민망함을 보여주었다. 지금 그는 완전한 만취상태는 아니지만 평소 주량은 넉넉히 넘어선 상태로 보였고 병문안의 목적을 엿볼 수 있는 것들, 이를테면 꽃다발이라든가 오렌지 주스 한 통 손에 쥐고 있지 않았다. 그래서일까. 김인석은 곧 말을 바꿨다.

"시간이 너무 늦어서 좀 그렇겠다. 그렇지?"

"감독님이 이 시간에 어떻게 여기에 오신 겁니까?"

"진짜 용건을 말하라는 거냐? 내가 이 시간에 네 아들놈을 찾아온 용건 말이냐?"

"……."

"사실 네 아들놈 병문안을 온 건 아니다. 기철이한테 물어보니까 네 녀석이 지금 호텔에 있지 않고 병원에 있다고 하더라고. 그래서 찾아온 거다."

"절 만나려시구요?"

"그래. 그럼 안 되는 거냐?"

"안 될 거야 없지만 전화로 얘기하셔도 되잖아요."

장석준이 이토록 낯설어하는 데는 그럴 만한 충분한 이유가 있다. 장석준은 현재 팀 기여도가 거의 없는 선수이며, 김인석과 최소한의 교류조차 갖고 있지 못한 사이였기 때문이다.

또한 김인석의 스타일로 미루어볼 때, 그는 결코 선수들을 손수 찾아오는 법이 없다. 코치들을 통해 선수에게 지시 내리는 게 대부분이며, 전지훈련 중에 마주치면 언제나 윽박지르기 일쑤였고, 식사시간에서조차 겸상을 허용하지 않아 선수들은 김인석과 개인적으로 대화할 만한 기회를 거의 얻지 못했다.

그런 그가 지금 그다지 유명하지도 않은, 노골적으로 말하면 주전선수의 극심한 부진으로 인해 땜질 식으로 긴급 배치된 한물간 타자 장석준을 찾아왔다. 물론 술이 좀 취해 있긴 하지만 말이다. 김인석이 계속해서 멍하니 서 있는 장석준에게 한마디 건네는데 그건 제안이 아니라 거의 명령에 가까웠다.

"가자."

"어, 어디로요?"

"너 샤워 안 했잖아. 사우나나 가자."

"사우나요? 이 시간에요?"

"이 자식은 왜 이렇게 말이 많아. 감독이 하자 그러면 하는 거지. 따라와."

일방적인 통보를 끝낸 김인석은 엘리베이터 문이 열리자 그대로 올라탔고 장석준도 더는 망설이지 못하고 그의 뒤를 따랐다. 그리고 둘은 미성병원에서 멀리 떨어지지 않은 24시간 남성 전용 사우나에 들어갔다.

사우나

새벽 2시의 사우나 안은 텅 빈 수증기만으로 가득한 곳이었다. 미성병원 근처의 사우나는 찜질방과 겸용으로 사용되는 장소였다. 늦은 시간까지 집에 들어가지 못한 직장인들이 짧은 밤을 보내는 곳이었는데, 그들 대부분은 어둑한 찜질방 한구석에 자리 잡고 잠들어 있을 것이다.

장석준과 김인석, 이 둘은 지금 습식 사우나 안에 들어가 나란히 나무의자에 걸터앉았다. 물론 둘 다 알몸인 상태로.

장석준은 김인석의 몸을 부러운 듯 바라봤다. 불혹을 훌쩍 넘겨 오십에 가까운 나이임에도 김인석은 군살 하나 붙지 않은 다부진 몸이었다. 특히 왕년의 강속구 투수의 면모를 과시라도 하려는 듯 유난히 발달된 상체 근육을 보는 순간 장석준은 형편없이 비대하기만 한 자신의 상체와 비교하지 않을 수 없었다. 관리 부족으로 끝도 없이 불어난 몸. 게다가 축 늘어진 아랫배까지. 장석준은 감독에게 차마 보여주고 싶지 않은 몸이라고 생각하며 민망한 마음까지 들었다.

모래시계가 거의 바닥을 드러낼 무렵이다. 습식 사우나 안에 들어온 지 5분여 동안 둘은 한마디도 섞지 않았다. 김인석은 그저 멍한 표정으로 수증기 가득한 유리벽을 바라볼 뿐이었고, 장석준은 그런 그가 말문을 열 때까지 기다렸다. 김인석이 오랜 침묵을 깨고 말문을 열었다.

"야, 장석준."

"예, 말씀하세요."

"힘드냐?"

"예?"

"사는 게 힘드냐고."

철학적인 질문이다. 그 질문을 받은 장석준은 자신도 모르게 쓴웃음을 지었다. 김인석은 그런 장석준을 흥미롭게 바라보며 말을 이었다.

"새끼, 감독이 간만에 진지하게 묻는데 비웃기나 하고."

"비웃은 거 아닙니다. 감독님답지 않아서요."

"석준아, 난 말이다."

"……."

"솔직히 요즘 같으면 죽을 맛이다."

"……."

"마누라는 떠나버렸고, 내 제삿밥 챙겨줄 자식새끼 하나도 없단 말이다. 넌 그래도 마누라도 있고 아파 골골대지만 널 보며 웃어주는 아들놈도 있잖아. 그러니 넌 나보다 살 만한 거야. 안 그래?"

"저도 죽겠습니다. 야구는 안 되지, 따로 벌어놓은 돈도 없지, 자식놈 병원비를 앞으로 어떻게 감당해야 할지 눈앞이 캄캄합니다."

"새끼, 프로야구 선수가 왜 이렇게 궁상이야?"

"프로야구 선수도 선수 나름이죠."

"웃기는 녀석."

"……."

"그런데 넌 왜 엮이지 않았냐?"

주제가 갑자기 전환되자 장석준의 얼굴에선 더 이상 자조 섞인 웃음기가 사라졌다. 그는 다시금 정색을 하고 어느새 이마에 땀방울이 송글송글 맺힌 김인석을 바라봤다. 김인석은 그를 보지 않고 시선을 앞 유리벽에 고정시킨 채 말을 이었다.

"네 녀석 배트 휘두르는 거 보고 알았다. 네놈만큼은 정말 치고 싶어 한다는 걸 느꼈어."

"알고 계신 겁니까?"

김인석이 천천히 고개를 끄덕였다. 장석준은 그런 김인석을 보며 한숨을 내쉬었다.

"석준이 넌 내년에 FA(자유계약선수)지?"

"예."

"입질 좀 오는 데 있냐?"

"입질은요. 고교 감독 자리나 알아봐야 할 것 같습니다."

"마, 거긴 뭐 어중이떠중이 다 가는 곳인 줄 알아? 그곳도 경쟁이 얼마나 치열한데."

"감독님."

"말해."

"어쩌실 생각입니까?"

"뭘 어떡해?"

"감독님도 타협하신 겁니까?"

장석준이 도전적으로 묻는다. 김인석은 그런 그를 재미있다는 듯 지켜보며 장난스럽게 되물었다. 하지만 돌아오는 장석준의 답은 결코 장난이 아니었다.

"내가 타협했다면 어쩔 건데?"

"만약 그렇다면……."

"만약 그러면?"

"감독님을 제가 가만두지 않을 겁니다."

"이 새끼 봐라. 가만두지 않으면 어쩔 건데?"

"감독님. 솔직히 저 같은 녀석 거들떠도 안 보고 될성부른 애들만 혹독하게 길들여서 시즌 우승까지 일궈낼 때에도 저 주전 안 끼워준다고 불만 한마디 내뱉지 않았습니다. 저라고 꼬장 부릴 줄 몰라서 안 하는 줄 아세요?"

"……."

"그래도 감독님이니까, 감독님만큼은 이리저리 휘둘리지 않고 오직 승부에만 집착하시니까 그래서 이해한 겁니다. 저란 녀석이 감독님이 보실 땐 팀 승리에 그다지 몫을 다할 것 같지 않다고 생각하신 거라고 스스로 위로하면서 말이에요."

"……."

"그런데, 만약 제가 후배놈들에게 들었던 그 더러운 제의를 감독님도 받아들이셨다면 정말 저 못 참아요. 저 한 성깔 하는 거 알고 계시죠?"

"5년 전 플레이오프 때 말이냐?"

김인석은 그렇게 말하면서 5년 전 플레이오프 5차전 경기 때 4번으로 출전했던 장석준의 세 번째 타석을 떠올렸다. 2승 2패로 박빙의 승부를 펼치던 두 팀의 마지막 격돌. 스코어는 0 대 0이었고, 장석준의 세 번째 타석 때 이미 8회로 접어들고 있었다. 당시 장석준은 페넌트레이스 때보다 포스트시즌과 같은 단기전에 유독 강한 면모를 보이곤 했었다. 플레이오프 경기에서도 예외는 아니어서 4차전까지 치르는 동안 그는 홈런만 4방을 몰아치며 7타점 이상을 기록하는, 팀의 일등 공신 역할을 톡톡히 하고 있던 때였다.

그래서일까. 견제에 견제를 거듭하던 상대 팀 배터리는 장석준이 타석에 들어서기만 하면 몸쪽 빠른 공이나 심지어 머리 쪽을 향하는 빈볼[20]로 장석준을 위협했고, 사람들은 그런 위협에 장석준이 위축될 것으로 예상했다.

그러나 장석준은 마침내 세 번째 타석에서 일을 저지르고 말았다. 이번에도 상대 투수는 장석준을 위협하기 위해 머리 쪽으로 향하는 고의성 빈볼을 던졌는데, 장석준은 피하지 않고 그 공을 그대로 맞은 것이다. 헬멧이 두 동강 날 정도의 강한 스피드로 뿌려진 공에 맞는 순간 장내는 찬물을 끼얹은 듯 조용해졌다. 당연히 장석준이 피할 줄로 알았던 상대 투수는 얼굴이 새하얗게 질려 굳어버렸고, 어느새 장석준의 이마에선 검붉은 피가 흐르기 시작했다. 이후의 장석준은 통제 불능이었다. 그 거대한 체구가 단숨에 마운드를 향해 달려오자 투수는 겁이 난 듯 아예 자기네 덕아웃으로 도망쳐버렸고, 장석준은 그의 도발을 제지하기 위해 나온 상대 팀 선수들마저 그대로 밀쳐버리며 흡사 헐크와도 같이 구장 전체를 아수

20 투수가 고의적으로 타자의 머리를 향해 던지는 공.

라장으로 만들어버렸던 것이다. 그로 인해 경기는 무려 1시간 이상 지체하게 되었고, 승부는 결국 장석준의 난동으로 인해 소속팀의 몰수패로 마무리되고 말았다. 그리고 그 사건은 포스트시즌이 끝난 이후로도 종종 회자되었으며, 어쩌면 장석준을 대표하는 수식어는 1할 타자보다는 '그라운드의 괴물'이란 별명이 더 익숙할는지도 모른다. 김인석은 그때 장석준이 보인 무모함을 생각하며 너털웃음을 터뜨렸다. 그렇지만 장석준은 그런 김인석의 반응 따위는 개의치 않고 자신의 말을 이어나갔다.

"정말 타협하신 거라면 저 지금까지 감독님께 받은 부당한 대우를 완전히 되갚아드릴 겁니다. 각오하시라고요."

"너 일어나봐."

갑자기 웃음을 멈춘 김인석이 뜬금없는 말을 던졌다.

"예?"

"일어나보라고."

김인석은 갑자기 진지해졌다. 장석준은 이런 그의 진지함에 기가 눌려 엉겁결에 자리에서 일어났다. 자리에서 일어서자 갑자기 머리가 어지러울 정도의 뜨거운 열이 그의 온몸을 휘감았다. 김인석이 계속 말을 이었다.

"배트 쥐어봐."

"배트가 없는데요."

"타석에 들어선 것처럼 흉내 내보란 말이야."

장석준은 김인석이 지시한 대로 따랐다.

"휘둘러봐."

"예."

갑작스런 김인석의 말에 기가 눌려 장석준은 자신도 모르게 오늘 3차전에서 휘둘렀던 타격 폼을 그대로 보여주고 말았다. 그러자 그제야 김인석도 자리에서 일어서서 그에게 타격 폼 교정을 지시했다. 둘 다 알몸이었고 땀으로 범벅이 된 사우나 안이었지만 순식간에 그곳은 연습구장의 한복판으로 변해버렸다.

"배트를 오늘보다 더 길게 잡아라."

"그럼 헛스윙할 확률이 더 커질 텐데요."

"어차피 단기전이고 너의 타격 폼은 단타에 어울리지 않는다. 너는 어떤 식으로든 장타를 날려야 돼. 뜬공이 되건 홈런이 되건 말이다. 만약 안타가 되더라도 적어도 2루타성은 쳐야 돼. 그래야지 너의 지금 몸으로 1루까지 살아나갈 수 있어."

김인석의 그와 같은 말은 장석준의 우려를 종식시켰다. 그가 만약 타협한 거라면, 이른바 미성그룹의 비위를 맞춰주기 위한 져주기 게임에 동의한 거라면 지금 이 시간에 자신을 사우나로 불러 이런 식의 타격 폼을 일러주진 않을 거란 확신이 섰기 때문이다.

"그리고 스윙을 할 때 고개를 절대 돌리지 마라."

"그건 알고 있는데 말처럼 쉽지가 않아요. 풀스윙을 하게 되면 고개가 너무 쉽게 젖혀져요."

"기구를 이용하든 무슨 수를 써서라도 무조건 해결해. 내일 새벽 5시에 구장에 나가. 나가서 스윙 연습을 2천 개 이상 해. 풀스윙으로. 스로윙 연습하고 자세 연습을 병행해야 한다. 그리고 그때마다 고개가 돌아가는 걸 막아봐. 붕대를 감든, 밴드로 묶어 고정시키든."

"2천 개요? 천 개가 아니라요? 내일 오후엔 바로 4차전인데요."

"배트를 길게 잡고, 고개 고정시키고, 그리고 나머지는 네가 알아서 휘둘러. 맞히든 맞히지 못하든 공은 무조건 끝까지 봐. 그렇게만 2천 번 휘둘러. 네 몸을 보니 불어 있는 상체가 장타를 날리기에 괜찮은 스타일이야. 2천 번 정도 휘두르면 단기전에서 어느 정도 상태 유지가 가능할 수 있어. 그 다음엔 무조건 내 사인만 받아. 코치들 사인 다 필요 없어. 그 자식들도 이미 매수된 상태니까 믿지 말라고."

"알겠습니다."

"그럼 이제 나가자. 그래도 두세 시간은 자둬야 되니까. 명심해. 넌 무조건 새벽 5시부터 연습 시작해야 돼. 안 그러면 정말 재미없어."

김인석이 오른손 검지로 장석준의 눈을 가리키며 그렇게 말했다. 순간 장석준은 자신도 모르게 고개를 끄덕였다. 그의 강력한 기운에 압도되었기 때문이다. 확실히 김인석은 범상한 인물이 아니었다.

괴물 투수의 합류

새벽 6시. 사우나에서 호텔로 돌아온 김인석이 죽음보다 깊은 잠에 빠져 있을 때였다. 침대에 머리를 파묻던 그는 그다지 익숙하지 않은 소리에 자극을 받아 머리를 꿈틀거리며 감고 있던 두 눈을 잔뜩 찡그렸다.

바로 전화벨 소리였다. 휴대폰 벨소리는 아니다. 김인석은 한국시리즈 시작 이후부터 휴대폰 따위엔 전혀 신경 쓰지 않았다. 맹호성과의 통화 때 바닥에 내동댕이쳐서 박살낸 이후 그는 휴대폰을 아예 잊어버렸다. 벨소리는 바로 룸에 마련된 전화기에서 나는 소리였다.

벨소리는 끊이지 않고 계속됐다. 끝내 김인석이 혼잣말로 쌍욕을 하며 몸을 일으킬 때까지 말이다.

"뭐야?"

"호텔 프런트입니다."

"그런데?"

"방재실에서 전화가 왔는데요."

"……?"

"CCTV를 통해서 봤는데, 김인석 감독님 룸 앞에 누가 무릎을 꿇고 앉아 있다고 해서요."

"누가?"

"그래서 저희 직원들이 무슨 일이신지 한번 여쭈어보려 하는데도 그냥 막무가내로 자신을 가만 내버려두라고 말해서요. 아무래도 감독님이 좀 아셔야 되지 않을까 해서 전화 드렸습니다."

프런트 직원은 남자였고, 뭔가 걱정이 많은 음성이었다. 그는 김인석이 즉각 반응을 보이지 않자 답답했던지 약간의 사심이 섞인 말로 주제를 전환했다.

"사실 전 맥시멈즈의 왕팬입니다."

"그래서요?"

"그런데 요즘 3차전까지 봤는데 너무 마음이 아파서요. 그리고 궁금한 것도 있구요."

새벽 6시에 이런 대화를 나누게 될 줄은 꿈에도 몰랐지만 그래도 김인석은 용케 전화를 끊지 않았다.

"뭐가 그리 궁금하쇼?"

"다른 건 아니고요. 왜 강태환 선수를 선발로 기용하지 않으세요? 무슨 문제라도 있나요?"

"그 자식을 기용하고 안 하고는 감독 맘이요. 그걸 당신이 뭐라 그럴 순 없지 않겠소?"

"지금 감독님 룸 앞에 무릎 꿇고 앉아 있는 사람이 바로 강태환 선수이기 때문에 이런 말씀 드린 겁니다."

"뭐요?"

그제야 김인석은 자리에서 일어나 현관문을 바라봤다. 그리고는 프런트 직원이 하는 이야기를 끝까지 듣지 않은 채 현관으로 걸어가 단숨에 문을 열어젖혔다.

직원의 말은 사실이었다. 문을 열자 자신의 룸 앞에 비장한 각오가 느껴지는 포즈로 무릎을 꿇은 한 사나이가 있었으니 그가 바로 강태환이었다.

녀석은 맥시멈즈 유니폼을 갖춰 입은 채로 무릎을 꿇고 있었는데, 복도를 오가던 한두 사람이 이 장면을 신기한 듯 지켜봤다. 김인석은 그런 강태환을 향해 한마디 내질렀다.

"야, 이 자식아. 너 지금 여기서 뭐하는 거야?"

그러자 마침내 고개를 든 강태환이 김인석을 향해 내뱉은 첫마디는 너무나 당돌했다. 강태환이기에 가능한 도발이다.

"4차전 선발등판하게 해주세요."

"뭐야?"

"4차전 선발로 나가 공 던지게 해달라고요."

"누구 맘대로?"

"그럼 4차전까지 말아먹을 참이세요?"

"이 새끼, 말하는 싸가지 보게. 그게 무릎 꿇은 녀석이 할 수 있는 말이냐?"

"이건 사실 감독님한테 용서를 구하기 위해 꿇은 무릎이 아니에요."

"그럼?"

"내 자신을 용서하기 위해서 무릎을 꿇은 거죠."

'그럼 그렇지' 하는 심정이 담긴 코웃음을 김인석은 갑작스럽게 터트렸다. 그와 함께 강태환을 일으켜 세웠다.

"일어나라, 자식아. 똥폼 잡지 말고."

김인석의 부축을 받은 강태환이 자리에서 일어나려다 이내 다시 복도 바닥에 주저앉아버렸다. 꽤 오랜 시간 무릎을 꿇은 탓에 다리가 심하게 저려왔기 때문이다.

"몇 시간 동안 이러고 있었냐?"

"모르겠어요. 한 12시간 정도?"

"그런데 내가 왜 널 못 봤지?"

"새벽 4시쯤인가 감독님 완전히 인사불성이 되어서 들어가시더라고요. 사람도 못 알아보고 말이에요."

"내가 일어나지 않았으면 어떡하려고 그랬냐?"

"프런트 직원 전화 안 받으셨어요?"

"이 새끼, 그럼 네가 시킨 거냐?"

"아니 천하의 특급 투수 강태환 선수가 왜 이런 곳에서 무릎을 꿇고 있냐고 먼저 물어보기에 자초지종을 말했더니 저를 도와주겠다고 했어요."

"뭐라고 말했는데?"

"감독님이 내가 싸가지 없게 군다고 괘씸죄를 적용해 한국시리즈 못 뛰게 되었다고. 그래서 이렇게 용서를 빌기 위해 무릎 꿇고 있는 거라고."

"이 개새끼야. 내가 그런 이유 때문에 널 등판시키지 않은 거냐?"

"기자들도 먼저 와서 사진 찍고 갔어요."

"이런 또라이 새끼!"

"오해하진 마세요. 제가 부른 건 아니고 그 사람들이 어떻게 알고 와서 사진을 찍고 간 거니까. 내일자 스포츠신문에 대문짝만하게 나올 거예요."

"하."

"그러니 이제 감독님은 선택의 여지가 없는 게 아닌가요? 보아하니 만철이 형한테 물병 집어 던진 사건 하나 가지고도 상벌위원회에 회부된다느니 영구 제명한다느니 하는 말이 돌던데 이런 일까지 겹치면 어떻게 될까 모르겠어요."

김인석은 심지어 강태환을 대견하게 쳐다보기까지 했다. 철이 없어 천방지축이기만 한 젊은 녀석으로만 알았는데, 제법 여우처럼 머리 굴릴 줄도 안다는 사실이 신기했기 때문이다.

그와 함께 김인석은 한 가지 다른 생각을 염두에 두었다. 강태환이 보이는 지금의 모습 때문이다. 강태환이 지금까지 보인 행동은 전혀 계산적이지 않은 돌출행동이 전부였다. 물론 마운드에서 타자를 압도하는 능력만큼은 탁월했지만, 연봉을 결정한다거나 소위 자신의 몸값으로 신경전을 벌이는 일 따위는 못하는 녀석으로 알아왔던 것이다.

그런 녀석이 지금 무조건 4차전에 자신을 선발로 기용해달라고 떼를 쓰고 있었다. 이건 분명 져주기 게임에서 비롯된 열의가 아닐 거란 확신을 김인석으로 하여금 느끼게 해주는 대목이다. 굳이 그가 나와서 던지지 않는다 해도, 누가 마운드에 나와 있다 해도 그 투수가 져주기 게임에 동의한 상태라면 승리할 가능성은 아예 없는 셈이다. 그러므로 지금 강태환이 이처럼 선발등판을 강하게 요청하는 데에는 그 자신만이 아는 절박한 사연이 있을 거란 계산이 김인석의 뇌리를 강하게 스치고 지나갔다.

"들어와봐라."

"그럼 선발 기용 약속하시는 거예요?"

"우선 들어와봐."

그렇게 김인석은 자신의 룸 안으로 강태환을 끌어들였다.

김인석은 한동안 끊었던 담배를 피워볼까 하는 심사로 럭키 스트라이크 한 개비를 입에 물었다. 하지만 불은 붙이지 않았다. 맥시멈즈 감독으로 부임하고 난 직후 끊었던 담배다. 2년 만에 다시 피우게 되면 이번엔 정말 죽을 때까지 금연할 수 없겠다는 두려움이 앞섰던지 그는 결국 입에 물었던 담배를 테이블에 내려놓았다.

강태환은 이런 감독의 모습을 조급한 눈빛으로 지켜보며, 현재 시각을 확인했다. 오전 6시 30분. 복도에서 강태환을 발견해 룸 안으로 데리고 들어온 시간이 6시 10분. 그렇다면 둘은 20분간 단 한마디의 대화도 주고받지 않은 거다. 결국 이러한 침묵이 말도 안 된다고 느꼈던지 원래 성격 급하기로 소문난 강태환이 먼저 말문을 열었다. 김인석이 어떤 심정으로 고민하는지는 신경도 쓰지 않은 채.

"도대체 뭐하시는 거예요? 등판시켜주실 거예요, 말 거예요?"

"네 놈의 진심을 알고 싶다."

"진심? 야구선수가 뛰고 싶다는데 무슨 거창하게 진심이에요?"

"내가 알고 있는 강태환이는 뛰고 싶어서 야구를 하는 게 아닌 걸로 알고 있는데. 이 게으른 천재야."

김인석이 예민한 눈빛으로 계속 자신을 응시하자 강태환은 속이 쓰린 듯한 표정으로 조심스럽게 말문을 열었다.

"도대체 그건 왜 알고 싶으신 거예요?"

"진심 말이냐?"

"예."

"납득하고 싶어서다. 네 녀석이 한국시리즈 따위에 욕심내는 스타일도 아니고, 하루라도 공을 던지지 않으면 몸이 근질거리는 스타일도 아닌데. 이 새벽에 무릎까지 꿇고 설레발을 치는 이유에 대해 납득을 해야 내가 널 믿고 등판시켜줄 거 아니냐?"

"참, 감독님도 대단하시네요."

"뭐가?"

"저 같으면 팀이 3연패로 죽 쑤는 이 마당에 나 정도 되는 놈이 선발로 나오겠다고 하면 두 손 들어 환영하겠어요. 지금 다 지게 생겼는데 똥오줌 가릴 처지예요?"

"이 새끼야. 그건 네가 관여할 바가 아니야. 지든 이기든 책임지는 건 순전히 감독 몫이야. 그거 몰라?"

"아무튼 말씀드려야 되는 거예요? 제가 뛰고 싶은 진짜 이유?"

"말해봐."

"전부는 말씀 못 드리겠어요."

"그건 또 무슨 소리냐?"

"전부 말씀드리면 너무 쪽팔리거든요. 저도 프라이버시라는 게 있잖아요."

"미친 새끼."

강태환의 입에서 '프라이버시'란 단어가 나오자 김인석은 자신도 모르게 헛웃음을 터뜨렸다. 영어 단어를 국어책 읽듯 말하는 녀석의 어설픈 모습이 여간 우스꽝스럽게 느껴지는 게 아니었다. 하지만 지금 강태환은 어느 때보다도 진지하다. 그래서일까. 녀석은 볼멘소리로 김인석의 비웃음에 대응했다.

"전 지금 심각해요. 자꾸 이러면 아예 입 닫아버리는 수가 있어요."

"이 자식이 지금 누굴 협박하고 지랄이야."

"어떻게 할까요? 전부는 아니더라도 말씀드려요?"

"그래, 알았다. 말해봐. 네가 마운드에 서고 싶은 진짜 이유

말이다."

"말씀드릴게요."

"그래."

"이기고 싶어요."

"뭐?"

"스틸러스인지 미성그룹인지 그 쓰레기들을 제 앞에 무릎 꿇리고 싶다구요."

그렇게 말한 강태환의 눈빛을 김인석은 해부하듯 지켜봤다. 끝을 알 수 없는 엄청난 분노로 이글거리는 눈빛. 그 눈빛에서 분출되는 상상을 초월하는 호승심. 김인석은 강태환의 그 눈빛이 마음에 들었다.

강태환. 녀석은 선천적으로 투사 기질이 다분하다. 덕아웃이나 연습장에선 시시껄렁한 온라인 게임이나 여자 이야기에만 관심을 보이는 철부지 신인 투수에 불과하지만, 일단 마운드에 들어서기만 하면 돌변해버린다. 눈빛부터가 달라지는 것이다. 김인석은 강태환의 그런 승부사 기질이 맘에 들었다. 만약 녀석이 그런 종류의 투사 본능마저 없었다면 강태환이 아무리 대한민국, 아니 비공인이긴 하지만 세계에서 최고 구속을 자랑하는 파이어볼러라 해도 1선발로 기용하는 일은 절대 하지 않았을 것이다.

그런데 지금 강태환이 보여주는 분노로 가득한 투사 기질은 지금까지 보아오던 페넌트레이스 때의 그것과도 분명히 달랐다. 한마디로 압권이었다. 김인석은 강태환의 그 이글거리는 눈빛을 보며, 적어도 이 녀석만큼은 승부의 세계에 있어서 뒷거래 따위는 용납하지 않는 열정을 갖고 있을 거란 확신을 가질 수 있었다. 그와 함께 잠시 풀이 죽어 있던 자신의 파이터 본능까지 함께 부활하는 것 같았다.

"네 녀석이 미성 스틸러스를 꺾고 싶은 이유는 말하고 싶지 않은 거냐?"

"프라이버시라고 말씀드렸잖아요."

"그래, 알겠다. 그렇지만 이거 하나만 더 묻자."

"또 뭘요?"

"만약에 상대가 미성이 아니라 다른 팀이어도 이렇게 죽기살기로 싸우고 싶은 거냐?"

"미쳤어요!"

갑자기 핏대를 올리는 강태환. 아직은 감정 조절이 서툰 질풍노도의 청년인 그를 보며 김인석은 더욱 흥미롭다는 듯 팔짱을 끼었다. 이내 흥분을 가라앉힌 강태환이 대답했다.

"미안해요. 갑자기 흥분해서."

"미성이 아니면 싸울 생각이 없다는 거군."

"예, 미성 스틸러스를 개박살내는 것만이 지금의 제 유일한 목표예요."

"그런데 말이다."

"……?"

"야구란 게 말이야. 투수만 잘 던지면 승리할 수 있는 스포츠인 게 맞기는 맞아. 그런데 그것도 타석이 어느 정도 때려줄 때라면 모르지만 지금 우리 팀 상황으로 보면 사실 1점 내기도 어려워."

"뭐 그렇게 좆같이 못한대요? 그냥 대충 때려 맞히면 되는 건데…… 병신자식들."

"마, 그래도 너보다 대여섯 살은 위인 선배들이야. 말조심해."

"알았어요, 미안해요."

"감독이나 어른한테는 미안하다가 아니라 죄송하다고 하는 거고…… 아니, 아니지. 지금 그런 말을 할 때가 아니지. 어쨌든 말이야. 네 녀석이 정말 스틸러스를 개박살내고 싶다면 말이야. 그냥 대충 1, 2점 내주고 승부 보려는 생각은 아예 접어두는 게 좋아. 내 말 무슨 말인지 알아듣겠어?"

"완투를 하란 말인가요? 그 정도라면 자신 있어요. 한 경기 170개도 던질 수 있다고요."

"아니, 그거 말고 말이야."

"……?"

"노히트노런[21]은 해야 돼. 그래야 이길 수 있다."

김인석의 얼굴은 더없이 진지했다. 때문에 강태환은 지금 그가 한 말이 농담이 아님을 확신했다. 그러자 녀석은 의아하다는 듯 고개를 갸우뚱거리며 되물었다.

"노히트노런이요?"

"목표를 그렇게 가져가란 말이다. 그렇게 해야지만 적어도 1승은 챙길 수 있어."

"1승 가지고는 안 돼요! 스틸러스를 무조건 이겨야 한다니까요."

"지금 약속해라. 노히트노런 하겠다고. 네 놈이 1승만 확실히 잡으면 그 다음 승수는 내가 책임지마."

"알았어요. 알겠다니까요."

"새끼. 화끈해서 좋구나."

"그럼 지금 가볼게요. 컨디션 조절하려면 조금이라도 자둬야 될 것 같아요."

"4차전 등판은 아니다. 넌 5차전 선발이야."

"예?"

21 투수가 상대 팀 선수에게 무안타, 무실점인 상태로 경기에서 승리하는 것.

강태환이 일어나다 말고 놀란 얼굴이 되어 되물었다. 자신이 당연히 4차전 선발로 뛸 줄 알았는데, 다른 말을 하니 놀란 것이다. 그는 따지듯 말을 이었다.

"내일은 누가 나오는데요?"

"데니스가 던질 거야."

"데니스? 그 자식은 2차전 때 이미 던졌잖아요?"

"그래도 4차전 선발은 데니스야. 그리 알아."

"데니스 그 자식은 먹튀예요. 지 기분 내키는 대로 뿌려대는 양아치 새끼라고요!"

"아무튼 넌 5차전 선발이야. 그렇게 알아둬. 그리고 내가 내일 너한테 스틸러스 타자들을 상대할 공 배합에 대한 자료를 넘겨줄 거야. 넌 무조건 그 공 배합만 머릿속에 넣어둬. 외우기 힘들면 유니폼 주머니에 집어넣고 타자 나올 때마다 꺼내 보든지 하라고."

"무슨 소리예요? 포수 사인이나 코치님 사인 받으면 되잖아요. 포수는 뭐 폼으로 있어요?"

"글쎄 시키는 대로 해. 노히트노런이 무슨 똥강아지 이름인 줄 알아? 내가 시키는 대로 해야 그나마 승산 있어."

"그렇지만 감독님, 4차전에서 지면 모든 게 끝장이에요. 5차전은 없단 말이에요."

"걱정하지 마라. 4차전은 무조건 이기게 되어 있어. 넌 5차전 준비나 철저히 해라."

"감독님이 무슨 점쟁이예요? 이기고 지는 걸 그렇게 확신하게."

"이 새끼가, 감독 말을 안 믿어. 내 말 이제 끝났으니까 그만 가봐. 난 좀 더 자야겠어. 피곤해."

김인석은 더 이상 말을 섞고 싶지 않았다. 그래봐야 무모한 강태환은 더욱 기를 쓰고 자신을 4차전 선발로 기용해달라고 생떼 부릴 것이 자명하기 때문이다. 김인석은 귀찮다는 듯 손짓으로 강태환에게 밖으로 나갈 것을 요청하고는 녀석이 어떤 반응을 보이든 아랑곳 않고 침대로 돌아가 드러누워버렸다. 그러자 여전히 할 말이 많던 강태환도 그대로 물러나고 말았다.

강태환이 밖으로 나가자 침대에 얼굴을 파묻던 김인석이 다시 천천히 몸을 일으켰다. 그리고는 다시 소파로 자리를 옮겨 노트북 전원을 켰다. 전혀 희망이 보이지 않던 순간에도 승리에 대한 결의를 불태우던 그였다. 그런 마당에 거물 강태환이 제 발로 무릎을 꿇고 자신에게 공을 던지게 해달라고 읍소하다니. 자존심 강한 김인석은 자신이 뱉은 말 때문에 차마 불러들일 수 없던 야생마 강태환이 자신에게 저절로 굽히고 들어온 이 상황을 천재일우의 기회로 생각했다. 그와 함께 한국시리즈를 더 이상 불량한 프로페셔널들의 시나리오에 의해 좌우되도록 방관하지 않겠다는 전의를 불태웠다.

4차전

4차전.

김인석은 자신이 강태환에게 말했던 예언이 그대로 적중하리라는 걸 다시 한 번 확인했다. 상대 팀의 선발 라인업을 받아든 순간 확신할 수 있었다.

스틸러스의 선발투수는 훈명석이었다. 그는 시즌 중엔 단 한 번도 선발로 등판한 적이 없는 중간계투 요원으로, 한 경기에 두 이닝 이상을 던져본 적이 없던 선수였다.

그렇다고 지금 스틸러스 투수진이 완전히 바닥난 건 결코 아니다. 캐나다 출신 용병 클림트도 아직 건재했고, 무엇보다 메이저리거 출신으로 컴퓨터 제구를 자랑하는 정지훈도 있었으며, 3선발이나 4선발 중에서도 선발급으로 괜찮은 투수들이 몇 명 포진되어 있었다. 그럼에도 스틸러스 감독 전용호는 지금 중간계투 투수를 한국시리즈 4차전 선발로 기용하는 변칙적인 용병술을 보여주고 있다. 이로써 김인석의 직감은 적중했다. 이건 평소 전용호가 보여주는 용병술과는 전혀 다른 양상이다. 그는 이런 식의 모험을 감행할 만큼 뒷심이 강한 스타일이 못 된다는 것을 김인석은 누구보다도 잘 알고 있는 것이다.

거기에 선발 타자들 라인업까지……. 스틸러스가 4차전만큼은 맥시멈즈에게 헌납하겠다는 의지가 분명했다. 나름대로 잘 맞고 있는 하위타순에서 8번 윤정호를 빼고 대타전문 선수를 기용한 것도 그렇고, 무엇보다 3번 이대철, 4번 고영주를 주전에서 누락시킨 라인업을 보며 김인석은 너털웃음마저 터뜨리고 말았다. 이건 아예 대놓고 시나리오대로 하겠다는 거 아냐 하는 마음속 냉소를 품은 채로.

김인석은 이번엔 자신의 팀 선수들 모습을 살펴봤다. 배트를 휘두르는 폼이 예사롭지가 않다. 1, 2, 3차전에 보여준 의도적인 느슨함과는 분명한 차이를 느끼게 하는 매서운 스윙. 호정만이 그랬고, 이만철, 성순호, 봉태호까지. 아예 이번엔 벼르고 스틸러스를 두들겨보겠다는 의지로 가득해 보인다.

게다가 타격코치 이기철의 뻔뻔스러움은 김인석에게 참을 수 없는 역겨움을 안겨주었다. 그는 김인석에게 다가와 타격 라인업을 다시 구성하자며 다음과 같이 말했던 것이다.

"감독님. 오늘은 만철이 타격이 좀 살아날 것 같습니다. 4번을 교체하죠."

"왜?"

"만철이 타격이 살아나는 것 같으니까요. 당연히 교체해야 되는 거 아닙니까?"

"그래서?"

"예?"

"그래서 4차전이 지나고 나면 또 만철이가 슬럼프인 것 같으니까 석준이한테 넘기자고 말하려고?"

김인석의 송곳 같은 말은 이기철의 심장을 꿰뚫었다. 그와 함께 그는 김인석을 노골적으로 경계하기 시작했다. 사실 확인이 더욱 명백해진 셈이다. 독불장군 김인석이 더 이상 맥시멈즈에게 주어진 시나리오의 주연이기를 포기한 사실 말이다. 이기철은 더 이상 자신의 의견을 피력하지 못하고 그대로 물러났다. 그로 인해 4차전에서도 맥시멈즈의 4번 타자는 장석준의 차지가 되었다.

"2천 번 휘둘렀냐?"

덕아웃에서 일어난 김인석이 장석준에게 다가가 물었다. 장석준은 김인석이 다가오자 자리에서 일어나 간단히 목례하고서 그를 바라봤다. 김인석은 장석준의 얼굴 상태만으로도 그가 자신의 명령을 수행했다는 걸 충분히 알 수 있었다. 하루 만에 몰라보게 수척해진 얼굴과 제대로 잠을 자지 못해 퀭한 두 눈이 그의 무모할 정도로 과도한 연습량을 대신 말해주고 있었다.

그래서일까. 김인석은 대답을 기다리지 않고 장석준을 손짓으로 불러 밖으로 나오게 했다. 김인석이 먼저 밖으로 나갔고, 장석준이 다른 선수들의 눈치를 보며 뒤따라 나갔다. 하지만 선수들은 다행인지 불행인지 둘의 부재를 의식하지 않았다.

밖으로 나온 김인석은 장석준을 보며 말했다.

"무리인 줄 알지만 부탁을 좀 하자."

"무슨…… 말씀인지?"

"오늘은 우리가 무조건 이긴다."

"예? 어떻게요?"

"그렇게 되어 있어."

"그럼, 이것도 져주기 게임의 일부인가요?"

"5차전이 벌어지는 날이 10월 25일이야. 5차전도 잠실에서 벌어지고. 그날이 무슨 날인지 아냐?"

"모르겠는데요."

"그날이 바로 미성그룹 창립 30주년 기념일이야."

"……."

"경제 위기란 명분 때문에 대대적인 행사는 자제하고 대신 회장단을 비롯한 계열사 거물들이 죄다 모여 잠실구장에서 5차전 경기를 관람한다는 스케줄이 잡혀 있어. 그럼 당연히 4차전은 버리겠지. 어차피 져주기 게임인데, 한 게임 정도 내줬다고 판도가 변하는 것도 아닐 테고 말이야."

그 말을 듣고 있던 장석준의 표정은 더욱 험악하게 일그러졌다. 하지만 마냥 분노를 터뜨릴 입장도 아니었다. 자신이 아무리 화를 낸다 해도 정작 4번 타자로서의 역할을 다하지 못하면 아무 소용이 없기 때문이다. 김인석은 그런 장석준에게 자신의 말대로 무리한 부탁을 하기에 이르렀다.

"그래서 말인데, 석준아."

"말씀하세요."

"네가 이번에 프락치 노릇을 해줘야겠다."

"프락치요?"

"주전 애들 중에 이 져주기 게임에 포섭된 애들과 그렇지 않은 애들을 분류해라."

"제가요?"

"그럼 감독인 내가 하랴?"

"허어……."

"만철이나 정만이, 재용이 같은 녀석들은 나도 이미 알고 있지만 나머지 애들까지 전부 매수되었는지 아닌지 잘 모르겠어. 그걸 좀 알아내. 그래야지 이길 수 있어."

"한두 명이 아닐 텐데요."

"쓸 만한 애들이 있어야 돼. 내가 말하는 쓸 만한 애들이란 실력이 월등한 녀석들을 말하는 게 아니다."

"그럼?"

"감독의 작전에 기계처럼 적어도 5할 이상은 부응해줄 수 있는 녀석들을 찾아야겠어."

"……."

"부탁이다. 선별해서 나한테 보고해라."

"알겠습니다."

장석준은 어렵게 대답했다. 그렇게 답을 하고서도 그의 얼굴 표정은 썩 밝지 못했다. 한솥밥을 먹는 식구들 중에서 어떤 이를 구별해낸다는 일 자체가 유쾌한 일은 결코 아니기 때문이다. 그런 만큼 어려운 지시를 수락한 장석준의 어깨를 두어 번 다독인 김인석은 그대로 덕아웃 쪽이 아닌 반대 방향으로 걸어나갔다.

"어디 가세요? 이제 막 시합 시작해요."

"이기철이가 대신 하라고 해. 난 가볼 데가 있다."

"어디 가시는데요?"

"알 거 없어."

김인석은 그렇게 4차전 시합을 10분 앞두고서 홀연히 잠실 경기장을 벗어났다. 선글라스에 맥시멈즈 유니폼까지 차려입은 채였다.

감독, 다시 실종

"아, 이게 도대체 무슨 일입니까? 마땅히 자리를 지키고 계셔야 할 분이 오늘은 아예 시작부터 보이지가 않습니다."

"무슨 신변상에 안 좋은 일이라도 생긴 걸까요?"

"안 좋은 일은 무슨 안 좋은 일입니까? 그냥 도망치고 싶은 거겠죠."

"뭘 말입니까?"

"지금까지 자신이 시즌 중에 진행하던 작전이나 모든 것이 제대로 풀리지 않으니까 이런 식으로 보이콧을 하며 선수들한테 무언의 압력을 가하는 거예요. 그게 모두 작전이나 용병술에서 철저히 실패한 감독 책임인 것도 모르고 말이죠."

"설마 그런 식으로까지 하겠습니까? 그래도 김인석 감독인데요."

"김인석 감독이니까 더더욱 그럴 수 있는 겁니다. 기억 안 나세요? 김인석 감독, 선수 시절에 뜻대로 안 풀린다고 걸핏하면 타자 머리 쪽으로 빈볼 던지면서 패싸움을 유도하던 그 싸움닭 기질 말입니다. 사람 쉽게 안 변해요, 암요."

확실히 해설위원 김봉균은 스탠스를 잃고 있었다. 김인석이 아예 자리를 지키고 있지 않은 것은 분명 잘못된 일이지만, 그렇다고 그렇게까지 비난할 이유는 없었는데, 김봉균은 마치 김인석이 스포츠맨십을 완전히 깔아뭉개는 인사인 것마냥 원색적으로 비난하기에 이른 것이다. 캐스터 윤형주가 애써 김봉균의 흥분을 가라앉히려 했고, 그런 어수선한 분위기에서 한국시리즈 4차전은 시작됐다.

1회 초 공격은 맥시멈즈였다. 1번 육덕호는 4차전 선발로 등판한 스틸러스의 5년차 투수 훈명석을 그다지 위협적으로 생각하지 않았다. 그는 3차전까지의 경기와는 전혀 다른 날카로운 타격 폼을 선보이며 1구, 2구 모두 홈런성 파울을 날려 훈명석의 간담을 서늘하게 만들었다. 그리고 이어지는 3구. 훈명석이 바깥쪽 슬라이더를 던졌지만, 육덕호는 마치 기다리고 있었다는 듯이 가볍게 밀어쳤고, 공은 매끄럽게 2루수와 우익수 사이 지점에 떨어졌다. 이로써 한국시리즈가 시작된 이후 처음으로 맥시멈즈 선두타자가 안타를 기록하며 누상에 진루한 것이다.

장석준은 그라운드에 나와 배트를 휘둘렀다. 오늘 새벽부터 시작된 스윙 연습으로 인해 그의 두 팔은 마치 끊어져나갈 것처럼 저려왔지만, 그 자신도 놀라운 건 스윙을 하는 자신의 배트 스피드가 몰라보게 날카로워졌다는 사실이었다. 그런데 그런 장석준을 향해 타격코치 이기철이 다가왔다. 얼굴엔 다소 민망한 표정을 가득 품은 채로.

"석준아."

"예."

"미안한데 오늘 경기는 만철이한테 넘겨야겠다."

"예?"

"만철이 봐라. 오늘은 나와줘야 재도 체면이 좀 서지 않겠냐? 그래도 명색이 시즌 내내 3할 치던 홈런왕이었는데."

이기철의 말도 일리는 있다. 자신의 부진을 겨냥한 언론의 따가운 뭇매를 이만철도 더는 견디기 힘들었을 것이다. 이런 마당에 4차전만큼은 만만한 투수 훈명석으로부터 홈런 한 방 정도는 때려내야겠다는 욕심이 생기지 않을 수 없는 이만철. 하지만 장석준은 여전히 스윙 연습을 멈추지 않았고, 그런 그를 향해 기철이 다그치듯 재차 말했다.

"석준아, 내 말 들어."

"오늘 하루만 주세요."

"뭐?"

"오늘 하루만 달라고요. 그 후에 바꾸세요. 그래도 되잖아요?"

저항하는 말투가 거슬려서일까. 장석준의 이 말을 들은 이기철도 더는 부드럽게 반응하지 않았다.

"이 자식이! 마, 네가 지금 그런 말 할 처지가 아니잖아. 네 녀석이 2, 3차전에 나와서 도대체 한 게 뭐야? 상대 팀 웃음거리밖에 안 된 놈이 나오라면 나올 것이지, 뭐 이렇게 군말이 많아?"

"선배가 감독이에요?"

"뭐야?"

"감독님이 나 교체하라고 시켰냐고요?"

"감독이 없잖아."

"암튼 난 못 물러나. 그렇게 알아요."

한 번 작심한 건 여간해선 포기하지 않는 장석준의 성격을 잘 알고 있는 이기철은 그대로 절망적인 표정으로 덕아웃으로 돌아갔다. 그런 이기철의 풀 죽은 모습을 확인한 이만철은 덕아웃에서 애꿎은 배트를 내동댕이치며 분을 삭여야 했다. 장석준은 그런 이만철에 상관없이 배트만 죽어라 휘둘러댔다.

2번 이재용은 의욕과는 다르게 삼진아웃당하고 말았다. 전심을 다해 훈명석의 변화구 위주의 공을 공략하려고 덤벼들었지만 여의치 않았다. 이런 현상은 1차전부터 3차전까지 이어진 져주기 게임의 후유증으로 볼 수 있다. 타격감을 찾기엔 적당한 시간이 필요한 법이다.

하지만 3번 타자 호정만은 호락호락하게 물러나지 않았다. 단타 위주의 끊어치는 타법으로 유명한 호정만은 훈명석의 초구 직구를 기다렸다는 듯이 노려 쳤고, 공은 보기 좋게 훈명석 머리 위로 날아가 중전안타를 만들었다. 더불어 스틸러스 중견수 진재형이 워낙 깊이 들어가 있었던 탓에 그 틈을 노려 1루에 있던 육덕호는 3루까지 내달려 슬라이딩까지 하는 기염을 토했다. 1사에 주자 1, 3루.

4번 장석준이 타석에 들어섰다. 그러자 장석준을 향한 해설위원 김봉균과 캐스터 윤형주의 곱지 않은 중계가 시작되었다. 그 포문을 먼저 연 것은 김봉균이다.

"글쎄요. 제 생각엔 이만철 선수를 다시 주전으로 기용하는 게 어떨까 하는데요. 지금 장석준 선수는 완전히 감을 잃었어요. 2, 3차전 때 단 한 개의 안타도 때리지 못했고, 더욱이 공을 제대로 맞혀서 내보낸 게 하나도 없었어요. 죄다 삼진 아니면 내야땅볼 아니었습니까? 도대체 이게 뭐 한국시리즈를 하자는 건지 말자는 건지."

"김인석 감독의 자리가 공석이라 작전지시가 원활하지 못한 이유 때문은 아닐까요?"

"아니, 그러면 수석코치나 다른 사람들이 나서서라도 이만철 선수를 타석에 세워놔야죠. 이거 뭐 어쩌자는 겁니까? 게임 하자는 거예요, 말자는 거예요?"

"그것도 그렇지만 말입니다. 오늘 스틸러스의 선발 훈명석 선수도 불안하긴 마찬가지예요. 그렇지 않습니까?"

"동감입니다. 훈명석 선수는 시즌 중에도 선발로 나온 적이 한 번도 없는 선수예요. 그렇다고 스틸러스에서 아예 투수가 없는 것도 아닌데 말이죠. 맥시멈즈 타선을 너무 우습게 본 것 아닌가 싶네요. 이건 평소 전용호 감독의 용병술과는 전혀 다른 선수 기용인데, 거의 실험 수준이거든요. 그건 타자 라인업에서도 마찬가지예요."

"그렇군요. 오늘 선발을 보니 3번, 4번, 5번, 그리고 8번 선수까지 모두 교체되었어요. 이 선수들은 모두 잘 맞던 선수들 아닙니까? 더구나 4번 고영주 선수는 만루 홈런까지 때려낸 스틸러스의 상징과도 같은 선수예요."

"그러니까 말이죠. 오늘 두 감독의 경기는 완전히 미스터리예요, 미스터리."

"아, 말씀드리는 순간. 아, 장석준 선수!"

캐스터 윤형주가 장석준의 이름을 다급하게 외쳤다. 이유인즉 장석준이 훈명석의 2구 몸쪽 체인지업을 보기 좋게 받아쳤고, 타구가 좌측 펜스를 향해 힘차게 날아갔기 때문이다.

관중들의 시선은 일제히 공을 쫓아갔고, 공을 던진 투수 역시 서둘러 뒤를 돌아봤다.

"넘어가느냐, 넘어가느냐, 아, 파울이군요. 아쉽습니다."

그랬다. 장석준이 때린 공은 아슬아슬하게 좌측 펜스로 넘어가는 파울이 되었다. 하지만 장석준은 이 공 하나로 인해 자신감을 얻을 수 있었다. 무엇보다 2, 3차전에서 전혀 보이지 않던 공이 조금씩 눈에 들어오기 시작한 것이다. 그러자 배트를 쥔 장석준의 두 손에서 묘한 짜릿함이 전달되어왔다. 공이 배트 중심에 맞는 순간의 짜릿함. 장석준은 스스로 감격에 겨워 잠시 자신의 손을 내려다봤다. 이 얼마 만에 느껴보는 전율인가.

그렇지만 과유불급이라 했던가. 2구 때 자신감을 가졌던 장석준은 그만 3구째 훈명석의 유인구에 속아 배트가 나가고 말았다. 느린 커브에 타이밍을 잘못 맞춘 장석준의 풀스윙으로 배트 끝에 공이 걸려버렸고, 어설프게 맞은 공은 투수 정면 땅볼이 되었다. 잽싸게 공을 낚아챈 훈명석이 2루를 향해 볼을 던졌고, 공을 받은 2루수는 가볍게 2루 베이스를 밟고는 한 템포를 쉬는 여유까지 부린 다음 1루수를 향해 송구했다.

워낙 걸음이 느린 장석준이 1루의 절반밖에 도달하지 못했기 때문이다.

"아, 유인구에 속았어요, 장석준 선수. 삼구 삼진보다 못한 결과를 낳고 말았습니다. 장석준 선수의 병살타로 인해 1회 초 맥시멈즈의 공격은 물거품이 되어버렸습니다."

"아니에요. 그렇긴 해도 방금 전 장석준 선수가 친 홈런성 파울은 괜찮은데요."

"그렇게 보셨습니까?"

"예, 어제와는 확실히 달라요. 타격 밸런스도 어느 정도 갖춰졌고 스윙 할 때 발이 지면에서 좀처럼 떨어지지 않았어요. 무슨 연습을 했기에 하루 만에 저렇게 달라질 수 있는지 잘 모르겠네요."

그렇게 김봉균은 말끝을 흐리며 장석준의 변화를 긍정적으로 진단했다.

2군 구장

목동 근처에 위치한 동일기계공고. 그곳 야구부 연습실을 차지하고 있는 건 모교의 야구부원들이 아니다. 바로 이곳은 맥시멈즈 2군 선수들의 거처이면서 동시에 2군 구장으로 쓰이는 곳이다.

동일기계공고는 작년부터 재단 사정으로 인해 야구부 해체 방침을 확정했다. 그때 아예 야구 연습장과 기구들까지 처분하려 했는데, 이 사정을 전해들은 맥시멈즈 단장 맹호성이 수완을 발휘해 얼마 안 되는 임대료만으로 이곳을 2군 구장으로 활용할 수 있게 만든 것이다.

어느 구단이나 2군에 대한 대우나 환경이 1군보다 못한 게 현실이지만 맥시멈즈처럼 이렇게 대놓고 2군을 무시하는 경우는 거의 전례를 찾아보기 어려웠다. 적어도 전용 구장만큼은 마련해놔야 하는 게 2군에 대한 최소한의 예의인데 말이다.

그런 생각을 하자 운전 중인 김인석은 괜한 울분이 다시금 치밀어올랐다. 자신의 야구 선배 맹호성은 현역 시절에도 그라운드의 여우 소리를 들어가며 지나칠 정도로 실리적인 작전야구를 구사하는 스타일이었지만, 정말 이 정도로 약삭빠르게 구단 주머니 사정을 먼저 걱정하는 인물로 타락하게 될 줄은 예상치 못했었다. 그런 맹호성의 머리에서 스틸러스의 희생양이 되어주는 어처구니없는 작전이 나온 거다.

"치사하고 비열한 양아치 새끼."

불법 유턴을 감행하던 김인석의 입에서 자신도 모르게 혼잣말이 튀어나왔다.

잠실에서 목동 동일기계공고까지 단 20분 만에 도착한 김인석의 애마 97년식 그랜저는 열린 학교 정문을 그대로 통과해 맥시멈즈 2군 선수들의 숙소인 교육관 옆 컨테이너 건물을 들이받을 듯한 속도로 질주하다가 바로 앞에 멈춰 섰다. 차가 정지하자 희뿌연 흙먼지가 앞유리를 가득 뒤덮었고, 차 밖으로 나온 김인석은 선글라스를 착용해야만 했다.

김인석은 구장을 한 번 크게 둘러봤다. 야구 연습을 위한 몇 가지 비품들과 야구 장비들이 놓여 있는 걸 제외하면 이곳이 과연 야구 구장인지 의심하게 만들 정도로 황량했다. 곳곳에 실밥 터진 야구공과 낡은 글러브 몇 개가 바닥을 뒹구는 모습이 그의 심기를 더욱 불편하게 했다.

김인석은 이러저러한 불편한 심경을 그대로 행동으로 노출시켰다. 컨테이너 문을 부술 듯 발로 걷어찬 것이다. 문은 녹슨 소리와 함께 힘없이 열렸으며, 김인석의 눈앞에 컨테이너 사무실 내부가 그대로 노출되었다. 김인석은 사무실을 바라보자 자신도 모르게 '빌어먹을!'을 탄성처럼 내뱉었다.

앵글 선반 위에 올려진 17인치 TV 앞에 모여든 선수들과 2군 감독 유승민은 요란한 철문 소리가 들리자마자 일제히 고개를 돌렸고, 문 앞에 버티고 선 인물이 자신들의 소속 구단인 맥시멈즈의 감독 김인석이라고는 전혀 예상하지 못한 채 무심한 눈빛으로 그를 바라봤다.

김인석은 그들이 모여 앉은 컨테이너 사무실 주위를 둘러봤다. 자세히 볼 것도 없이 한마디로 사무실 안은 쓰레기장이다. 질서 없이 놓인 소파와 바닥을 뒹구는 야구 용품들. 먹다 남은 음식물 쓰레기와 곳곳에서 깜빡거리며 젊은 여자의 신음 소리와 함께 성인 동영상을 재연하는 데스크탑 컴퓨터까지. 그리고 그 안에 모여 있는 열 명 남짓한 선수들. 김인석은 더는 참을 수 없어 일갈 괴성을 터뜨리고 말았다.

"야! 유 감독!"

덕아웃에 앉아 있어야 할 감독이 사라졌다고 했지만 유승민은 설마 김인석이 이곳에 찾아오리라곤 꿈에도 생각하지 못했다. 하지만 김인석의 호통을 듣자마자 그는 정신이 번쩍 들었다. 지금 문 앞에 서 있는 작자가 유령도 가짜도 아닌 진짜 맥시멈즈의 괴짜 감독 김인석란 걸 확인하는 순간 그는 소파에서 튕기듯 뛰어나왔다.

그렇지만 유승민의 즉각적인 반응과는 달리 소파에 드러누울 듯한 자세로 앉아 있던 선수들은 아직도 영문을 몰랐다. 그들은 극도로 나태한 자세를 여전히 고치려 하지 않은 채 불같은 성질을 부리는 낯선 사내의 등장을 불쾌하게 바라보기만 했다. 그러자 유승민이 손사래를 치며 그들에게 빨리 자리에서 일어날 것을 종용했다. 다 죽어가는 낮은 목소리로 다음과 같이 말하며 말이다.

"뭐해? 빨리 일어나. 감독님이야."

유승민의 말을 들은 2군 주장 포수 김민광이 어이없다는 듯 되물었다.

"감독님이 누구예요? 감독님이 감독님 아니에요?"

"2군 말고 1군 감독님 말이야. 김인석 감독님."

"예?"

그제야 정신을 차린 선수들은 순식간에 몸을 일으켜 자세를 바로 했다. 김인석은 그런 그들의 때늦은 반응을 이해하려고 애썼다. 시즌 중반 이후부터 거의 2군을 돌보지 않았다. 하기야 1군 선수들하고도 시합이나 연습 때 빼고는 거의 만날 일이 없었는데, 하물며 2군 선수들이 자신을 기억한다는 게 오히려 이상할 정도다. 더구나 한창 잠실구장에서 팀을 진두지휘하고 있어야 할 감독이었으니 말이다.

김인석은 그들이 열중해서 보고 있던 TV를 잠시 점검하듯 바라봤다. TV에선 익숙한 목소리의 NBC 캐스터 윤형주와 해설위원 김봉균이 중계하고 있는 한국시리즈 4차전 경기가 한창이었다. 김인석은 먼저 몇 회인지와 스코어를 확인했다. 4회 초. 스코어 2 대 0. 맥시멈즈가 앞서고 있었다. 그 장면을 확인하며 김인석은 냉소적으로 반응했다.

"정말 5차전까지 갈 모양이군. 어이가 없네, 어이가 없어."

승부 조작의 결과에 대해 확신을 가진 김인석은 더 이상 망설일 필요가 없다는 마음속 결의를 견고히 했다. 그런 김인석에게 유승민이 지극히 당연한 질문을 던졌다.

"감독님. 이 시간에 어떻게 2군 캠프를 다 찾아오셨습니까?"

"지금 모인 이 녀석들이 전부야?"

김인석은 유승민의 물음에는 대꾸하지 않고 컨테이너 안에 있는 선수들 숫자를 다시 한 번 확인했다. 모두 사복 차림이었는데, 그중엔 선수로 보이지 않는 한 명이 눈에 띄었다.

"저 녀석은 선수 아니지?"

"예, 비품 관리해주는 아르바이트생입니다."

"우라질, 이 망할 놈의 구단은 통역부터 비품 관리까지 죄다 알바야. 시급은 제대로 주는지 모르겠네."

"……."

"그건 그렇고. 그럼 다른 녀석들은?"

"예, 그게……."

"괜찮아. 빨리 말해. 그런 일로 윽박지를 만큼 한가하지 않으니까."

"예, 사실 시즌 끝나고 딱히 할 일도 없어 휴가 보냈습니다."

"누구 맘대로?"

"죄송합니다."

윽박지르지 않을 거라는 말을 믿은 유승민. 너무 쉽게 자신의 재량권 남발을 보고한 모양이다. 이내 후회한 듯 죄송하다며 고개를 숙였는데, 불같이 화낼 줄 알았던 김인석은 의외로 별다른 반응을 보이지 않았다. 대신 낡은 철제 책상 앞에 앉아 또 다른 지시를 했다.

"유 감독."

"예."

"저 선수들 훈련 데이터하고 신상명세 내 앞에 빨리 갖다 놔. 2군 전체 성적표도 함께."

"이 친구들 훈련 데이터요? 그건 뭐에다 쓰시려고요?"

"그런 건 묻지 말고 빨리 준비나 해. 그리고 너희들."

이번에는 김인석이 쭈뼛거리며 멍하니 서 있는 건장한 체구의 2군 선수들을 향해 명령하듯 말문을 열었다.

"너희들은 빨리 유니폼 갈아입고 운동장으로 나가. 그리고 테스트 받을 준비해."

"예?"

"빨리 해. 시간 없어. 투수는 투수대로 피칭머신 준비하고. 타자는 배팅머신 앞에 가서 타격 준비하고. 특히 포수들, 공 받을 준비하고 대기하란 말이야!"

그렇게 말한 김인석은 다시금 유승민을 다그쳐 선수들의 훈련 데이터를 챙겨올 것을 종용했다. 유승민은 선수들에게 눈치를 주며 빨리 운동장으로 나가라고 명령했다. 그러자 선수들도 정신을 차린 모양인지 서둘러 컨테이너 밖으로 나갔다. 그리고 얼마 안 가 김인석이 TV를 올려다보며 짜증스럽게 한마디 내던졌다.

"에이 씨발. 유 감독, 저 TV 좀 꺼라. 김봉균이 저 새끼는 어떻게 된 게 캐스터보다도 더 흥분하고 지랄이야. 시끄러워 집중을 못 하겠잖아."

슬러거의 탄생

6회 초. 스코어 2 대 1. 장석준의 세 번째 타석이 돌아오는 시점이다. 스틸러스 투수는 더 이상 훈명석이 아니었다. 4회 초에 일찌감치 교체되고 중간계투 요원으로 최향신이 등판했는데, 훈명석의 2실점과 비교해봤을 때, 대체적으로 안정적인 구질을 과시했다. 그래서일까. 벼르고 나온 맥시멈즈 타자들을 번번이 좌절시키고 있었다.

6회 초에도 상황은 크게 변하지 않았다. 2번 이재용과 3번 호정만은 자신들이 슬러거라도 되는 것마냥 행세하며 초구부터 적극적으로 배트를 휘둘러 범퇴를 당했고, 순식간에 투아웃이 되고 말았다. 그렇게 투아웃 상황에서 타석에 나서는 장석준. 참고로 그는 4회 두 번째 타석에서 교체된 투수 최향신에게 삼진아웃당하는 수모를 겪고 말았다.

장석준이 타석에 들어설 때, 그는 팀 덕아웃을 감시하듯 바라봤다. 자신을 매우 짜증스럽게 바라보는 이만철을 비롯한 대부분의 선수들은 자신이 4번 타자로 타석에 들어서는 걸 못마땅하게 여기는 분위기였다. 타격코치 이기철은 아예 대놓고 장석준의 타석을 보지 않으려고 덕아웃 밖으로 나가 버린 상태였다.

이쯤 되자 장석준은 마음속 깊은 곳으로부터 오기와 울분이 끓어오르기 시작했다. 동시에 배트를 쥔 손에서 어떤 짜릿한 감각이 느껴졌다. 이 느낌은 장석준에게 너무나 오랜만에 찾아온 것이었다. 최근 몇 년간 타석에 나섰을 때 그를 짓눌렀던 건 아들에 대한 걱정과 슬럼프에 대한 강박이었다. 무조건 쳐야 한다는 강박이 커지면 커질수록 자신을 향해 파고드는 공의 위치와 형체는 모호해져만 갔다.

헌데 지금은 다르다. 2천 번의 스윙 연습은 테크닉의 급속 상승을 가져온 건 아니었지만 분명 멘탈의 혁명적 변화를 일으키기엔 충분했다. 마치 어느 순간부터 배트와 자신이 다른 별개의 사물이 아닌 몸의 일부로 느껴지는 이 놀라운 충일감.

사실 이 느낌은 두 번째 타석에서 더욱 두드러졌다. 비록 삼구 삼진을 당하긴 했지만 종속 회전력이 강한 공을 던지는 것으로 유명한 최향신의 공을 끝까지 주시하고 배트를 휘둘렀다는 데 장석준은 무한한 자신감을 얻었다.

그리고 이제 세 번째 타석. 장석준은 공이 오는 코스 한 곳을 타깃으로 설정하고서 타석에 들어섰다. 낙차 큰 커브. 최향신은 그 공을 유인구나 결정구로 사용할 것이다. 아마도 투나씽이 된다면 그 커브를 결정구로 사용해 빨리 이닝을 마무리하려 들 것이 자명하다. 지금 자신을 더없이 우습게 보고 있는 스틸러스 배터리라면 충분히 가능성 있는 볼 배합이다.

이러한 마음속 계산이 선 장석준은 타석에 들어섰고 배트를 있는 힘껏 움켜쥐었다. 그리고는 최향신을 노려봤다. 최향신은 모자를 깊이 눌러쓰고는 있었지만, 상당히 거만한 표정으로 장석준을 마치 썩은 비겟덩어리 대하듯 바라보며 포수와 별다른 사인도 주고받지 않고 초구를 던졌다. 직구. 빠르지 않은 스피드의 직구는 매끄럽게 스트라이크 존 안으로 빨려 들어갔다. 1구 스트라이크.

"아, 장석준 선수. 평범한 초구 직구를 그대로 흘려버리는군요. 뭔가 노림수가 있는 걸까요?"

"아니에요. 노림수는 무슨. 첫 타석 때는 장석준 선수가 달라졌다고 생각했는데, 두 번째 보니까 그것도 아닌 것 같아요. 영 힘들 것 같아요, 장 선수."

"아 말씀 드리는 순간, 2구 헛스윙!"

"나 참. 저것 보세요. 어떻게 저렇게 바깥쪽으로 훤히 빠지는 공에 배트가 나갑니까? 그래도 3차전 때보다는 타격 밸런스가 괜찮네요. 그건 좋은 모습인 것 같습니다."

볼카운트가 투 나씽이다. 장석준은 이때가 오길 기다렸다. 무조건 몸쪽 낙차 큰 커브를 머릿속에 주입시켰다. 확신이 필요하다. 확신을 갖고 그는 눈을 감았다. 공을 볼 필요조차 없다. 2천 번의 스윙 중 자신의 몸에 맞는 옷처럼 착 달라붙던 단 하나의 스윙을 장석준은 기억해냈는데, 그게 바로 몸쪽 낙차 큰 커브다. 자신의 앞가슴 위치 정도에서 떨어지는 그 타이밍에 배트를 휘두르면 된다. 그러면 된다.

최향신은 장석준이 자신의 공에 대해 노림수를 갖고 있을 거란 생각 자체를 아예 하지 않았다. 그와 함께 바로 삼구 삼진으로 장석준을 잡을 요량으로 자신의 결정구이자 최대 무기라고 할 수 있는 몸쪽 낙차 큰 커브를 별생각 없이 던졌고, 장석준은 최향신의 손끝에서 공이 빠져나오는 순간 '왔다!' 하는 느낌과 함께 마음속에서 두 개 정도 숫자를 센 다음 있는 힘껏 배트를 휘둘렀다.

바로 그 순간 장석준의 손끝에서 절정의 감각이 느껴졌다. '떡!' 소리와 함께 공은 장석준이 휘두른 배트 중심과 충돌했고, 그렇게 얻어맞은 공은 강렬한 탄성으로 뻗어나갔다. 한 치의 머뭇거림도 없이 하늘 높이 솟아오른 공은 그대로 중견수 쪽 담장 너머로 날아갔다. 솔로 홈런이었다.

"와우, 장석준 선수! 홈런입니다, 홈런이에요!"

"하여간 힘은 대단하군요. 그냥 가볍게 휘두른 것 같은데 그대로 넘어가네요. 아무튼 저력만큼은 대단한 선수예요."

장석준은 베이스를 밟으며 눈물을 흘릴 것만 같은 벅찬 감동에 사로잡혔다. 하지만 홈플레이트를 밟고 덕아웃으로 들어오는 장석준을 맞는 팀 동료들의 반응은 다양했다. 극명하게 분리되는 선수들. 자신을 향해 하이파이브를 청하는 선수들과 그렇지 않은 선수들. 그리고 마지못해 하이파이브를 내미는 선수들까지. 장석준은 그들을 가볍게 훑어보며 쓴웃음을 지었다. 오히려 그의 마음은 한결 가벼워졌다. 어쩌면 김인석이 자신에게 부과해준 과제물을 생각보다 쉽게 해결할 수 있겠다는 확신이 들어서다. 역시 운동선수들은 감정의 표출을 쉽게 억제하거나 유연하게 컨트롤하는 편이 못 된다. 덕아웃으로 들어선 장석준은 그렇게 머릿속으로 이 져주기 게임에 동조한 선수들과 그렇지 않은 선수들을 선별해내기 시작했다. 그러자 의외로 선별작업은 수월하게 진행됐다.

장석준은 메모지에 직접 메모를 하며 긴 한숨을 내쉬었다. 선별작업 결과 너무나 많은 선수들이 져주기 게임의 시나리오에 매수되어 있음이 드러났기 때문이다.

팀 분위기는 이미 기꺼이 스틸러스의 희생양이 되어주겠다는 쪽으로 기울어 있었다. 물론 자유계약이나 방출의 운명을 안고 있는 10년차 선수 윤대무나 외국인 용병 데니스는 이번 일과 아무 관계도 없어 보였다. 그들은 진심으로 팀의 3연패를 믿기 어렵다는 얼굴을 하고 있었던 것이다.

그렇지만 구단의 수석투수코치이며 단장 맹호성과 호형호제하는 사이임을 은근히 과시하는 안차현이나 4번 타자 이만철을 앞세운 젊은 선수들 거의 대부분이 팀의 잔류와 연봉 인상, 혹은 향후 스틸러스로의 트레이드 등의 제안에 너무나 간단하게 매수된 것으로 보였다. 표정이나 얼핏 섞이는 그들의 대화를 단 몇 마디만 엿듣더라도 그들의 속마음이 어떤 것인지 너무나 쉽게 알 수 있었다.

8회 말. 스코어 4 대 2. 이 정도면 김인석의 말대로 4차전은 스틸러스의 석패로 마무리되고 이제 경기는 5차전으로 넘어가게 된다. 5차전부터 7차전까지 경기는 잠실에서 열린다. 서울을 대표하는 구장이란 메리트 때문인데 그러므로 엄밀한 의미에서 맥시멈즈는 이제부터 계속되는 원정경기에 임해야만 하는 것이다.

장석준은 깊은 절망감에 사로잡혔다. 팀 주전선수 대부분이 져주기 게임에 동참한 상황인데다 관중 대부분도 스틸러스 팬으로 가득 들어차 있을 것이다. 더구나 5차전 시합이 바로 미성그룹 창립기념일이라니. 그룹 총수와 계열사 사장단들이 죄다 경기장에 몰려들면 그들을 따라다니는 이들의 규모만도 엄청날 텐데, 그런 상황에서 과연 이길 수 있을까. 안팎으로 둘러싼 이 모든 적들의 공격을 과연 극복할 수 있을까. 그러나 지금 장석준에겐 다른 선택의 여지가 없다. 그는 오직 오늘 4차전의 세 번째 타석만을 기억하려고 애썼다. 공이 배트 중심에 맞을 때의 희열감. 그 절정의 카타르시스를 장석준은 추억하고 또 추억했다.

2군 선수들 I

"이봐, 유 감독."

"예, 말씀하세요."

"다른 친구들 실력도 이 정도인가?"

"예, 뭐…… 그래도 저 친구들이 2군 중에선 나름대로 실력 있는 친구들입니다."

김인석은 씁쓸한 표정을 지으며 고개를 가로저었다. 큰 기대를 한 건 아니지만 그래도 나름대로 기대치가 있었는데 결과는 기대 이하였다.

그래도 유 감독의 대답은 신빙성이 있었다. 김인석이 빠른 시간 동안 검토해본 2군 선수들의 훈련 데이터와 기량을 고려할 때, 지금 남아 있는 열 명의 선수들이 휴가를 핑계로 훈련장을 빠져나간 다른 선수들에 비해 그나마 기본기가 쓸 만한 건 사실이었다.

컨테이너 사무실에서 서류 검토를 끝내고 운동장으로 나

온 김인석은 선글라스와 모자를 깊이 눌러쓴 채 타자들과 투수들의 폼을 유심히 살폈다. 그의 눈빛은 매섭고 민첩하게 움직였다. 유승민은 그런 김인석을 보며 내내 증폭되어오던 궁금증을 억제하지 못하고 물었다.

"감독님, 도대체 뭘 어떻게 하실 작정입니까?"

"뭘 말이야? 감독이 선수 지켜보는 거 처음 봐?"

"글쎄 이런 행동은 스토브리그 막바지에 가서나 하는 건데 한국시리즈 진행 중에 2군 캠프를 찾는 감독님이 세상천지에 어디 있겠습니까?"

그렇게 말한 유승민은 스스로 생각해도 도를 넘어선 것 같아 말을 중단했다. 그렇지만 김인석은 그의 말버릇 따위에 신경 쓸 만큼 한가롭지 않았다. 그는 유승민을 흘낏 바라보며 말했다.

"투수 한 명하고 타자 둘, 그리고 포수가 필요해. 당장 급한 건 그 정도야."

"예? 그럼 이 친구들을 기용하시겠다는 건가요?"

"왜? 뭐 잘못됐어?"

"한국시리즈에요?"

"그럼 한국시리즈지. 어디 친선경기에라도 데려갈 줄 알았어?"

"포스트시즌 엔트리는 이미 결정된 거 아닌가요?"

"그런 건 자네가 걱정할 게 아니고."

"하, 이거 참."

"우선 저 친구에 대해 말해봐."

"누구…… 아, 태식이요?"

"그래, 김태식."

김인석이 손으로 가리킨 김태식의 포지션은 투수였다. 만년 2군 선수. 김인석은 그를 구단 시무식이나 간혹 있는 2군 캠프 점검 때 몇 번 보긴 했지만 1군 경기에선 단 한 번도 보지 못했다. 김인석은 녀석이 아마도 투수코치 안차현과 수석코치단 회의를 통해 걸러져 나오는 1군 승격 명단에서 번번이 누락된 선수 중의 한 명일 거라고 생각했다. 유승민이 김태식에 대해 간략히 설명했다.

"구질은 다양합니다. 제구도 괜찮은 편이구요."

"그래, 제구는 꽤 쓸 만하군. 원하는 구질을 스트라이크 존에 꽂아넣을 능력은 되겠는데."

"그런데 문제가 있습니다."

"스피드 말인가?"

"그것도 그렇고, 종속의 변화가 너무 완만해요."

"그래도 말이야."

김태식은 지금 2군 포수 김민광과 함께 투구 연습을 하고 있었다. 김민광은 헤드기어도 쓰지 않은 채 장난스럽게 키득거리면서도 김태식의 공을 용케도 받아냈고, 김태식은 김인석 감독이 자신을 보고 있는 걸 의식했는지 제법 투구 폼에 신경을 쓰며 나름 자신의 다양한 구질을 선보이려고 애쓰는 기색이 역력했다. 김인석이 그런 그의 공을 보며 계속 말을 이었다.

"한두 순번 돌릴 때까지는 꽤 효과를 보겠어. 구질이 워낙 다양하니까. 데이터가 전혀 없는 상태에선 적어도 타순이 세 번 돌 때까지는 타이밍 싸움에서 승산이 있겠어."

"그건 그렇죠. 그렇지만 워낙 공의 힘이 없어서 노련한 타자들한테 잘못 걸리면 동네북처럼 얻어맞고 말 거예요. 저도 저 녀석 공 좀 살려보려고 나름대로 트레이닝도 시키고 투자했는데 선천적으로 그런지 영 힘이 없어요."

"어깨 자체가 벌써 그렇구만. 저 어깨로 어떻게 투수 할 생각을 했지?"

"고교 때부터 투수만 했답니다. 벌써 프로 7년차예요."

"그런데 구장에서 얼굴 본 적이 거의 없다니. 그것도 기네스감이야."

말은 그렇게 하고 있었지만 김인석은 이미 저 베일에 가려져 있는 다양한 구질의 소유자 김태식을 한국시리즈 작전 1호로 내세울 결심을 굳히고 있었다. 프로 7년차에 본의 아니게 2군 전문 선수가 된, 선천적으로 좁은 어깨의 소유자 김태식을 말이다.

2시간의 강도 높은 테스트를 마친 김인석은 준비해온 손바닥 크기만한 메모지에 깨알 같은 글씨가 가득 차자 가타부타 말도 없이 홀로 컨테이너 안으로 들어갔다. 그런 김인석을 따라서 유승민이 들어가려 할 때, 선수들이 유승민을 붙잡고 물었다.

"어떡해요? 계속해요?"

"그만하고 정리해라. 대충 끝난 것 같다."

하지만 2군 선수들의 궁금증은 여기서 멈추지 않았다. 그들 중 가장 고참이라 할 수 있는 프로 12년차 포수 김민광이 유승민에게 다그쳐 물었다.

"도대체 이 시간에 이런 테스트를 시켜서 뭐에다 써먹겠다는 거예요? 알고 계세요?"

"글쎄, 잘은 모르겠는데……."

말끝을 흐리는 유승민. 그러자 김민광의 조급증은 더욱 강렬해졌다.

"말씀 좀 해주세요. 이건 뭐 갑자기 마른하늘에 날벼락도 아니고. TV 잘 보다가 생전 해보지도 않은 테스트까지 하고 앉았으니 영문이라도 좀 알아야 될 거 아니에요. 안 그러냐? 얘들아."

김민광의 말에 모두가 고개를 끄덕이며 동의를 표했다. 망설이던 유승민이 말문을 열었다.

"확실한 건 아닌데 말이야."

"뭔데요?"

"한국시리즈 5차전부터 급하게 투입시킬 선수를 구하시는 모양이야."

"예?"

김민광이 깜짝 놀란 건 당연한 반응일 것이다. 다른 선수들 역시 유승민의 말에 하나같이 멍한 표정이 되었다. 유승민은 그들을 보며 손사래를 쳤다.

"에이, 정확한 거 아니야. 그러니까 너무 기대하지 말라고."

그렇게 말한 유승민이 컨테이너로 들어가려고 몸을 돌리는 찰나, 그의 호주머니에서 휴대폰 벨소리가 울렸다. 유승민은 선수들을 둘러보며 전화를 받았다.

"예, 감독님."

그때, 선수들의 시선 역시 일제히 유승민에게 집중됐다. 지금 그가 전화를 받는 상대, 즉 발신자는 여러 정황으로 미루어볼 때 방금 전 컨테이너 안으로 들어간 김인석이 확실했다. 그런데, 곧 따라 들어갈 유승민에게 무슨 이유로 전화를 한 걸까? 선수들의 궁금증은 더욱 증폭되었지만 유승민은 '네, 네' 정도의 단답형 대답만 반복할 뿐 통화 내용에 대한 어떤 단서도 제공하지 않았다.

그렇게 약 30여 초 동안의 짧은 대화가 끝나자 김민광이 기다렸다는 듯 유승민에게 물었다. 어느새 선수들은 그의 주위에 모여든 상태였다.

"뭐라 그러세요? 빨리 말씀해보세요."

"음, 그게 말이야."

"아이, 오늘따라 왜 이렇게 뜸을 들이세요. 빨리 말씀하세요."

약간 난처해하던 유승민이 김민광의 성화가 거슬렸던지 이내 마음을 고쳐먹고 김민광과 김태식을 손짓으로 가리키며 말했다.

"민광이하고 태식이. 너희 둘 말이야."

"예, 왜요?"

"컨테이너 안으로 들어가봐. 감독님이 면담하재."

"예?"

"음, 그리고 형민이하고 길현이."

타자 고형민과 윤길현을 가리킨 말이다. 이 둘은 나름대로 김인석과 면식이 있는 선수들이다. 작년까지만 해도 상반기 시즌엔 곧잘 주전으로 활동하기도 했는데, 주로 유격수로 뛰는 고형민은 수비 실력은 뛰어났지만 타격이 워낙 저조한 탓에 2군으로 밀려난 케이스고, 반대로 윤길현은 공을 맞히는 데는 천부적 재능을 보유한 타자임에도 수비 실책이 타의 추종을 불허할 정도로 많은 2루수여서 2군 신세를 면하지 못하는 처지였다. 유승민이 자신의 이름을 호명하자 둘은 누가 먼저랄 것도 없이 놀란 반응을 했다. 그때 이미 김민광과 김태식은 컨테이너 안으로 들어가고 있었다.

"저희도 들어가요?"

"그래."

고형민과 윤길현도 컨테이너 안으로 들어가고 이제 남은 선수들은 여섯 명. 그들 모두 초조하게 유승민이 호명하게 될 다음 대상이 자신이기를 기대해보았다. 그렇지만 유승민이 마지막으로 호명하게 될 대상은 단 한 사람뿐이었고, 그의 입에서 흘러나온 이름은 그 자리에 서 있던 선수 모두를 당혹스럽게 만들었다. 마지막으로 지목당한 그 선수 자신마저도.

"민혁아."

중견수를 보던 장민혁. 유승민은 그를 마지막 대상으로 지목했다.

"저두요?"

유승민은 고개를 끄덕이며 다른 선수들에게 미안한 마음을 다음의 말로 대신했다.

"너희들도 고생했다. 이제 숙소로 돌아가서 휴가 가도록 해."

별다른 말은 하지 않았지만 선수들은 믿을 수 없다는 눈빛으로 장민혁을 한 번씩 보며 하나둘씩 자리를 떴다. 장민혁은 2군 중에서도 눈에 띄는 어떤 특징도 없는 선수였다. 유승민도 연습생으로 시작해 겨우 2군에 합류한 장민혁을 발탁한 이유에 대해 납득하지 못할 정도였다.

그러나 쓸 만한 재목인지 아닌지를 판단하는 건 오직 감독 김인석의 고유 권한이다. 유승민은 그런 김인석의 안목을 신뢰해야 했다.

"어서 들어가라. 김 감독님은 기다리는 거 무지 싫어하신다."

"예, 알겠습니다. 고맙습니다."

"자식, 내게 고마울 게 뭐가 있냐? 빨리 들어가봐."

그렇게 말한 유승민은 컨테이너가 아닌 반대편 숙소 쪽으로 걸어갔다. 그 역시 퇴장하는 것이다. 그런 유승민의 뒷모습을 바라보던 장민혁도 서둘러 걸음을 컨테이너 쪽으로 옮겼다.

맥시멈즈 1승

"아, 이렇게 한국시리즈 4차전은 마무리되는군요. 최종 스코어 4 대 2. 맥시멈즈의 승리로 경기가 끝났습니다."

"예, 이번 4차전을 통해서 맥시멈즈가 실낱같은 희망의 끈을 이어갔다고 생각하십니까, 윤형주 캐스터?"

"예? 아니 그걸 저한테 물으시면 어떡합니까? 글쎄요…… 그렇지 않을까요? 어쨌든 승부가 오늘 경기로 마무리된 게 아니니깐 말이죠."

"물론 그렇긴 하겠지만 5차전은 아마 스틸러스가 단단히 벼르고 나올 것 같아요."

"벼르고 나온다…… 그게 어떤 의미입니까?"

"음, 5차전이 열리는 10월 25일이 제가 알기로는 미성 스틸러스의 모체인 미성그룹의 창립 30주년 기념일입니다."

"아, 그래요?"

"미성그룹 사장단이며, 무엇보다 재계의 거물 박건철 회장님께서 만약 한국시리즈가 5차전까지 이어진다면 창립기념 행사를 구장에서 응원하는 것으로 대신하고 싶다고 공공연히 밝혀오셨거든요."

"아, 그렇다면 잠실 5차전은 그야말로 스틸러스의 총력전이 될 수 있겠군요."

"될 수 있는 게 아니라 그야말로 모든 역량을 쏟아부을 거예요. 제 생각엔 전용호 감독이 오늘 주전 타자들을 거의 빼고 경기를 치른 이유도 내일모레 있을 5차전 경기에 대한 전력 안배 차원으로 보이거든요."

"그렇다면 맥시멈즈로서도 5차전은 정말 어려운 승부가 되겠군요."

"맥시멈즈는 정말 어려워요. 지금 선발투수들이 죄다 무너진 상황이구요. 데니스가 오늘 선발로 나왔으니 더 이상 등판하긴 어렵다고 본다면 사실상 제대로 던질 투수가 없어요. 반대로 스틸러스도 투수력이 고갈되긴 했지만 타선이 폭발해주고 있잖아요."

"만약 강태환 투수가 선발로 나온다면 이야기가 달라질 수도 있겠군요."

"그렇긴 하죠. 그런데 도대체 김인석 감독이 왜 4차전까지 강태환 선수를 단 한 번도 선발 기용하지 않았는지가 미스터리예요. 무슨 문제가 있는 것 같은데."

"아무튼 5차전은 정말 흥미진진한 드라마가 연출될 것 같은 느낌입니다. 지켜보시죠."

"예, 그럼."

2군 선수들 Ⅱ

모두 다섯 명의 2군 선수를 불러 모은 김인석은 그들 중 맏형격인 김민광에게 파일 한 개를 던져주었다. 그리곤 선수들을 향해 말했다. 대화라기보단 거의 일방적인 통고에 가까운 수준의 말들을.

"스틸러스 선수들의 특징과 강점, 약점 등을 분석한 자료다. 내가 이걸 지금 너희들한테 다 설명해줄 순 없고 내일까지 모두 파악하도록 해. 숙제다."

"저기 감독님."

"왜?"

김민광이 말을 꺼냈다. 그는 김인석의 퉁명스런 되물음에 주눅이 들었지만 워낙 할 말은 하는 성격이어서 계속해서 말을 이었다.

"정말 저희가 한국시리즈에 나가는 게 맞습니까?"

"그래, 그렇게 됐다."

순간 김민광을 비롯한 선수들이 흥분하기 시작했다. 그렇지만 그것은 두려움의 다른 모습이기도 했다. 이들은 이번 시즌에 단 한 번도 1군 경기에 출전한 적이 없다. 그런데 이건 시즌도 아니고 포스트시즌, 그것도 한국시리즈다. 김인석은 특유의 퉁명스런 말투지만 선수들을 안심시키는 말 한마디를 남겼다.

"걱정 말고 내가 시키는 대로만 해. 한국시리즈는 단기전이야. 운칠기삼이라구. 그런데, 그 운칠기삼을 제대로 조율하느냐 못하느냐는 순전히 감독 역량에 달렸어. 그리고 너희들이 얼마만큼 내 뜻대로 움직여주느냐에 따라 달라지는 거야. 명심해."

"……"

"내일 오후 5시에 다시 이 장소에 소집한다. 내일 모일 때는 너희들 각자에게 역할을 부여해주겠어. 그러니까 내일 5시까지 무슨 수를 쓰든 내가 나눠준 데이터를 모두 암기하도록. 야구는 정보력이야. 감이 아니라고. 알아들어?"

여기까지 말한 김인석은 더 이상 말할 필요를 느끼지 못한 것인지, 아니면 더 이상 선수들과 말을 섞는 게 마이너스 요인이 될 거란 판단이 섰는지 그만 말을 멈추고 자리에서 일어났다. 그리곤 선수들의 인사도 받는 둥 마는 둥 하며 컨테이너 사무실 밖으로 나가버렸다.

선수들은 다시 소파에 자리를 잡고 앉았다. 그리곤 한동안 김민광의 손에 들려 있는 A4 크기의 서류 파일을 바라보고만 있었다. 한 차례 폭풍이 지나가고 난 이후의 고요와도 같은 침묵으로 말이다.

비밀회동

한국시리즈 4차전이 끝난 다음날, 김인석은 단장인 맹호성과 상대 팀 스틸러스의 단장이자 자신과 라이벌 관계인 김동건, 그리고 KBO(한국야구위원회) 행정의 중추 업무를 담당하고 있는 사무총장 윤명식에게 만나자는 요청을 했다. 사안의 긴급함을 호소하며 그들을 모두 한 곳에 부른 것인데, 장소는 조선호텔 15층 리셉션장으로, 시간은 낮 12시였다.

물론 김인석은 이 회동을 철저한 비밀에 붙일 것을 주지시키는 것도 잊지 않았다. 때문에 장소 역시 기자나 관계자들이 좀처럼 파악하기 어려운, 예약된 스케줄로만 운용되는 15층 리셉션장으로 잡은 것이다. 100평 남짓한 그곳은 김인석을 비롯한 한국시리즈 핵심 관계자 네 명 외에는 출입이 통제되었다.

12시. 점심시간에 맞춰 회동을 주선한 김인석의 속내를 맹호성은 다분히 자기 식으로 해석했다. 약속 시간보다 20분 먼저 나온 맹호성은 김인석이 이제는 그 쇠고집을 꺾고 그 자신의 체면도 어느 정도 살리는 선에서 5차전을 마무리하겠다고 말하려는 취지에서 긴급회동을 주선한 것으로 생각한 것이다. 김인석이 약속 장소에 도착한 것은 11시 50분경이었다. 그는 예의 유니폼 차림이었고, 그 위에 점퍼 하나 걸친 것이 전부였다. 여전히 현장 분위기가 물씬 나는 김인석을 보며 맹호성이 조급증을 참지 못하고 물었다.

"도대체 오늘 왜 보자고 한 거냐? 나뿐만 아니라 사무총장하고 김동건이도 불렀다며?"

하지만 김인석은 맹호성의 질문에 대한 즉답을 피하고 손목시계로 시간을 확인하며 불만을 토로했다.

"불렀으면 적어도 10분 전에는 모두 모여 있어야지. 씨발, 이러니까 만날 코리안 타임 소릴 듣는 거 아냐."

"말 돌리지 말고. 야, 나한테만 먼저 귀띔해주면 안 되겠냐?"

"선배도 참 말 많소. 어차피 모이면 간단하게 말할 테니까 그때 들으소. 길지도 않아."

그렇게 말한 김인석을 맹호성은 매우 못마땅하게 흘겨보았지만 더 이상 묻진 않았다. 그리고 잠시 후 KBO 사무총장 윤명식이 들어왔고, 정확히 2분 후 김동건이 들어왔다. 김인석은 김동건 특유의 거만스러움을 보며 역겹다는 내색을 노골적으로 해보였고 김동건 역시 퉁명스럽게 반응했다.

"바쁜 사람을 왜 오라 가라야?"

"네 녀석이 바쁠 게 뭐가 있냐. 감독이며 선수들이 다 알아서 할 텐데."

"그래, 용건이 뭐냐?"

이때 사무총장 윤명식이 끼어들었다.

"밥이나 먹고 얘기하는 게 어떨까요? 이것도 다 먹고살자고 하는 건데."

하지만 김인석은 그런 윤명식의 제안을 일언지하에 거절했다.

"밥은 나중에 알아서 드시고요. 용건만 간단히 말씀드리죠."

머쓱해진 윤명식이 타이를 고쳐 매는 동안 노크 소리가 들렸고, 웨이트리스가 네 명이 간단히 마실 수 있는 음료를 세팅해 놓고는 밖으로 나갔다. 그 짧은 시간 동안 서로를 마주 보고 다이아몬드 형태로 앉은 네 명의 침묵은 매우 무겁고 긴장된 분위기를 조성했다. 김동건은 팔짱을 끼고서 김인석이 어떤 말을 할지 그 특유의 거만스러운 표정으로 주시했고, 윤명식은 산만한 자세를 취하며 들고 온 포켓 다이어리를 뒤적거렸다. 맹호성은 김동건과 김인석, 이 운명에 가까운 오랜 라이벌을 번갈아 바라보며 김인석의 말을 기다렸다.

김인석은 과연 호쾌한 성격의 소유자였으며 그것이 무엇이든 오래 끄는 것, 지루한 것을 견디지 못하는 천상 승부사였다. 웨이트리스가 퇴장한 직후, 윤명식이 자신의 자리에 놓인 오렌지 주스로 목을 축이려고 하는 순간 대뜸 사정 봐주지 않고 본론으로 들어가버린 것이다.

"그래요, 바쁘실 텐데 이렇게 모이게 했으니 우선 유감이구요. 이렇게 뵙자고 한 용건은 말이죠."

"……."

"사무총장님과 스틸러스의 김동건 단장님께 양해를 구할 일이 있어서 뵙자고 했습니다."

단장님이란 존칭을 사용했음에도 불구하고 김동건은 그런 김인석의 말을 익숙한 친구 대하듯 반말로 받아쳤다. 여전히 팔짱을 풀지 않은 채로.

"그래, 말해봐라. 인석아. 양해를 구해야 하는 게 뭔지 말이야."

김동건의 반말이 영 거슬렸지만 김인석은 지금은 감정싸움을 할 겨를이 없다는 판단이 섰는지 그대로 무시하고서 자신의 말을 이어나갔다. 그가 한 말은 비교적 짧고 간단했지만,

사안은 그처럼 단순하지가 않았다.

"한국시리즈를 앞두고 선수 엔트리 최종 명단을 제출했었는데요, 사무총장님."

"예. 그런데 그게 뭐 잘못됐습니까?"

"예."

"예? 잘못됐다구요?"

"잘못되었다기보다는 잘못된 행정착오로 좀 처리해주십시오. 부탁드립니다."

"그게 무슨 말씀입니까? 알아듣기 쉽게 설명해주세요."

"한마디로 말씀드려서 제가 지금 제출한 명단에 있는 선수들만으로는 경기하기가 어렵습니다."

"그래서요?"

"그래서 엔트리 멤버에서 다섯 명 정도만 물갈이를 하려 하는데 눈감아달라 이 말입니다."

물갈이. 그 말이 김인석의 입에서 나오기가 무섭게 맹호성과 김동건의 표정은 일제히 굳어버렸다. 맹호성은 자신의 기대와는 정반대의 생짜를 들이미는 김인석을 바라보며 이해할 수 없다는 표정을 지었고, 김동건은 '정말 끝까지 이런 식으로 나올 거냐'는 식의 분노를 바탕으로 한 당혹감을 나타내고 있었다. 김인석은 그런 김동건을 노려보며 물었다.

"사무총장님도 사무총장님이지만 무엇보다 상대 팀 단장님께서 이런 사항을 좀 이해해주셔야 하지 않을까 해서 바쁜 시간이지만 이렇게 모신 겁니다."

사무총장은 난처한 표정을 짓고 있었다. 그건 단지 행정적인 편법을 사용하는 것 자체의 난처함에서 비롯된 것만은 아니었다. 김인석의 말 그대로 이건 상대 팀의 수락이 필요한 사항이었다. 엔트리를 제멋대로 변경한다면 그에 따라 데이터 분석도 새롭게 해야 할 필요성이 생기기 때문이다. 김동건은 그런 김인석을 한참 동안 노려보다가 쓴웃음을 지어 보였다.

"한 가지만 묻자."

"물어봐, 얼마든지."

김인석도 이제는 말을 놓았다. 지금 이 순간만큼은 두 사람이 다시 예전의 라이벌로 돌아온 것 같았다. 맹호성은 초조하게 둘을 번갈아 살폈다.

"물갈이를 한다면 누구를 빼고 누구를 집어넣겠다는 거냐?"

"당연히 지금 뛰는 애들 다섯을 빼야겠지."

"주전을 말이냐?"

"그래."

"그럼 새로 투입되는 애들은 어디서 데려오는 거냐?"

"2군에서."

"2군?"

김인석이 고개를 끄덕이자 김동건이 어이없다는 듯 실소를 터뜨렸다. 맹호성은 그런 김인석의 말을 듣자 더욱 어처구니없다는 표정이 되었다. 그는 무엇보다 맥시멈즈 2군 선수들의 전력을 너무나 잘 알고 있기 때문이다. 8개 프로구단 중 가장 형편없는 전력을 가진 소위 어중이떠중이만 모아놓은 폐품 처리소가 맥시멈즈 2군의 특징이라면 특징인데……. 맹호성은 자신도 모르게 고개를 가로저었다.

그러나 김인석은 이런 맹호성의 반응 따위는 개의치 않고 김동건에게 거듭 확인하듯 제안했다.

"어때? 받아줄 용의 있어?"

"그럼 하나만 더 묻자."

"뭐 그렇게 질문할 게 많아?"

"네가 2군 애들을 주전 자리에 앉히겠다는 그 파격적인 발상 말이야."

"……."

"맹호성 단장의 뜻과 일치하는 거냐, 아니냐? 그것만 대답해봐."

물론 김동건이 한 질문의 핵심을 윤명식 사무총장은 이해하지 못했다. 그는 그저 난처한 얼굴을 하고서 스틸러스의 단장 김동건의 처분만을 기다리는 중이었다. 그때 웬일인지 맹호성이 나섰다.

"그래, 동건아. 내가 그렇게 하자고 했다."

"하지만 선배, 그러면 모양새가 너무 좋지 않아요. 그래도 명색이 한국시리즈인데 말이야. 시즌 중에 한 번도 안 나온 수준 이하 애들이 나와 설치면 우리 꼴이 뭐가 되겠소?"

"그런 건 걱정하지 마라, 김동건."

김인석은 더 이상 봐주고 싶지 않았다. 맹호성은 그런 김인석을 제지했다.

"인석아, 그만해라. 이쯤 하면 충분한 거 아니야?"

"선배, 선배는 빠져요. 선배는 그냥 있는 게 도와주는 거야."

"아, 나 이거 참."

"야, 김동건."

"그래, 대답해봐. 표정 보니 맹 선배 뜻이 아닌 것 같은데."

"제대로 봤다. 내가 말이야, 왜 물갈이를 하려고 하냐 하면 말이다."

"……."

"이기기 위해서다."

"……."

"게임이란 게 말이다. 이기려고 하는 거지, 지려고 하는 게 아니란 말이지. 우리 선수 시절에 모두 그렇게 배우지 않았냐?"

"그래? 그렇단 말이지."

"어때, 이제 충분한 답이 됐냐?"

순간 고조되는 긴장감. 윤명식은 여전히 둘의 대화를 이해하지 못하는 분위기였고, 김동건의 표정은 점점 더 그악스러움의 절정으로 치달았다. 김인석은 그런 김동건을 보며 더욱 끓어오르는 내면의 승부욕을 주체하지 못했다.

둘의 살벌한 눈빛 교환이 잠시 있은 후, 김동건이 자리에서 일어났다. 그리곤 여전히 시선은 김인석에게 고정시킨 채로 윤명식에게 말을 건넸다.

"윤 사무총장님."

"예, 말씀하세요."

"그렇게 하죠."

"예?"

"김 감독 말대로 하자고요. 뭐 그렇게라도 해보겠다는데 어떡하겠습니까? 저희가 편의를 봐주는 수밖에요."

"괜찮으시겠습니까?"

"괜찮습니다."

김동건은 다시 자리에 앉지 않고 그대로 퇴장하다가 문 앞에 멈춰 선 채로 말했다.

"제가 바빠서 이만 가봐야 될 것 같습니다."

"지금 여기서 너만큼 바쁘지 않은 사람은 없는데, 혼자 유세 떠는 건 여전하구나."

"인석아."

"말해."

"너 지금 실수하는 거다."

"풋."

"맹 선배도 이제 어쩔 수 없어요."

김동건이 그런 식으로 말하자 순간 맹호성은 억울하다는 듯 손사래를 쳤다. 지금 제삼자라 할 수 있는 윤명식이 앉아 있는 것도 의식하지 않은 채.

"야, 난 끝까지 설득했어. 나까지 도매금으로 넘기지 마라."

"어쨌든 유감인데. 잘됐어. 어디 한번 기어올라 와봐라, 인석아. 그 허섭스레기만도 못한 2군 애들 데리고 어디 한번 잘해 보라고."

"너야말로 잘 들어둬, 김동건. 지금부터는 전쟁이야."

김인석의 그 한마디는 말 그대로 전쟁 선포였다. 김동건은 더 이상 김인석과 말을 섞지 않은 채 한동안 그를 노려보더니 그대로 퇴장했고, 맹호성은 얇은 탄식을 내뱉었다. 그리고 윤 사무총장은 교체 엔트리 명단을 KBO 사무실로 팩스 전송해 달라는 말과 함께 서둘러 자리를 떠났다. 뭔가 심상치 않은 일이 있는 것만은 분명하다는 생각을 품은 채로 그렇게 퇴장한 것이다.

김인석은 경관 좋은 호텔 15층 리셉션장의 유리벽 너머로 비치는 서울의 전경을 바라보며 다시 한 번 자신의 맹렬한 전의를 재확인했다. 이제 정말 전쟁이다. 한 치의 물러섬도 용납할 수 없는 전쟁이 시작된 것이다.

5차전

한국시리즈 5차전. 스틸러스 대 맥시멈즈. 장소는 잠실야구장. 경기 시작 시간은 오후 5시 30분. 그렇지만 이미 2시간 전부터 관객들은 좌석을 모두 채운 상태였다. 무엇보다 1루 쪽으로 미성그룹의 사장단 일원이 총출동하는 통에 잠실구장 전체는 그야말로 스틸러스의 전용 경기장으로 돌변해버린 상태였다.

스틸러스 팬들은 주로 조직적인 미성그룹 사람들이 대부분이어서 그런지 사전에 준비해온 카드섹션 등 대대적인 응원을 통해 야구장의 분위기를 한껏 이끌어 올렸다. 경기장 곳곳에 내걸린 현수막에는 '미성그룹 창립 30주년 경축'이란 문구들과 함께 '미성 30년 스틸러스 우승 원년'이란 문구도 눈에 띄었다. 그들은 이미 사전에 정보를 얻은 것인지 스틸러스의 한국시리즈 우승을 기정사실화하고 있었다. 그에 대한 방증으로 이미 미성그룹은 엄청난 분량의 축포를 준비해놓았다.

9회 말 맥시멈즈 공격이 끝나고 스틸러스 우승이 확정되는 순간, 경기장 전체에서 축포를 터뜨려 '미성 30년 스틸러스 우승'이란 자축행사를 화려하게 장식할 준비를 이미 해놓은 상태였던 것이다.

이렇듯 구장 전체는 스틸러스 우승 분위기였지만 김인석만큼은 달랐다. 그는 오늘만큼은 덕아웃을 떠나지 않고 자리를 지키고 앉아서 새로 들어온 선수와 자신의 지시에 의해 방출된 선수들의 변화를 지켜봤다. 1번 육덕호, 2번 이재용, 3번 호정만, 4번 이만철, 그리고 포수 정진수까지 모습을 감추었다. 그 빈자리를 메운 건 자신이 이곳에 앉아 있는 현실을 여전히 낯설어하고 있는 2군 출신의 고형민과 윤길현, 장민혁과 포수 김민광이었다. 김민광은 포수 마스크를 쓰면서도 스스로 믿기지 않는 듯 운동장 주변을 어슬렁거리며 경기장 분위기에 나름 적응하려 애썼다.

그렇지만 김태식은 달랐다. 그는 오늘 자신이 등판할 수 없다는 걸 알고 있는 상태로 좌석에 앉아 있었는데, 야구 모자를 깊이 눌러쓰고 미동도 하지 않는 모습이 흡사 돌부처를 연상케 했다. 또한 그는 표정의 변화가 거의 없었다. 약간 고개를 숙이고 팔짱을 낀 채로 경기장의 어느 한 곳을 응시하는 모습만 보고 있자면 관중의 한 사람으로밖에 보이지 않을 정도로 왜소한 체구였다. 하지만 이미 김인석은 그런 김태식을 6차전 선발로 마음속에 내정한 상태다. 투수의 전력이 상대 팀에게 철저히 베일에 가려져 있다는 건 적어도 6회까지는 버틸 수 있다는 가장 효과적인 방증이기 때문이다.

김인석은 현재 시각을 확인했다. 이제 주심이 인플레이 선언을 할 때까지는 10분도 채 남지 않았다. 그런데 지금쯤 와서 몸을 풀고 있어야 할 투수 강태환이 보이지 않았다. 30분 전까지만 해도 연습투구를 했었는데. 김인석은 초조한 얼굴로 투수코치 안차현을 불렀다. 하지만 안차현의 반응은 대단히 굼떴으며, 얼굴에 불만이 한가득이다. 그러한 반응은 비단 안차현만 보인 게 아니었다. 갑작스럽게 기용된 2군 선수 다섯을 제외하고는 대부분 선수들의 표정은 어두웠고, 불만스러움으로 가득했다. 그들은 알고 있었다. 김인석이 끝까지 승부를 포기하지 않을 거란 사실을 말이다. 그래서 그들은 타석이나 구장에 나서기가 더없이 꺼림칙하게 느껴졌다. 일부러 헛스윙을 휘두르는 것도, 억지로 평범한 타구를 놓치는 일도 김인석의 끔찍할 정도로 강한 승부욕 앞에서 차마 드러내기가 두려웠기 때문이다. 그들은 어서 빨리 이 5차전이 마무리되기만을 바랐다. 자신의 옆으로 온 안차현에게 김인석이 물었다.

"강태환이 어디 갔어?"

"좀 전에 나갔는데 금방 다시 온다고 했습니다."

"그리고 차현이 너."

"예."

"잘 들어라. 너하고 기철이, 그리고 다른 코치들, 오늘 아무 사인도 내지 마."

"예?"

"내가 지시한다. 너희들은 사인 내지 마. 알아들었어!"

"예…… 그렇게 하죠."

안차현의 답변엔 노골적인 저항의 의지가 느껴졌다. 그렇게 퉁명스럽게 대답하고 자기 자리로 돌아가는 안차현의 뒷모습을 보자 김인석은 경기를 시작하기 전 선수들에게 한 가지 확실히 해두어야겠다는 마음을 갖게 되었다. 그는 자리에서 일어나 엄하기 이를 데 없는 호랑이 조교가 갓 입소한 훈련병들을 대할 때 사용하는 위협적인 말투로 선수들에게 말했다.

"모두 똑바로 들어라."

"……."

"너희들 중에 나와는 다른 마음으로 경기에 임하는 녀석들이 있을 걸로 알고 있다."

"……."

"내가 그것까지는 막지 않겠다. 어차피 너희들도 각자 알아서 살길을 찾아가는 거니까. 하지만 말이다."

"……"

"다른 건 모르겠는데, 수비는 제대로 해라. 만약에 평범한 플라이 같은 거 일부러 흘리는 모습이 내 눈에 뜨일 시엔 그 새끼는 앞으로 다시는 글러브 못 잡게 할 테니까 각오하고."

약간 과장하자면, 김인석의 말은 조직폭력배가 자신이 거느린 똘마니에게 가하는 협박에 다름 아니었다. 그렇지만 선수나 코치들 중 그 누구도 이런 김인석의 일갈에 반발하거나 심지어 눈을 마주 보는 이조차 없었다. 단지 감독의 이처럼 괴팍한 출사표를 이해하지 못하는 이들이 있었으니 바로 5차전을 위해 급파된 2군 출신들이었다. 그들은 오직 지금 자신이 한국시리즈에 투입된 상황이 신기할 뿐이었고, 감독이 무슨 뜻으로 저런 식의 말을 하는지 도무지 이해하지 못했다. 김민광은 그런 궁금증을 참지 못하고 옆에 앉은 2군 후배 장민혁에게 물었다.

"야, 민혁아. 지금 감독이 도대체 무슨 소리를 하는 거냐? 각자 알아서 살길을 찾아가고 수비를 제대로 보라는 게 과연 경기 전 프로 선수들에게 할 말이라고 생각하냐?"

"글쎄요. 평범한 작전지시는 아닌 것 같은데요. 뭐 그냥 잘하라 그런 얘기 아닐까요?"

"되게 살벌하네. 거참."

그렇게 이야기할 때였다. 김인석이 김민광을 바라보며 불같이 화를 냈다.

"야, 이 새끼야! 아직도 거기서 뭉기적거리고 있어? 빨리 안 뛰어나가!"

김인석의 말이 떨어지기 무섭게 김민광은 단숨에 홈플레이트로 뛰어나갔다.

"지금 안 들어가도 돼? 경기 시작하는 거 아냐?"

손미수가 말했다. 강태환이 그녀를 발견한 건 정확히 20분 전이었다. 경기장 안 불펜에서 연습투구를 하고 있을 때, 강태환은 우연인지 필연인지 1루 쪽 관중석에서 미성그룹 사장단 일원과 그 관계자들 사이에 앉아 있는 미수를 발견했다.

강태환은 그녀에게 할 말이 있었다. 뭐라고 한마디 해주지 않으면 견딜 수가 없었는데, 당연히 그녀는 전화를 받지 않았다. 답답한 마음을 견딜 수 없던 차에 그녀를 발견하게 되자 즉시 관중석을 헤집고 들어갔고, 강태환을 발견한 손미수는 녀석이 소란을 피울 게 겁이 났던지 먼저 자리에서 일어나 그를 데리고 나온 것이다.

강태환은 그때 손미수 옆에 앉은 이의 옆모습을 비교적 분명히 볼 수 있었다. 명품 양복에 한눈에도 귀공자 타입의 럭셔리함이 몸 전체에 배어 있는 30대 초반의 박태용이다. 미성그룹 차기 엔터테이먼트 사업을 진두지휘하게 될 족벌체제의 수혜자인 그의 옆에 손미수가 앉아 있는 것이다.

강태환의 눈에 비친, 영원할 것만 같던 첫사랑 손미수는 그 허울 좋은 재벌 3세 박태용의 부유함을 더욱 빛나게 해주는 액세서리처럼 보였다. 강태환은 그 사실이 너무 안타까웠다. '그 녀석은 미수 너를 자신의 명품 시계 정도의 가치로밖에 여기지 않을 거야!' 그 말을 꼭 해주고 싶었지만 막상 그녀 앞에 서자 입이 떨어지지 않았다. 결국 쓴웃음을 지으며 다른 말을 꺼냈다.

"오늘 나 선발이야."

"그래."

"예전 같으면 너, 나한테 잘 던지라는 말 정도는 했을 텐데. 이젠 그런 말도 기대할 수 없게 됐구나."

"……"

그녀는 강태환의 말에 대꾸하지 않았다. 그의 말은 아팠지만 사실이기 때문이다. 적어도 오늘 이 경기에서만큼은 한때 자신의 남자친구였던 강태환을 응원할 수 없다. 그녀도 그 정도는 알고 있다. 오늘 경기의 중요성에 대해서.

이제 자신이 돌아갈 시간이 다 되었다는 걸 의식한 강태환이 손미수에게 말했다.

"그래도 이렇게라도 해서 미수 네가 내 경기를 지켜볼 수 있게 됐네. 시즌 중엔 마운드에서 한 번도 보여주지 못했던 내 모습을 보여줄 수 있게 됐어. 제대로 보기만 해. 너만을 바라보던 이 강태환이가 어떤 놈인지 똑똑히 확인하라고."

마지막 말을 남긴 강태환은 돌아서서 입술을 질끈 깨물고 자신도 모르는 사이에 두 주먹을 불끈 쥐었다. 순수했던 영혼의 분노가 선천적으로 길들여진 투사적 본능을 최대치까지 이끌어 올릴 순간이 도래한 것이다.

불량 주전들

이번에도 NBC에선 캐스터 윤형주와 해설위원 김봉균의 진행으로 한국시리즈 5차전이 생중계되었다. 캐스터 윤형주가 중계를 시작했다.

"아, 이제야 맥시멈즈에선 강태환이 선발로 등장했군요. 그야말로 맥시멈즈의 히든카드 아니겠습니까? 김인석 감독이 이번엔 제대로 한번 붙어보겠다는 전의를 불태우는 것 같은데요. 그렇지 않습니까?"

"그렇지만은 않아요."

"예? 그건 또 무슨 말씀이십니까?"

"물론 강태환 투수가 선발로 기용된 사실 하나만으로 보면 김인석 감독이 5차전을 꼭 잡아내겠다는 의지가 엿보이기는 하지만 말입니다. 오늘 타자들 선발진을 한번 보세요."

"예. 저도 그게 좀 의아하긴 했습니다. 1, 2, 3번 타자가 모두 교체되었고, 심지어 포수 정진수도 교체되었어요. 누구로 교체된 거죠? 김……민광 선수인가요? 예, 그렇군요. 김민광 포수로 교체되었어요. 이로써 선발 타자가 무려 네 명이나 교체된 거군요."

"이건 완벽한 무리수예요."

"1번 고형민, 2번 윤길현, 3번 장민혁 선수가 새로 교체 투입된 선수인데, 김 위원님, 이 선수들에 대해 설명해주시죠."

"솔직히 말씀드리면 잘 모르겠어요."

"예?"

"데이터가 없어요. 이 선수들이 이번 시즌에서 1군으로 나와 뛴 데이터 자체가 없다니까요."

"그럼 뭔가요?"

"2군 선수들이죠. 그것도 시즌 내내 한 번도 1군으로 승격된 적이 없는 선수들 말이에요. 물론 과거 다른 팀에선 주전으로 뛴 적이 있는 선수들이긴 해도 맥시멈즈로 팀을 옮기고 난 이후론 2군을 거의 벗어난 적이 없는 선수들이에요. 그러니 데이터가 없는 게 당연하죠."

"그런데 이 선수들이 한국시리즈 최종 엔트리에 포함되었단 말인가요?"

"글쎄요. 저도 그게 궁금해 KBO 측에 요청했는데, 뭐 최종 명단 공개에 행정착오가 있었다고 하면서 새로 작성된 엔트리 명단을 보내왔더라고요."

"그런 일이 있을 수 있나요?"

"글쎄요. 그런데 뭐 상대 팀인 스틸러스 측에서 이 문제를 가지고 특별히 문제를 제기하지 않으니까 그냥 유야무야 넘어가는 것 같아 보이는데 진짜 문제는 말입니다. 김인석 감독이 대체 무슨 생각을 가지고 한국시리즈에 이런 선수들을 내보내느냐 이겁니다."

"그래도 뭐 믿는 구석이 있어서 출전시킨 게 아니겠습니까?"

"사실 이런 말씀 드리면 제가 공정성을 잃었다고 생각하실 분도 있겠지만 한마디 하고 넘어가야겠어요. 나 정말 김인석 감독의 이런 선수 기용 전략 진짜 맘에 안 들어요. 이게 뭡니까? 동네 야구도 아니고. 이거 정말 뭐하자는 건지⋯⋯ 원칙도 없고 기준도 없어요."

"하하. 위원님께서 조금 흥분하신 것 같군요. 아무튼 오늘 경기 어떻게 예상하십니까?"

"심지어 4번을 장석준으로 그대로 밀어붙이는 거 보세요."

"그래도 장석준 선수, 4차전에서 홈런 한 방 날리면서 제 타격 컨디션을 찾아가는 것 같아 보이던데요."

"그건 그렇지만⋯⋯ 그래도 정말 중요한 경기라고 생각했으면 이만철을 기용해야죠. 이거 보세요. 1번부터 4번까지 완전히 맛 잃은 선수들 집합소예요."

"아, 위원님. 이제 그만하시구요."

"뭘 그만해요. 시작도 안했는데. 오늘 경기 예상해달라면서요."

"예예, 그럼 말씀해주시죠. 오늘 경기에 대해서요."

"음, 말 그대로 투수력 싸움이 될 전망이에요. 스틸러스 선발로 만만치 않은 투수 민주환 선수가 등판하는 걸로 되어 있군요. 맥시멈즈에선 두말이 필요 없는 20승 광속구 투수 강태환이 나와 있고요. 그런데 문제는 강태환 선수가 아직 한국시리즈와 같은 큰 경기 경험이 많지 않다는 데 있어요."

"이번에 처음이죠."

"그렇죠. 아마 김인석 감독도 그런 이유 때문에 강태환 선수의 선발 기용을 망설이지 않았나 하는 생각이 드는데, 오늘 어느 정도 강태환 선수가 긴장하지 않고 던지느냐 하는 게 관건이겠죠."

"반면 스틸러스의 민주환 투수는 강태환 선수에 비하면 완전히 능구렁이라고 봐야겠죠?"

"민주환 투수는 뭐 더 말할 필요 없는 베테랑이죠. 시즌 중반에 전격적으로 트레이드되어 스틸러스에 입단한 선수예요.

어떻게 보면 시즌 중반까지 4위, 5위에서 엎치락뒤치락하던 스틸러스의 포스트시즌 진출을 확정하도록 만든 일등공신이 바로 민주환 투수라고 말해도 과언은 아니겠죠."

"대신 민주환 투수는 강태환 투수에 비해 공의 속도는 조금 처진다는 지적이 있는데요."

"그렇죠. 아무래도 나이가 있으니깐. 하지만 타자의 타이밍을 뺏는 능력은 분명 강태환보다는 한 수 위예요. 워낙 수 싸움에 능하니까. 오죽했으면 별명이 마운드의 능구렁이라고 하지 않습니까?"

파이어볼러

두 방송인이 서로 얼굴을 붉혀가면서까지 경기 분석에 열을 올릴 즈음 경기장 안에선 그들의 예상을 뒤엎을 만한 징조가 나타나기 시작했다. 그 주역은 단연 강태환이었다.

해설위원 김봉균의 말대로라면 큰 경기에 처음 등판하는 강태환의 어깨는 분명 긴장감으로 굳어 있어야 정상이다. 하지만 그건 김봉균의 판단착오였다. 사실 강태환은 어떤 경기이건 상관없이 긴장하는 법을 모르는 별종이기 때문이다. 그에게 있어서 큰 경기란 기준은 전혀 중요하지가 않다. 시즌 중에도 그는 거의 승부를 신경 쓰지 않고 던지는 편이었다. 간혹 홈런을 얻어맞는 일이 있어도 결코 피해 가는 승부는 하지 않는, 격투기로 말하면 철저한 인파이터 기질을 가진 투수였던 것이다. 그런 그에게 스틸러스의 일방적인 응원과 자신이 공을 던질 때마다 '우우' 하는 야유 소리가 들려오는 한국시리즈는 그의 심리에 아무런 영향을 주지 못했다. 녀석은 지금 오직 단 하나의 목표를 위해 공을 뿌려댈 뿐이다. 노히트노런. 그 목표 하나뿐이었다.

강태환의 공을 받아내는 김민광은 상기된 얼굴로 자신도 모르게 '억' 소리를 내지르고 말았다. 거의 1년 동안 2군 경기에서 김태식 같은 투수의 120~130km대 공만 잡아보던 그에게 강태환이 뿌려댄 직구는 그야말로 불덩이였다. 더구나 직구는 직구 같은데 종속終速에서 커터[22]와 비슷한 변화로 파고드는 공을 잡아낸다는 게 여간 버거운 일이 아니었다.

첫 타석에 들어선 스틸러스 1번 진재형. 1구 직구 스트라이크, 2구 역시 직구 스트라이크로 투 나씽 상황을 맞이한다. 그리고 이어진 3구째. 김민광은 뭔가 강태환에게 사인을 주려 했지만, 이전에 사인 호흡을 맞춘 사실이 없음을 다시금 실감했다. 그는 강태환을 한 번 쳐다봤다. 녀석은 고개를 끄덕이는 시늉조차 하지 않고 그대로 다시 와인드업을 하고 공을 뿌려댔다. 그런데 3구째도 몸쪽 직구가 들어온다. 시속 155km. 진재형은 배트를 쥔 채 그대로 서 있기만 할 뿐이다. 몸쪽 꽉 찬 스트라이크. 삼구 삼진이다.

진재형이 삼구 삼진으로 물러난 것까진 그런대로 이해할

22 약간 변형된 직구. 투심 패스트볼의 그립에서 볼을 릴리스 할 때 중지를 잡아채면서 회전을 주는 볼로, 슬라이더와 비슷한 효과를 낸다.

수 있었다. 그런데 2번 김만수 역시 삼구 삼진을 당하는 일이 벌어졌다. 그 역시 배트 한 번 제대로 휘두르지 못하고 당했다. 이번에도 삼구 모두 직구 승부다. 이럴 수가 있는가.

3번 이대철이 타석에 들어섰다. 그는 강태환이 공을 던지기 전 타임을 요청해 강태환의 템포를 한 번 끊어놓고서 타격코치를 바라봤다. 스틸러스 타격코치는 이대철에게 직구를 노려 치라는 사인을 보냈다. 그러자 이대철은 속으로 초구는 변화구나 체인지업이 올 거란 예상을 하고 그냥 흘려버릴 계획을 세웠다. 그런데 그게 아니었다. 초구 역시 직구가 들어온 것이다. 이번엔 시속 157km다.

2구째. 이대철은 이번엔 바깥쪽 유인공이 오겠지 하는 생각으로 한 번 더 기다려보기로 했다. 그러나 웬걸, 이번에도 몸쪽 직구다. 잘만 노려 쳤으면 맞출 수도 있었겠다는 아쉬움이 들 정도의 직구. 하지만 이번에도 시속 152km다.

그리고 3구째. 강태환은 이번에도 인정사정 보지 않고 그대로 와인드업을 해버린다. 이만철의 머릿속은 찰나의 복잡함으로 가득 채워진다. 그리고는 결심한다. '에라. 처음부터 생각했던 게 직구였으니까 무조건 직구 타이밍에 맞추자.' 그렇게 생각한 이대철. 배트를 짧게 잡고 강태환의 손끝에서 공이 빠지는 그 순간만 기다리며 직구 타이밍을 맞춘다. 그런데 바로 그때, 강태환이 던진 3구는 이대철의 넋을 빼놓았다. 120km의 낙차 큰 싱커가 들어온 것이다. 이대철은 공이 오기 한참 전에 배트를 있는 힘껏 휘두르고는 그대로 삼진아웃을 당했다. 강태환이 그렇게 1회 초에 스틸러스 타자 세 명을 모두 삼구삼진으로 잡아내자 잠실구장은 찬물을 끼얹은 듯 조용해졌다. 그 요란스럽던 카드섹션, 대형 단체응원도 가라앉았다. 단지 3루 쪽 관중석에 군데군데 모여 앉은, 보기에도 빈티 나 보이는 맥시멈즈 팬들이 괴성을 지르며 강태환의 폭발 역투에 열광할 뿐이었다.

스틸러스의 간판투수 민주환 역시 여간내기는 아니었다. 스틸러스는 미성그룹의 창립 30주년 기념일에 맞춰 벌이는 판인 만큼 최고의 기량을 가진 민주환을 선발로 내세웠다. 민주환은 김인석의 지시를 듣고 나름대로 날을 세운 1번 고형민을 초구 땅볼로 아웃시키고, 비교적 스윙이 정교하지 못한 윤길현을 투 볼 투 스트라이크 상황에서 몸쪽 높은 공으로 삼진을 유도했으며, 3번 장민혁 역시 초구 내야뜬공으로 잡아 삼자범퇴시키는 데 성공했다. 아주 가볍게 세 타자를 처리한 민주환이 마운드에서 걸어 내려오자 미성그룹의 박건철 회장을 비롯한 사장단 모두가 흡족한 표정으로 박수를 치며 환호했다. 그리고 다시금 스틸러스 팬들은 분위기를 다잡는 듯했다.

궤멸

스틸러스 팬들은 민주환이 화려한 테크닉으로 맥시멈즈의 거친 타선을 농락할 때 말고는 좀처럼 환호할 기회가 없었다. 스틸러스 공격 때에는 오히려 상대 투수의 공 하나 하나에 관심을 두고 지켜볼 정도로 강태환의 역투가 빛을 발했기 때문이다.

2회 초. 홈런타자 4번 고영주가 타석에 들어설 때만 해도 스틸러스의 환호와 응원은 잠실구장 전체를 미성그룹의 상징색인 붉은색으로 물들였다. 팬들과 치어리더들은 한목소리로 '고영주! 고영주!'를 외치며, 연타석 홈런의 히어로 고영주에게 열광했다.

그러나 그것도 잠시, 강태환은 그런 고영주의 거만스런 등장을 비웃기라도 하듯 이번에도 초구 직구를 뿌려댔다. 몸쪽도 바깥쪽으로 치우친 것도 아닌, 스트라이크 존 중심으로 파고드는 매서운 직구. 김민광은 그야말로 공이 눈에 보이지 않는다는 말을 실감했다. 그는 찰나의 순간에 가까스로 공을 잡아내는 데 전력을 다했다. 초구 스트라이크.

초구를 맛본 고영주는 잔뜩 긴장한 얼굴로 매섭게 두어 번 배트를 휘두른 다음 다시 타석에 들어섰다. 그러자 강태환은 이번에도 그 어떤 사인도 받지 않은 채 와인드업을 했다. 포수 김민광은 도무지 불안해서 견딜 수가 없었다. 이번엔 도대체 어디로 공이 들어올지 예측불허였기 때문이다. 다행인 건 원 바운드성이라거나 또는 완전히 빠지는 공이 들어오지 않았다는 사실뿐이었다.

2구 역시 직구였다. 이번에는 고영주도 물러서지 않고 직구 타이밍에 배트를 휘둘렀다. 공이 배트에 맞는 소리가 분명히 들렸다. 들리긴 들렸는데, 포수 김민광의 눈앞에 보인 건 두 동강 난 배트가 허공에 떠오른 장면뿐이었다. 그때 강태환이 소리쳤다.

"빨리 공 안 잡아!"

하늘 높이 치솟은 공은 바로 스틸러스 덕아웃 근처로 떨어지고 있었다. 뒤늦게 정신을 차린 김민광이 헤드기어를 벗고 공을 잡으려 할 땐 이미 강태환이 전력으로 질주하여 아웃 처리한 뒤였다. 관중들은 순간 일제히 '아' 하는 탄식 소리를 내질렀고, 고영주는 씁쓸한 표정이 되어 덕아웃으로 돌아갔다.

4번 고영주가 두 번째 타석에 들어설 때까지 스틸러스의 모든 타자들은 단 한 차례도 강태환의 공을 제대로 때려내지 못하고 그야말로 퍼펙트로 아웃당하는 수모를 겪어야 했다. 그렇게 다시 돌아온 고영주의 두 번째 타석. 어느새 5회 초였고 그때까지 스틸러스에선 단 한 명의 타자도 1루를 밟지 못한 것이다.

그런데, 이러한 상황은 맥시멈즈의 타자들 역시 크게 다르지 않았다. 5번 성순호, 6번 봉태호는 아예 대놓고 헛스윙을 하며 '나는 매수되었습니다'라는 사실을 공개적으로 시위라도 하듯 삼진아웃당했기 때문에 별다른 힘이 못 되었고, 한국시리즈 타석에 처음으로 들어선 2군 포수 김민광 역시 강태환의 광속구를 받아내는 데 모든 에너지를 쏟아부은 탓인지 그저 땅볼만 칠 뿐이었다.

그런 와중에 두 팀을 통틀어 4회까지 1루 베이스를 밟은 유일한 타자는 장석준이었다. 민주환은 장석준이 크게 휘두르는 홈런성 거포인 것을 의식해 낮은 공 위주로 제구를 했는데, 놀랍게도 장석준은 낮게 깔리는 슬라이더성 공을 걷어 올리는 타법으로 중전안타를 만들어냈던 것이다. 그러나 제법 깊게 형성된 안타였음에도 워낙 장석준의 걸음이 느린 탓에 하마터면 1루에서 아웃당할 뻔했다. 슬라이딩까지 하는 통에 가까스로 아웃을 면할 수 있었고, 그렇게 1루 베이스를 밟은 장석준의 안타가 두 팀 통틀어 유일한 안타였다.

그렇게 상황은 5회 초. 선두로 나온 고영주는 이번엔 제대로 강태환을 공략해보겠다는 강한 의지의 표현과 쇼맨십의 일환으로 타석에 들어서자마자 배트를 세워 펜스 전광판 쪽을 가리켰다. 이런 고영주의 오버액션이 나오자 내내 위축되었던 스틸러스 팬들은 다시 아우성과 환호를 터뜨리며 있는 힘껏 '고영주! 고영주!'를 외쳐대기 시작했다. 중계를 하고 있던 카메라는 특별히 미성그룹 사장단 일행과 박건철 회장의 모습을 비췄는데, 그들 역시 주먹을 쥐고 '고영주'를 연호하고 있었다.

"아, 지금 미성그룹 박건철 회장님께서도 고령의 나이에도 불구하고 두 주먹을 불끈 쥐며 고영주 타자를 연호하고 계시군요."

"그렇군요. 저 정도의 응원이 있다면 이번엔 고영주 선수, 뭔가 한번 일을 낼 것 같은데요. 어차피 투수 싸움이라면 타자 입장에선, 특히 고영주 선수 같은 거포 입장에선 한 방을 욕심낼 수 있겠죠. 지금 강태환 선수, 선천적인 스피드와 힘만 가지고 타자들을 제압하고 있는데 저거 오래 못 가요. 암요. 스틸러스 타자들이 간파했을 거란 말이죠. 강태환 선수의 뻔한 볼 배합을 말이에요."

해설위원 김봉균은 확실히 균형을 잃은 해설을 하고 있었다. 해설에 사심을 개입시켜서는 안 된다는 원칙을 상실한 김봉균은 확실히 강태환을 두 번째로 경험하는 고영주가 큰 것 한 방을 쳐주길 기대하고 있는 눈치였다.

그러나 잠실경기장을 가득 메운 대부분의 팬과 관계자들의 기대는 속절없이 무너지고 말았다. 강태환은 이번에도 초구로 직구를 던졌다. 이번엔 무려 시속 160km다. 과연 국내에서 저런 광속구가 나올 수 있을지 의문일 정도로 시즌 중에도 좀처럼 나오지 않았던, 기네스 기록에 오를 정도로 강하고 빠른 공이 몸쪽을 파고들자 고영주는 순간 자신도 모르게 배트를 휘두르고 말았다. 타이밍에 맞춰 직구를 노려 치려고 했는데, 첫 번째보다 5km 정도 더 빠른 스피드에 아예 눌려버리고 만 것이다. 결과는 헛스윙.

2구째. 고영주는 이번만큼은 다른 공을 던지겠지 하는 생각으로 인내심을 갖고 기다렸다. 유인구다, 유인구가 올 것이다 하고 생각하는 고영주의 확신과는 다르게 강태환은 이번에도 몸쪽 약간 낮은 직구를 던졌다. 시속 158km. 공은 마치 미친 뱀의 기묘한 꿈틀거림처럼 비틀리며 김민광의 글러브 안으로 빨려들어갔다. 고영주는 이번엔 배트를 휘두르지 않았지만 공은 변명의 여지없이 스트라이크 존 안으로 들어왔다. 투 스트라이크 노 볼.

다시 볼카운트 싸움에서 절대적으로 밀린 고영주. 이번에도 직구가 올 것으로 생각하고서 다시 한 번 머릿속으로 타이밍을 생각했다. 직구 타이밍을 말이다.

그런데, 이번엔 전혀 다른 유인구가 들어왔다. 원 바운드 체인지업이 들어왔는데, 순간 고영주는 밸런스를 완전히 상실해 버렸는지 헬멧이 바닥에 내동댕이쳐질 정도의 엄청난 헛스윙을 하고 말았다. 그런데 원 바운드로 들어오는 공을 포수 김민광은 전혀 예상하지 못했고, 공은 그대로 김민광의 뒤로 빠져나가 버렸다.

한동안 어안이 벙벙한 채로 서 있는 고영주에게 스틸러스 코치진이 아우성을 쳤다.

"빨리 뛰어. 낫아웃 상태야! 빨리 뛰라고."

정신을 못 차리고 있는 건 고영주뿐만 아니라 김민광 역시 마찬가지였다. 심지어 그는 자신이 공을 뒤로 흘렸는지조차 눈치채지 못한 상태였다. 강태환이 그런 김민광을 향해 버럭 소리쳤다.

"야, 이 멍청한 새끼야! 공 안 잡고 뭐해!"

그렇게 강태환이 악쓰듯 소리를 지르고 나서야 정신을 차린 김민광은 헤드기어를 벗어던지고 뒤로 빠져나간 공을 바라봤다. 그제야 어리벙벙하게 서 있던 고영주도 정신을 차리고 1루를 향해 달리기 시작했다. 잘만 하면 살아나갈 수도 있는 상황이었다.

그런데 이때 포수 김민광을 믿지 못한 강태환이 전력으로 구르는 공을 향해 내달렸고, 이를 지켜본 1루수 장민혁은 잔뜩 긴장했다. 수비로 나와 처음으로 공을 받아볼 기회가 생겼으니 긴장되는 것도 당연했다. 고영주는 악을 쓰며 달렸고, 공을 잡으려 몸을 뒤틀던 김민광은 그만 그 자리에서 자빠지고 말았다.

고영주가 베이스에 들어가려고 하는 순간, 공을 잡은 강태환이 1루를 향해 힘껏 공을 던졌고, 그때 스틸러스 1루 코치가 고영주에게 '슬라이딩!'이라고 소리쳤다. 엉겁결에 고영주는 슬라이딩을 했는데, 강태환이 던진 공은 비교적 정확하게 1루 베이스 위로 떨어졌다. 그래서 공을 받은 장민혁의 글러브는 슬라이딩을 하며 달려드는 고영주의 머리를 절묘한 타이밍으로 보기 좋게 태그했고, 그로 인해 고영주는 굴욕적으로 머리에 태그되며 아웃당하고 말았다. 스틸러스 팬들은 일제히 아쉬움의 탄성을 질렀다. 이때 강태환은 제 분을 이기지 못하고 거북이처럼 드러누워 있는 포수 김민광을 향해 욕설을 퍼부었다.

"야, 이런 멍청한 새끼야! 공이 어디로 갔는지도 모르고 여기 이렇게 자빠져 있으면 어쩌자는 거야! 앙!"

그러자 김민광도 더 이상 참을 수 없었던지 포수 미트를 바닥에 있는 힘껏 내동댕이치며 강태환에게 달려들었다.

"아니, 이 씨발 새끼가! 호적에 잉크도 안 마른 어리노무 새끼가 하늘 같은 선배한테 어디서 육두문자질이야, 육두문자질이!"

"적어도 선배 대접 받으려면 똑바로 해. 똑바로 하라고!"

"이 새끼가!"

순간 김민광은 분을 이기지 못하고 강태환의 멱살을 쥐며 주먹을 들어올렸다. 하지만 그 순간 그는 동작을 멈출 수밖에 없었다. 주위에 바라보는 눈도 있었지만 지금까지 퍼펙트로 던지고 있는 투수의 턱을 날린다는 건 아예 게임을 포기하겠다는 거나 다름없는 일이기 때문이었다.

김민광은 거의 부동자세로 팀 덕아웃 쪽을 살폈다. 김인석을 바라봤는데 얼굴의 반을 차지하는 선글라스를 착용한 그는 아무 반응도 보이지 않았다. 그저 노트북을 살피며 딴짓을 할 뿐이었다.

분을 삭인 김민광은 강태환의 멱살을 풀어주었다. 하지만 멱살이 풀린 강태환은 정작 이런 상황엔 별 관심이 없어 보였다. 녀석은 광기에 찬 눈빛만을 번뜩이며 다시 한 번 김민광에게 굴욕적이면서도 그가 새겨들어야 할 한마디를 남겼다.

"똑똑히 들어! 당신은 어떨지 몰라도 난 꼭 이겨야 돼. 그러니까 두 눈 똑바로 뜨고 잡아내란 말이야! 손이 안 되면 온몸으로라도 막으라고! 알았어!"

강태환의 그 눈빛 앞에 김민광은 할 말을 잃었다. 선후배를 떠나 오직 승부에만 미쳐 있는 그의 집념이 경이롭게 보이기까지 했다. 그런 생각이 들자 정신이 번쩍 난 김민광은 어떻게 해서든 공을 잡아야겠다는 마음속 다짐을 새롭게 했다.

특단의 대책

강태환의 신들린 역투는 8회까지 이어졌다. 말 그대로 퍼펙트 피칭이다. 스틸러스는 단 한 명의 타자도 살아나가지 못하고 볼넷 하나도 얻지 못한 상황. 어쩌다 배트를 맞히면 심하게 밀려 파울이 되거나 내야뜬공으로 처리되는 이 참담함 앞에서 스틸러스 팬들은 아예 할 말을 잃어버렸다. 이렇게 되자 그룹 창립기념일을 미성 스틸러스의 우승 파티로 자축하려던 미성그룹과 응원단, 사장단의 계획도 점차 미궁 속으로 빠졌다.

사장단 일행과 함께 있는 단장 김동건은 엄청난 초조감에 입이 바짝바짝 마르고 속이 타들어갔다. 그렇지만 아직 균형이 깨진 건 아니다. 맥시멈즈 타자들 역시 민주환의 페이스에 철저하게 말려들어 단 3안타밖에 뽑아내지 못하며 0 대 0 스코어를 이어가고 있는 것이다. 민주환 역시 이런 상태로 9회 말 맥시멈즈 공격까지 틀어막으면 완투를 하게 되는 것이고, 이 상태로 연장 승부로 넘어갈 경우 불리해지는 건 강태환 혼자 끌고 가고 있는 맥시멈즈란 계산이 김동건을 위로하고 있었다.

그런데, 이러한 가정은 비단 김동건만의 계산이 아니다. 김인석 역시 마찬가지였다. 사실 7회부터 강태환의 직구 스피드가 조금씩 밀리기 시작했다. 비록 8회까지 퍼펙트로 끌고 오긴 했어도 8회 초 투아웃에서 스틸러스 5번 존슨이 친 유격수 쪽 강습땅볼은 거의 내야안타 수준이었다. 다행히 2군에서 급파된 유격수 고형민이 몸을 날려 잡았기에 망정이지 그렇지 않았으면 적어도 2루타는 되었을 정도로 잘 맞은 공이었다.

이처럼 서서히 강태환도 지쳐가고 있고 만약 이 상태로 연장을 맞이하게 되면 밀리는 쪽은 틀림없이 자신들이라고 김인석은 판단했다. 그와 함께 시작되는 8회 말. 맥시멈즈의 타순은 1번 고형민부터 시작한다. 김인석은 5번 성순호가 오늘 보여준 최악의 뻰뻰스러운 헛스윙을 똑똑히 기억하고 있었다. 때문에 4번 장석준의 타석까지는 무조건 1점을 내야만 했다. 그래야만 9회 초 강태환의 역투로 경기를 마무리할 수 있고 승기를 잡을 수 있다는 시나리오가 성립되는 것이다.

특단의 전략이 필요한 상황. 김인석은 선두타자로 나서게 될 고형민을 불렀다. 그리곤 경기가 시작되고 난 이후 처음이자 마지막으로 그에게 직접 작전지시를 내렸다.

"이름이 고형민이라고 했나?"

"예, 감독님."

"너 잘하는 게 뭐냐?"

"예?"

"끊어 치는 편이야? 아님 밀어 치는 걸 잘해?"

"글쎄요, 잘 모르겠는데요."

"그럼, 번트는 잘 대냐?"

"번트요?"

"초구에 3루 쪽으로 흘려보내는 번트 하나만 대. 민주환이는 지금 너하고 3번 장민혁이를 제일 우습게 보고 있어. 무조건 승부하려고 초구부터 직구 뿌릴 거야. 지금 저 새끼도 직구 스피드는 많이 떨어져 있어. 그런데 솔직히 너 130km대 직구도 제대로 안타 만들 자신 없잖아. 그렇지?"

"죄송합니다."

"지금 그런 말 듣자는 게 아니고. 그러니까 초구에 바깥쪽 직구가 들어오면 배트를 최대한 짧게 잡고 상체를 역으로 틀어서 3루 쪽 번트로 페어를 만들라고. 지금 스피드가 약하니까 당구 마세 찍듯이 내려찍어. 그럼 바운드가 커져서 3루수 새끼가 뛰어 들어오다가 당황해서 버벅거릴 가능성도 있어. 그러면 넌 무조건 뛰어. 죽어라고 뛰란 말이야. 슬라이딩하는 거 잊지 말고."

"알겠습니다."

"이 새끼야, 너 지금 못 살아나가면 오늘 게임 이대로 접는 거야. 그거 명심해."

그렇게 말한 김인석이 고형민의 등을 후려치듯 한 번 쳐주었다. 자극을 받은 고형민은 헬멧을 눌러쓰고 타석에 들어섰다. 그런 고형민을 보며 해설위원 김봉균이 또 한마디 하지 않을 수 없다는 듯 주절거렸다.

"야아, 사실 오늘 정말 김인석 감독의 용병술은 작전 미스예요."

"또 왜 그러십니까?"

"몰라서 묻는 겁니까? 저 1번 고형민 타자 보세요. 뭐 저렇습니까? 오늘 1번 타자 역할 하나라도 해준 게 뭐가 있어요? 이번 8회 말도 선두로 나와서 못 살아나가면 정말 야구 그만둬야 해요."

"뭐 그렇게까지야…… 아, 말씀드리는 순간 고형민 선수 기습 번트를 대는군요."

김인석의 말대로 민주환은 만만한 고형민을 상대로 초구 스트라이크를 잡기 위해 130km대 평범한 직구를 던졌는데, 그걸 노린 고형민이 번트를 댄 것이다. 그런데, 김인석의 예상과는 다르게 번트를 댄 공은 1루 쪽을 향해 날아갔다. 그러나 마세 찍듯 내려친 고형민의 변칙 타법으로 인해 공은 번트라고 하기 민망할 정도로 높은 바운드를 보였는데, 그 틈을 놓치지 않고 고형민은 배트를 내던지고 들입다 달리기 시작했다.

통상적으로 선두타자 기습번트는 3루 쪽으로 나가는 법인데, 오히려 1루 쪽으로 바운드 큰 번트가 나오자 투수 민주환과 1루수 고영주가 순간적으로 사인이 맞지 않는 일이 벌어졌다. 서로 공을 미루던 사이 고형민의 요란한 슬라이딩과 함께 선두타자 출루가 끝내 이뤄지고 말았다. 무사 1루 상황.

이어서 나온 2번 타자 윤길현 역시 망설이지 않고 번트를 댔고, 어설픈 번트였음에도 불구하고 전력으로 질주한 주루플레이 덕분에 고형민은 2루에서 살아남았고, 윤길현만 아웃당했다. 원아웃에 주자 2루.

원아웃 상황에서 타석에 나선 3번 장민혁. 그러나 장민혁은 정말 타격감이 좋지 않았다. 별다른 작전지시를 내리지 않은 김인석도 장민혁에게 크게 기대할 게 없다는 사실을 시인해야 했다. 아니나 다를까. 장민혁은 민주환의 유인구성 볼 세개에 말려 그대로 삼구 삼진을 당하고 말았다. 투아웃에 주자 2루. 그리고 다음 타자는 바로 4번 장석준이다.

김인석은 장석준에게 작전지시를 내렸다. 장석준이 만약 볼넷으로 살아나간다 해도 그대로 삼진 당할 게 뻔한 5번 성순호가 기다리고 있기 때문이다. 강태환은 덕아웃에 잔뜩 풀이 죽은 얼굴로 앉아 있었다. 이번에도 그냥 넘어가면 과연 자신이 언제까지 버텨낼 수 있을지 걱정되었기 때문이다.

"민주환이도 어느 정도는 알고 있을 거다. 누가 전력을 다하는지 그렇지 않은지 말이야."

"그렇겠죠."

"그럼 오늘 2안타나 몰아친 널 고의사구로 보낼 게 확실해. 그렇지만 저 새끼 명색이 팀의 에이스라서 대놓고 고의사구를 던지진 않을 거야. 틀림없이 바깥쪽 유인구성 싱커나 서클체인지업을 던질 거다."

"뭘 노려 칠까요?"

"몸쪽은 그대로 버려. 몸쪽은 승산이 없다. 쳐도 파울이 될 게 뻔하고. 스트라이크가 되더라도 버려. 바깥쪽을 노려라. 내가 볼 때, 1, 2구는 몸쪽이 올 게 분명해. 그때 넌 의도적으로 투 나씽을 만들어. 그러면 저 새끼 유인구 던진다며 3구째는 분명히 바깥쪽 던진다. 그때 넌 상체를 숙이고 배트를 골프 샷처럼 길어 올리듯 휘둘러. 그냥 툭 갖다 대도 넌 파워가 있기 때문에 1루 쪽 키는 가볍게 넘길 거다. 고영주 저 새끼는 몸이 굼뜨고 점프력도 없으니까 가장 취약해. 그쪽을 공략해

라. 알았지?"

고개를 끄덕인 장석준. 비장한 표정으로 타석에 나섰다. 그와 함께 진짜로 민주환의 볼 배합이 김인석의 예상대로 적중하는지 잠자코 지켜보기로 했다. 1구 몸쪽 직구 스트라이크. 그리고 2구 역시 몸쪽 체인지업 스트라이크. 그러자 해설위원 김봉균이 안타까운 듯 한마디 했다.

"아, 장석준 선수. 집중력을 잃어나 보네요. 제가 볼 때 민주환이 던진 2구째 체인지업은 분명 실투성이었는데요."

"이제 볼카운트는 타자에게 절대적으로 불리한 투 나씽이 되었습니다."

만족스런 얼굴이 된 민주환이 포수와 사인을 주고받는 모습을 확인한 장석준은 김인석을 바라봤다. 김인석은 자신을 바라보는 장석준을 향해 가볍게 고개를 끄덕여주었다. 그것은 둘 사이에 이뤄진 방금 전 전략에 대한 확고한 동의였다. 장석준은 김인석의 예상이 적중할 것을 확신하고 바깥쪽 낮은 공을 밀어 올려칠 준비만을 했다. 그렇게 장석준은 상체를 잔뜩 숙인 채 민주환의 3구를 기다렸다. 민주환의 3구가 던져지는 순간 '바로 이거야!'라고 장석준은 마음속으로 쾌재를 불렀다. 김인석의 말 그대로 바깥쪽 낙차 큰 싱커가 들어왔기 때문이다. 잔뜩 노리고 있던 장석준은 그저 맞힌다는 마음으로 상체를 최대한 낮춘 상태에서 마치 골프 샷을 휘두르듯 배트를 아래에서 위로 올려쳤고, 그렇게 맞은 공은 라인드라이브성으로 1루수 고영주를 향해 날아갔다. 바로 그때 고영주가 있는 힘껏 글러브를 뻗었으나, 공은 고영주의 글러브 끝과 접촉하면서 굴절됨과 동시에 우익수 쪽으로 뻗어나갔다.

"아! 공이 빠져나갑니다."

"홈으로 승부해야 돼요. 홈으로."

어쩌면 투아웃 상황에서 걸음이 느린 장석준을 1루에서 잡는 게 더 가능성이 높아 보였지만, 스틸러스 우익수 진재형은 '설마 그렇게까지 걸음이 느리겠어' 하는 생각을 갖고 있었던지 1루에 송구할 생각은 아예 않고 공을 잡아 그대로 홈으로 송구했다.

고형민은 그야말로 전력을 다해 달렸고 약간 몸을 비틀면서 슬라이딩을 했다. 순간 포수도 공을 잡았고 고형민의 어깨를 강하게 내리눌렀다.

흙먼지로 가득한 홈플레이트. 관중석은 잠시 찬물을 끼얹은 듯 고요해졌다. 잠시 망설임의 시간을 갖던 주심은 세이프를 선언했고 이내 스틸러스 팬들의 탄식 소리가 곳곳에서 터져나왔다. 그와는 반대로 소수의 맥시멈즈 팬들은 작은 열광의 도가니를 만들어냈다. 그들은 고형민의 이름을 제대로 알지 못해 '고향민! 고향민!'을 외치며 선취점 획득을 기뻐했던 것이다.

너무나 기뻐하며 들어선 고형민을 맞이하는 덕아웃 분위기는, 그러나 전혀 열광적이지 않았다. 강태환과 몇몇 선수들만이 고형민의 홈플레이트 점령을 축하할 뿐이었다.

이후 타석에 등장한 5번 성순호의 당연한 삼진아웃으로 인해 8회 말 스코어 1 대 0으로 맥시멈즈가 겨우 한 점 앞서 나간 상태. 이제 한 이닝만 막으면 된다.

무사 만루 작전

9회 초. 해설위원 김봉균은 당연히 구원투수 등판의 필연성을 제기했다. 하지만 그건 김인석 감독의 타는 속마음을 모르고 하는 말임에 분명하다.

"아, 맥시멈즈에선 지금 몸을 푸는 투수가 한 명도 보이지 않는군요."

"그렇다면 강태환으로 끝까지 가겠다는 것 같은데요."

"예, 물론 강태환 투수가 지금까지 눈부신 역투를 보이고 있는 건 확실한데요. 하지만 8회 보셨으면 아시겠지만 이제 어깨가 점차 열리고 있어요. 그만큼 힘에 부친다는 이야기겠죠."

"그렇다면 9회에선 어느 정도 흔들릴 수도 있다는 이야기군요."

"비록 하위 타선이긴 하지만 분명 전용호 감독은 대타작전을 사용할 거예요. 아마 제 생각엔 시즌 중에 강태환에게 비교적 강했던 이응준이나 최민호 정도가 선두로 나올 것 같은데요."

"재미있는 승부가 되겠군요."

마운드에 나서기 전 김인석은 강태환을 불러 세웠다. 김인석 역시 눈썰미가 없지 않다. 강태환의 괴력은 사실 7회부터 정신력에 의존한 것이었다. 노히트노런에 대한 부담이 워낙 커서였을까. 아니면 승리에 대한 집착이 너무 강했던 때문일까. 김인석이 물었다.

"괜찮겠냐?"

"세이브할 투수는 있어요?"

강태환은 그렇게 물으며 맥시멈즈 관중석 공간을 바라봤다. 불펜에서 몸을 푸는 투수는 단 한 사람도 없다. 맥시멈즈에는 김인석이 조련해 훌륭하게 가다듬은 세이브 전문 투수가 두 명이나 있다. 김철민·라기혁이 버티고 있고, 그들의 시즌 성적만으로 보면 한 이닝 막는 건 문제도 아니다. 하지만 김인석은 그들을 기용할 수 없는 형편이다. 그런 그의 속내를 알고 있는 건 장석준밖에 없다. 장석준은 벤치에 우울한 표정으로 앉아 있는 김철민과 라기혁을 바라봤다. 하지만 둘은 장석준의 시선을 의도적으로 피했다. 그들 역시 프로 5, 6년차로서 향후 스틸러스나 기타 재력이 우수한 기업의 후원을 받는 구단으로 트레이드를 신청할 예정인 선수들이다. 그들이 구원 등판이란 명분으로 나올 경우 어떤 결과가 나올지는 불 보듯 뻔한 일이다.

이런 사정을 모르는 강태환은 오직 자신이 스틸러스의 타선을 틀어막겠다는 강렬한 전의만으로 들끓고 있었다. 김인석은 그런 강태환에게 몇 가지 작전지시를 내렸다. 그 지시를 과연 강태환이 수용할 수 있을지는 미지수지만 말이다.

결국 9회 초까지 마운드에 오른 강태환. 스틸러스에선 7번 이동수 대신 예상대로 대타 이웅준이 타석에 들어섰다.

강태환은 인상을 찡그렸다. 이웅준은 비록 장타 능력은 떨어지지만 타격감에 있어선 뛰어난 기량을 가진 선수며, 또한 빠른 공을 받아치는 데 천부적인 재능이 있었다. 만일 이웅준이 강태환의 어깨가 완벽했을 7회 때 타석에 나섰다면 아마도 내야땅볼로 아웃되었을 것이다. 제아무리 빠른 공을 잘 받아친다 해도 강태환의 컷패스트볼 구속은 무려 160km대를 넘보는 기적에 가까운 광속이었기 때문이다. 하지만 9회까지 온 지금은 사정이 다르다. 강태환은 굳이 속도계를 확인하지 않아도 자신의 공이 평균 시속 5km 이상은 떨어져 있는 상태임을 실감할 수 있었다. 이런 시점에 이웅준을 상대한다면 십중팔구 어떤 식으로든 외야로 나가는 공이 나올 것이고, 만약 그렇게 된다면 맥시멈즈의 외야수들은 적당히 잡는 척하다가 공을 놓칠 것이다. 그렇게 될 경우 2루타는 충분하다. 바로 이러한 판단이 김인석이 강태환에게 일러준 귀띔의 전부였다. 그 말을 전해들은 강태환은 믿을 수 없다는 표정으로 김인석에게 되물었다.

"말이 돼요? 왜 일부러 공을 놓쳐요?"

"차차 이야기해주마. 어쨌든 공은 무조건 외야 쪽으로 나가면 안 돼. 지금은 스틸러스의 마지막 공격이다. 녀석들은 더 발악을 할 거야. 어떻게 해서든, 무슨 수를 쓰든 강태환이 네가 마무리를 지어야 한다. 지금 믿을 수 있는 건 1·2루수, 유격수, 그리고 포수 정도가 고작이야."

"하, 도대체 무슨 말씀 하시는지 모르겠어요."

"새끼야! 무조건 내 말 들어! 지금 상황이 그렇단 말이야. 너 내 말 안 듣고 그냥 승리 놓칠 거야?"

김인석의 말은 결코 허언이 아니었다. 강태환은 그의 심각한 표정을 보며 그 사실을 확신할 수 있었다. 그렇기에 강태환은 지금 마운드에 올라 매우 신중하게 대타 이웅준을 상대하고 있는 것이다. 바깥쪽으로 빠지는 체인지업을 연속해서 던졌는데, 그 결과는 쓰리 볼 노 스트라이크. 강태환은 초조했다. 그리고 4구째 던지기 직전 김인석을 바라봤다. 김인석은 가볍게 고개를 끄덕였고, 그러자 강태환은 작심하고 이번에도 완전히 바깥쪽으로 빠지는 볼을 던졌다. 심판은 그대로 멈춰 있었고, 스트라이크가 아님을 확인한 이응준은 그대로 배트와 무릎보호대를 내동댕이치고서 1루를 향해 뛰어나갔다. 그러자 경기장 전체에서 환호성이 울려 퍼졌다. 5차전이 시작된 이래 처음으로 스틸러스에서 주자가 1루로 나간 것이다.

"아, 이렇게 퍼펙트는 무산이 되는군요."

"예. 확실히 지금 강태환 선수 힘이 떨어졌어요. 지금은 퍼펙트가 무너진 게 문제가 아니라 다음 타자와의 대결이 중요할 것 같은데요."

전용호 감독은 집요함을 보였다. 7번 이응준 대타에 이어 8번도 대타를 기용한 것이다. 8번 대타는 모두의 예상대로 최민호였다. 지명타자로 주로 등판하던 그 역시 힘을 바탕으로 빠른 공에 비교적 강한 면모를 보이던 타자였다. 김봉균은 8번 최민호의 대타작전을 이렇게 평가했다.

"굳이 번트 작전을 가져가지 않는 이유는 그만큼 지금 강태환의 공에 대해 자신 있다는 이야기로 읽혀지는군요. 최민호를 대타로 기용한 용병술 말이죠."

"그렇군요. 어디 한번 지켜보죠."

최민호는 예상대로 번트 자세를 취하지 않았다. 강태환은 그런 그를 피곤한 눈빛으로 응시했다. 그리고는 포수 김민광에게 손짓으로 일어서라는 사인을 보냈다.

처음에 김민광은 강태환의 손짓을 이해하지 못했다. '저 새끼가 지금 뭐라는 거야?' 그는 애꿎은 글러브만 투지 넘치게 두들기면서 안심하고 어서 빨리 던지라는 시늉만 해댔다. 그러자 강태환이 답답했는지 괴성에 가까운 고함을 질렀다.

"일어나라고!"

강태환의 외침을 들은 스틸러스 타자 최민호도, 다른 선수들도 모두 놀라서 강태환을 바라봤다. 심판은 그런 강태환에게 주의 사인을 주었고 김민광은 엉겁결에 자리에서 일어섰다. 강태환은 김민광에게 플레이트에서 떨어지라는 손짓을 해 보였다. 그때서야 김민광은 지금 강태환이 고의사구를 던지려 한다는 걸 알게 되었다. 김봉균이 탄식하듯 마이크를 잡았다.

"야, 저거 보십시오. 포수하고 투수 사이에 사인 하나 맞는 게 없어요. 오죽 답답했으면 강태환 투수가 소리를 다 지르겠습니까? 저런 게 잘못되면 완전히 퇴장감이에요."

"예, 저도 깜짝 놀랐습니다. 그런데 어떻게 배터리 사이에 사인도 없이 저렇게 필드에 나올 수가 있죠? 쉽게 이해가 되지 않습니다."

"그러게요. 김인석 감독은 도대체 무슨 생각으로 저 2군 출신 김민광을 출전시켰는지 정말 알다가도 모르겠어요. 블로킹 능력이 뛰어난 것도 아니고, 그렇다고 뭐 공격을 잘하는 것도 아닌데 말이죠."

"그런데 더 놀라운 건 지금 강태환 투수가 고의사구로 최민호 타자를 보내려 하는 거예요. 저건 어떻게 보십니까?"

"야, 이거 완전히 상식 밖의 작전이군요. 아니 도대체 무사에 주자를 1, 2루로 만들어서 뭘 어쩌자는 거예요? 예?"

해설위원 김봉균은 다시 흥분하기 시작했다. 그런 그의 흥분은 충분히 이해할 만한 구석이 있었다. 무사에 사구로 1루를 채우고 다음 타자를 또 고의사구로 보낸다? 타석에 오른 최민호는 오히려 이런 상황에 대해 어찔 줄 몰라 했다. 그러나 강태환은 수많은 관중들의 야유에도 불구하고 매우 짧은 인터벌로 공을 던져 최민호마저 1루로 보내고 만다. 무사에 주자 1, 2루.

9번 타자 주철석은 유격수로 수비전문 선수다. 당연히 이 선수 정도는 잡을 것으로 스틸러스 팬들도 예상하고 있었는데, 강태환의 공은 이번에도 네 개 모두 바깥쪽으로 형편없이 빠지는 것이었다. 그로 인해 9번 주철석 역시 1루로 걸어나갔다. 맥시멈즈로서는 완벽한 위기상황을 초래하고 만 것이다. 바로 그때 김인석이 작전타임을 불렀고, 코치도 없이 혼자 마운드로 걸어나갔다.

스틸러스 관중과 응원단은 이제 완전히 승리를 자신한 듯 아우성에 가까운 환호성을 내질렀다. 사장단도 이제는 어느 정도 안심이 되는지 얼굴에 웃음을 띤 채 서로 얘기를 주고받는 여유를 보여주었다. 스코어 1 대 0으로 뒤지고 있긴 하지만, 무사 만루 상황인 만큼 최악의 경우에도 1점을 뽑을 수 있을 거란 확신이 생긴 것이다.

"아, 이렇게 무너지나요. 강태환 선수, 어깨에 완전히 힘이 빠진 것 같아요."

"스틸러스 타순은 이제 다시 1번으로 돌아오는데요. 이제 맥시멈즈는 동점이 문제가 아니라 역전을 걱정해야 할 것 같아요. 그렇지 않습니까?"

"지금 김 감독이 마운드로 나오긴 했지만, 중요한 사실은 몸을 푸는 투수가 한 명도 없다는 거예요. 도대체 말이 됩니까? 아니 선수가 저 정도로 힘들어하면 빨리빨리 교체를 해줘야지요. 뭐 강태환 선수 어깨는 강철이랍니까? 160km대 가까운 직구와 커터, 투심 패스트볼[23]을 그렇게 뿌려댔으면, 기계라도 고장 나겠어요. 안 그래요?"

"하하, 위원님. 오늘 너무 흥분하시는 것 같습니다. 흥분 좀

23 검지와 중지를 실밥에 나란히 걸쳐 잡는 직구의 변형 그립.

가라앉히시죠."

마운드로 걸어나온 김인석은 강태환에게 별다른 말은 하지 않았다. 단지 강태환의 몸 상태를 점검하는 질문을 던진 게 전부다.

"괜찮냐?"

"그럭저럭. 그런데 이런 작전도 있나요?"

"어쩔 수 없는 방법이야. 넌 나중에 감독 되면 절대 이런 작전 쓰지 마라."

"감독 같은 거 할 생각 전혀 없어요. 지금도 야구 지겨워 죽겠는데 무슨……."

"새끼, 말하는 뽄새하곤."

쓴웃음을 지은 김인석이 강태환의 어깨를 가볍게 토닥인 다음 벤치로 돌아갔다. 스틸러스 응원단의 환호가 다시 시작되었고, 스틸러스 측 관계자들은 이제 축포를 터뜨릴 채비를 갖추기 시작했다. 멋있게 역전승을 하고 미성그룹 30주년을 축하하는 엄청난 양의 축포를 쏘아 올리자. 그들은 그런 기대에 가득한 얼굴을 하고 있었다.

다시 돌아온 1번 진재형. 그는 전용호 감독의 지시대로 작전을 수행할 결심으로 타석에 올랐다. 전용호는 지금 강태환의 어깨가 상당히 열린 것으로 이해하고 밀어내기 동점을 예상했다. 계속해서 바깥쪽으로 공이 빠지는 이유를 그렇게 받아들인 것이다. 그 점에 있어선 진재형 역시 동감이었다. 그래서 그는 배트를 쥐고 기다려보기로 했다. 힘이 떨어진 강태환이 선택할 카드는 공의 종속에 변화를 주는 유인구가 대부분일 것이란 게 진재형의 판단이었다.

그런데 강태환의 초구가 들어오자 진재형은 자신의 눈을 의심하지 않을 수 없었다. 강태환의 초구는 직구였고, 그야말로 눈 깜짝할 사이도 없이 공은 그대로 김민광의 포수 글러브 안으로 빨려들어갔다. 무시무시한 광속구. 오늘 시합에서 그가 보여준 직구 중 가장 빠른 속도였다. 무려 162km.

주심조차 스트라이크 판정을 뒤늦게 내릴 정도의 엄청난 속도로 파고든 강태환의 공에 스틸러스 관중석은 '우' 하는 탄성을 내지르곤 또다시 조용해졌다.

배트를 다잡은 진재형은 더욱 진지한 자세로 2구에 임했다. 이번엔 바깥쪽이겠지. 설마 아까와 같은 속도는 아닐 거라는 기대로 진재형은 무조건 2구도 기다리기로 했다. 그건 비단 그 자신의 선택만이 아닌, 스틸러스 코치진의 공통된 지시이기도 했다.

그러나 이런 기대를 강태환은 또다시 철저히 농락했다. 2구 역시 초구와 같은 코스에 거의 비슷한 속도의 직구였다. 2구 역시 스트라이크.

3구째, 진재형은 이제 몸쪽 슬라이더에 노림수를 가져보려 했다. 투구 패턴은 이제 네 번째 들어서자 어느 정도 눈에 들어온 상태다. 그러나 강태환은 이번엔 거의 폭투 수준으로 주심의 머리 위치까지 치솟는 직구를 내던졌다. 그런데 그처럼 어이없이 높게 올라오는 공에도 순간 시속의 엄청난 빠름에 기가 눌려버린 진재형은 자신도 모르게 배트를 휘두르고 말았고, 가까스로 김민광이 손을 뻗어 공을 잡자 주심은 그대로 스트라이크 아웃을 외쳤다. 삼구 삼진의 악몽이 또다시 시작된 것이다.

강태환의 어깨는 이해할 수 없는 마력에 사로잡힌 듯 다시금 부활 의지를 보여주었다. 캐스터 윤형주는 믿을 수 없다는 듯 다소 격앙된 음성으로 중계를 계속했다.

"아, 놀랍습니다. 지금 공 세 개가 모두 직구로 들어왔는데, 속도가 얼마인 줄 아세요? 자그마치 162km를 기록했어요. 이건 메이저리그 투수에게서도 발견하기 힘든 속도 아닙니까?"

"그렇네요. 160km를 넘긴다는 게, 그것도 9회까지 던지고 있는 투수한테서 계속된다는 게 있을 법한 상황인지 모르겠네요. 강태환 투수, 혹시 약이라도 먹은 거 아닐까요? 그렇지 않고서야 이럴 수가 있습니까?"

"실없는 소리 그만하시구요. 그러면 강태환 투수가 방금 전 세 명의 타자를 상대하던 건 뭡니까? 트릭인가요? 이런 것도 작전의 일부로 봐야 합니까?"

"작전은 무슨……. 무사에 만루 만드는 작전이 어디 있습니까?"

그러나 김봉균의 일축에도 불구하고 실제로 김인석이 강태환에게 제시한 작전은 바로 무사 만루를 만드는 거였다. 상대로 하여금 힘이 완전히 빠진 것으로 오해하도록 하여 밀어내기 승부를 걸어오도록 만든 김인석의 작전은 전용호 감독의 소극적인 성격을 바탕으로 한 것이었는데, 만약 야수들과 다른 수비수들을 신뢰했다면 결코 이런 식의 작전을 강태환에게 지시하진 않았을 것이다.

원아웃에 2번 김만수가 타석에 들어섰다. 설마 하는 마음으로 스틸러스 팬들은 또 한 번 열광하기 시작했다. 그들은 한목소리가 되어 '김만수! 김만수!'를 연호하며, 그가 최소한 외야플라이 하나라도 쳐주길 간절히 염원했다.

어느새 땀으로 범벅이 된 이마를 훔치며, 강태환은 1루 쪽 관중석을 한 번 쳐다봤다. 워낙 멀리 있어 자세히 볼 순 없었지만 미성그룹 사장단의 한구석에 자리를 잡고 앉아 있을 미수의 존재를 확인하고 싶어서였다. 지금 그녀는 어떤 생각을 하고 있을까 하는 생각이 찰나와도 같이 그의 머리를 스치고 지나갔다.

그리고 다시 현실로 돌아온 강태환은 숨도 쉬지 않고 그대로 초구를 내던졌다. 모든 기운을 집중해 내던진 그의 초구는 이번에도 직구였고, 스트라이크 존으로 무자비하게 파고들었다. 순간 김만수가 배트를 휘둘렀지만 공이 배트보다 한 템포 앞서 들어왔다. 헛스윙.

2구째. 강태환은 이번에도 몸쪽 직구를 던졌다. 그런데 직구가 아니었다. 공은 종속 부근에서 격렬한 회전을 일으켰다. 스피드는 직구에 가까웠지만, 직구라고 볼 수 없는 체인지업 종류의 그 공은 들어올 땐 몸쪽 깊은 곳으로 파고들었다. 김만수는 순간 스트라이크가 아닐 거라고 생각해서 배트를 그저 꽉 쥐었지만, 공은 어느새 스크루가 회전하듯 몸쪽에서 바깥쪽으로 뒤틀리듯 휘어져 나가면서 스트라이크 존 안으로 들어와버린 것이다. 꼼짝없이 당한 김만수. 주심의 스트라이크 판정을 받자 얼굴이 창백해지기 시작했다.

그리고 3구째. 이번에 다시 강태환은 직구 승부를 벌였다. 김만수는 아예 직구를 작심하고서 배트를 휘둘렀다. 무려 164km. 사상 초유의 스피드를 지닌 직구가 김만수의 몸쪽 가슴 높이로 파고들 때 김만수는 짧게 잡은 배트를 허무하게 휘둘러버렸고, 그 순간 배트 가장자리와 공이 충돌하면서 공은 3루 쪽 허공으로 높게 떠오르고 말았다.

강태환은 순간 3루수 성순호의 움직임이 이상하다는 것을 느꼈다. 3루 쪽으로 하늘 높이 치솟은 내야플라이성 공인데, 앞으로 걸어나와야만 잡을 수 있는 공을 성순호는 쳐다만 볼 뿐 가만히 있는 것이다. 그 짧은 순간에 강태환은 저 공을 자신이 잡지 않으면 놓치겠다는 불안감을 강하게 느꼈다. 그는 그대로 전력질주했다. 관중들과 선수들의 탄성이 터졌고, 그 때 이미 김만수는 1루 베이스를 향해 슬라이딩을 하는 중이었다. 성순호는 움직이지 않았고, 강태환이 다가갔을 때 공은 그라운드를 향해 급격히 추락하고 있었다. 다급해진 강태환은 그대로 슬라이딩을 했고, 가까스로 공은 강태환의 글러브 끝에 걸치게 되었다. 내야플라이 아웃. 투아웃이 된 것이다.

공이 강태환의 글러브에 걸린 것을 확인한 김만수는 헬멧을 내동댕이치며 안타까워했고, 공을 잡은 강태환은 3루수 성순호를 향해 달려들더니 그대로 그의 멱살을 잡아버렸다. 그로 인해 다시 한 번 구장은 술렁거렸다.

"이, 이 새끼! 지금 뭐 하는 거야!"

"너야말로 지금 뭐하는 거야? 그냥 흘려보낼 참이었어!"

"……."

"감독이 나한테 절대로 공을 맞혀서 외야나 3루 쪽으로 보내지 말래더라. 그게 무슨 소리야? 이게 무슨 엿 같은 경우냐고!"

"이 철없는 양아치 새끼야! 넌 그냥 가만있기나 해."

성순호는 신경질적으로 강태환의 멱살을 뿌리치며 욕설을 퍼부었다. 그리곤 불쾌한 표정으로 자신의 자리로 돌아갔다. 강태환은 그런 성순호를 보며 동시에 덕아웃의 동료 선수들 표정을 살폈다. 모두들 하나같이 자신과 눈을 마주치려 하지 않았다. 강태환은 그런 그들을 뒤로하고 가쁜 숨을 가라앉히며 다시금 마운드로 돌아왔다.

"아하, 이게 무슨 일이죠? 강태환 선수. 처음엔 김민광 포수의 멱살을 잡더니 이제는 3루수 성순호 선수의 멱살을 잡네요. 무슨 멱살 잡는 데에 취미 붙였답니까?"

"위원님, 강태환 선수가 김민광 포수나 성순호 3루수에 비하면 한참 후배 아닙니까?"

"당연하죠. 강태환이 뭐 이제 프로 2년차밖에 더 됐습니까?"

"그런데 저런 행동은 도대체 뭐죠? 아무리 혈기방장한 20대라고 해도 이해하기 어렵군요."

"그런데 좀 이상하긴 했어요."

"뭐가 말입니까?"

"아니, 방금 전 저 내야플라이 말입니다. 낙하지점을 착각한 것도 유분수지. 3루수 성순호 선수 말입니다. 아예 움직일 생각조차 안 했단 말이에요. 그래서 결국 강태환 투수가 몸을 날려 잡긴 했지만, 전력질주하던 김만수 선수의 베이스 러닝으로 볼 때 저 공 떨어뜨렸으면 그대로 내야안타예요."

"말씀 들으니 그렇네요."

"집중력을 가져야 돼요. 맥시멈즈 수비수들은요."

"그렇지만 스틸러스 선수들도 집중력을 잃긴 마찬가지인 것 같은데요."

"예?"

"아니 만루 상황인데, 김만수 선수만 죽어라고 뛰면 뭐합니까? 루가 꽉 차 있는데 다른 선수들도 같이 뛰어줘야죠."

"그 말씀도 듣고 보니 그렇군요."

석연치 않은 아군의 굼뜬 플레이를 본 강태환은 이제 더 이상 자신의 팀 선수들조차 믿을 수 없다는 생각을 갖게 되었다. 그런 상태에서 맞이하게 된 투아웃 상황에서의 3번 타자 이대철. 전용호 감독은 이대철에게 무슨 수를 쓰든 공을 맞혀서 투수가 아닌 외야 쪽으로만 보내라는 지시를 내렸다. 그 말이 무슨 뜻인지 알아들은 이대철 역시 적어도 삼진아웃만큼은 면해야겠다는 생각으로 타석에 들어섰고, 그만큼 그의 표정은 비장해 보였다.

그런데, 그렇게 진지한 마음을 안고 타석에 선 이대철에게 강태환의 자극과 도발이 시작되었다. 그는 공을 던지기 전 이대철을 향해 손가락 3개를 펼쳐 보였다. 이러한 제스처를 본 스틸러스 관중들은 일제히 강태환을 향해 야유를 퍼부었고, 소수인 맥시멈즈 팬들은 거의 까무러칠 정도의 열광적인 응원을 보냈다.

만화에서나 등장함직한 강태환의 손가락 3개는 삼구 삼진을 의미하는 것이기 때문이다.

주심은 이런 강태환에게 한 번만 더 그런 식으로 행동하면 아예 퇴장시켜버릴 거라며 으름장을 놓았지만 이미 강태환의 도발이 벌어지고 난 이후였기에 이대철의 흥분은 쉽게 가라앉지 않았다. 붉게 상기된 얼굴로 이대철은 배트를 매섭게 두어 번 휘두른 다음 다시 타석에 발을 붙였다. 마지막 타석이 될 것인가, 아님 대역전극이 펼쳐질 것인가.

초구. 이번에도 직구다. 이대철은 속으로 '이런 시건방진 또라이 새끼! 프로 선수를 도대체 뭘로 보고'라는 욕설을 내뱉으며 맘먹고 배트를 휘둘렀다. 그러나 여전히 힘이 살아 있는 강태환의 파워풀한 직구는 이번에도 시속 161km를 기록하며,

이대철의 배트를 농락했다. 헛스윙. 원 스트라이크 노 볼.

2구째, 이대철은 처음부터 직구를 노리고 타석에 들어왔다. 괴물에 가까운데다 무모하기까지 한 강태환이 오늘 경기에서 보여준 1, 2구에서 거의 대부분 몸쪽 높은 직구가 들어왔기 때문이다. 그래서 이대철은 2구째도 무조건 직구 타이밍에 맞춰서 배트를 휘둘렀는데, 배트를 휘두르는 순간 자신도 모르게 입에서 후회 가득한 자조적 욕설이 터져나왔다. '에이 씨발!' 왜냐하면 2구는 시속 100km도 안 되는 낙차 큰 커브가 들어왔기 때문이다. 그것도 스트라이크 존에서 한참 멀어진. 이대철이 한 번 더 스윙을 해도 좋을 정도의 느린 속도로 공은 김민광의 글러브 안으로 빨려들어갔다. 이번에도 헛스윙. 투 스트라이크 노 볼.

"아, 어느새 투 나씽이 되었네요. 방금 전 보신 커브는 강태환 선수가 오늘 경기에서 처음 보여준 공 아닙니까?"

"시즌 중에도 저런 공은 보지 못했어요. 강태환 투수 머리 쓰는 게 거의 천재적이에요. 지금 이대철 타자는 분명히 직구를 노리고 스윙한 것 같은데, 완전히 허를 찔렀어요."

"자, 그렇다면 과연 3구째는 어떤 공이 들어올 것인지 궁금하네요."

마운드 위에 선 강태환은 눈을 한 번 지그시 감았다가 떴다. 그러자 그의 눈에 보이는 건 오직 김민광의 글러브뿐이었다. 다른 시계視界는 완벽한 모호함의 해일 속으로 빨려들어가 버린 상태. 거의 무아의 경지에 도달한 도인의 얼굴이 된 강태환은 더 이상 던질 공이 없다는 각오로 한순간 모든 에너지를 모아 와인드업을 하고, 눈에 선명하게 보이는 표적을 향해 공을 던졌다. 이번에도 직구다. 너무도 정직하게 플레이트 중앙을 향해 파고드는 직구를 던진 것이다.

강태환의 3구째 마지막 직구를 이대철은 아예 손도 대지 못했다. '퍽' 소리와 함께 찰나의 순간 포수 글러브 안으로 빨려들어가는 공을 그저 멍하니 바라볼 뿐이었다. 그와 함께 주심의 우렁찬 '스트라이크' 소리가 들려왔다. 하지만 누구도 쉽게 이런 식의 결말을 보고 열광하지 못했다. 그야말로 찬물을 끼얹은 듯한 침묵만이 가득할 뿐이었다. 바로 그때, 스틸러스 응원단 중 상황 파악 안 되는 고문관 녀석 하나가 축포를 터뜨렸고, 그것은 어느새 어두워져버린 잠실경기장 하늘을 맥없이 수놓았다. 더없는 찬란함으로.

노히트노런

다음날, 스포츠신문 1면 머리기사를 차지한 문구는 두말할 것도 없이 '강태환, 노히트노런 기록'이란 카피, 그리고 '강태환 최고 구속 164km! 신의 스피드' 정도였다. 그와 함께 스포츠 신문은 언제나 그렇듯이 승자와 패자의 명암을 극적으로 대비시키려 애썼다. 1면의 절반 이상을 차지한 사진은 강태환이 마지막 타자 이대철에게 삼구 삼진으로 아웃시키겠다는 오만함의 극치를 보여준 손가락 세 개가 차지하고 있었으며, 바로 그 밑 하단엔 자그마한 사진으로 미성그룹 계열사 사장단과 일그러진 얼굴의 박건철 회장 스냅사진이 실려 있어 극적인 대비를 이루었다.

사진의 대비처럼 기사 역시 자극적이었다.

'스틸러스, 샴페인을 터뜨리기엔 너무 일렀나? 스틸러스의 모체인 미성그룹 창립 30주년 기념일을 맞아 5차전 승리를 통해 그 기쁨을 배가시키려는 계획을 세웠으나 맥시멈즈 괴물 투수 강태환에게 노히트노런으로 농락당하는 굴욕을 당하며 계획은 물거품이 되고 말았다. 이날 경기장에서 3시간여 동안 자신의 팀을 응원하던 미성그룹 총수 박건철 회장은 원래 일정이던 선수들과 감독, 단장에 대한 격려사 전달과 같은 스케줄을 모두 취소하고 불쾌한 얼굴로 그대로 퇴장했다고 관계자는 전했다.'

대충 이런 식으로 기사는 스틸러스의 5차전 패배를 거의 굴욕에 가까운 수준으로 묘사하기에 열을 올렸다.

기사가 문제여서가 아니라 맥시멈즈의 단장 맹호성은 이제 자신 앞에 떨어진 불덩이를 보며 최소한의 기준조차 망각한 듯 아침 8시부터 김인석의 방문을 두드리며 그와의 면담을 강청했다. 잠에서 덜 깬 듯 부스스한 얼굴로 방문을 열어준 김인석을 향해 맹호성이 가장 처음 한 일은 오늘자 메이저 3사 스포츠신문 뭉치를 김인석의 얼굴에 내던지는 일이었다. 하지만 김인석은 맹호성의 격분에 그 어떤 반응도 보이지 않았다. 단지 성가시게 여길 뿐이었다.

"왜 이래?"

"왜 이러냐고! 몰라서 물어?"

"문 앞에서 이럴 거요. 들어와요. 커피나 한잔하지."

김인석은 사각팬티 차림으로 현관 앞에서 맹호성과 마주하고 있는 것이 영 불편했다. 그러나 맹호성은 폭발 일보 직전의 흥분을 그대로 품은 채 그 자리에서 미동조차 하지 않았다. 그 상태 그대로 맹호성은 김인석의 이마에 삿대질을 하며 말을 이었다. 낮게 깔리는 음성이지만 그 분노가 충분히 짐작되는 수준이었다.

"넌 내 경고를 무시했어. 내가 그렇게 좋은 말로 했을 때 알아들었어야지."

"무슨 경고? 제발 져달라는 그 치욕적인 부탁 말이요?"

"이 또라이 새끼야. 내가 오늘 새벽부터 어디에 불려갔는 줄 알기나 해?"

"어딜 가셨는데? 마누라 따라 새벽기도라도 나가셨소?"

"삼호그룹 기획조정실에 불려갔어! 새파랗게 젊은 놈들 앞에 두 손 모으고 서서 도대체 어떻게 된 거냐며 야단이나 맞고. 내가 이 나이에 이런 수모를 겪어야겠냐?"

"선배가 지금 이러고 있는 게 더 쪽팔린 줄 아쇼."

"너 정말 계속 이런 식으로 나올 거냐?"

"이런 식이 아님? 어쩔 건데?"

"너만 잘리는 거 아냐. 네 녀석이 물고 들어온 선수들 죄다 연좌제에 묶이는 건 생각 안 해봤냐?"

"……."

"네 녀석의 그 지랄맞은 승부욕이 어떻게 선수들 인생을 조져놓는지 한번 지켜보든가, 아님 지금이라도 계획 철회하고 6차전에서 장렬히 자폭하든가, 둘 중 하나만 선택해라."

"선배."

"이제 더 이상 기회는 없어. 내 어제 승리는 동건이하고 우리 회사 사람들한테는 대충 둘러댔어. 강태환이 씨발새끼가 젊은 혈기에 수위 조절을 못했다고. 6차전은 정말 질 거라고. 맹세했단 말이야."

그렇게 말하는 맹호성을 김인석은 측은한 눈빛으로 쳐다봤다. 마치 어린아이가 갖고 싶은 걸 달라고 제 부모한테 떼쓰는 것 같은 표정과 말투가 여간 측은해 보이는 게 아니었다. 하지만 제아무리 맹호성의 협박과 회유가 이어진다 해도 김인석의 결론은 언제나 하나였다. 그는 그 똑같은 결론을 앵무새처럼 반복하고 싶지 않아 작심한 듯 맹호성의 면전에 대고 못을 박았다.

"선배. 내 말 똑똑히 들어."

"말해라."

"지금부터 내 앞에서 한 번만 더 그딴 소리 지껄이면 나, 다신 선배를 선배라고 부르지 않을 거야."

"이 새끼. 정말 끝까지 가보겠다는 거냐?"

"그나마 남은 품위라도 지키려면 그냥 돌아가쇼. 더 말하기 귀찮으니까."

"피눈물 나게 만들어주마. 이 똥폼만 잡는 새끼야. 선수들 다 죽이고 구단도 죽이고. 그래, 어디 한번 잘해봐라. 그리고 김인석, 너 똑똑히 들어둬. 이제 나 너 안 막아줘. 네 녀석이 이런 식으로 나온 이상 6차전에서 깨져도 넌 이제 매장이야. 어차피 질 경기, 타협하는 시늉이라도 보였으면 되잖아. 이 멍청한 새끼야!"

"제발 좀 꺼져주쇼. 그리고 앞으로 제발 좀 얼굴 보지 맙시다. 적어도 경기 끝날 때까지만이라도 말이요. 알았어요?"

그 말을 끝으로 김인석은 맹호성의 가슴을 밀쳐낸 다음 현관문을 닫았다. 그리고 그는 그대로 소파 옆 나이트 테이블에 앉아 노트북을 펼쳤다. 오늘 오후 벌어질 6차전 경기 필승 전략을 짜기 위해 그는 다시 한 번 골머리를 쥐어짜야 했기에 한 순간도 시간을 허비할 수 없었다.

비열한 보복

"갑자기 이러시면 어떡합니까? 선생님."

"갑자기가 아닙니다. 형오 아버님께서도 잘 알고 계시지 않습니까? 저희가 형오 백신 개발을 위해서 누구보다 치료에 열심이었던 거 말입니다."

"그럼요. 알고 있습니다. 그래서 더 놀라는 거 아닙니까? 왜 갑자기 다른 병원으로 옮기라고 하시는 건데요?"

아침 일찍 미성병원 측으로부터 연락을 받고 부리나케 달려온 장석준은 마른하늘에 날벼락을 맞은 기분이었다. 아무 예고도 없이 형오의 담당 주치의가 퇴원을 종용하는 게 아닌가.

물론 병원 측 설명에 대해 장석준이 대놓고 반기를 들 만한 상황은 아니었다. 미성병원과 결연관계인 미국 스탠포드대학 부설 종합병원 연구소를 통해서 이뤄지는 희귀질환자 치료를 위한 백신과 치료는 다른 병원에 비해 탁월했다. 미성병원 정도의 수준이 아니면 형오의 병 치료가 어렵다는 사실을 장석준은 너무나 잘 알고 있기에 결코 형오를 이곳에서 데리고 나갈 수는 없는 일이었다.

의사는 계속 난처한 표정을 지으며 변명을 반복했다.

"저희가 더 이상 스탠포드와의 의술 교류를 진행하기 어려운 상황입니다. 상황이 더 악화되면 저희도 형오 치료에 대해 다른 병원보다 탁월하다고 말할 수 있는 상황이 못 될 거구요. 그렇기에 차라리 병원을 옮기시는 게 나을 것 같다고 말씀드리는 겁니다."

"글쎄, 너무 갑작스럽고 이해가 안 돼요. 갑자기 의술 교류가 어려워진다는 건 또 무슨 말이며 자꾸 다른 병원으로 옮기라고만 하시는데 정확히 제가 납득할 수 있는 이유를 설명해주셔야 될 거 아닙니까?"

"죄송합니다. 제 말씀은 이걸로 다 했습니다. 그럼 나머지 문제는 원무과 김 부장님과 상의해보시지요."

짧게 말을 끝낸 의사는 그대로 퇴장해버렸다. 장석준은 한동안 머리를 얻어맞은 것 같은 먹먹함으로 의사의 빈자리를 바라봤다. 암담하다. 그나마 미성병원 측에서 제공하는 치료 프로그램에 의해 만성 희귀질환인 형오의 병세 악화를 막아왔는데, 다른 곳으로 가라니. 장석준도 다른 병원을 알아보지 않은 게 아니다. 그러나 냉정한 의료 현실로 보자면 형오의 질환에 대한 근본적 해결책을 찾으려면 미국에서 치료를 받는 것 외엔 다른 대안이 없었다. 국내 병원에선 그나마 미성종합병원이 유일한 차선책이었다.

병실로 돌아온 장석준을 쳐다보는 아내 혜미의 시선은 불안 그 자체였다. 형오는 이런 사실을 전혀 눈치채지 못하고 옆자리의 환자에게 어제 6차전에서 활약한 아버지에 대한 자랑을 계속 늘어놓고 있었다. 그런 아들의 머리를 장석준은 말없이 쓰다듬어주곤 벽시계를 확인했다. 오전 9시. 구단으로 복귀해야 했다. 그는 우선 다른 어떤 것도 생각하지 말고 오늘 경기에만 몰두하자고 스스로를 다독였다.

김태식

간단히 요기를 끝낸 김인석은 연습장부터 찾았다. 코치진과 다른 선수들은 거의 보이지 않는 연습장에서 김인석은 불펜에서 공을 던지고 있는 김태식과 김민광 배터리를 발견하곤 그들이 있는 쪽으로 걸어갔다. 김인석을 알아본 포수 김민광은 자리에서 일어나 인사를 했지만, 김태식은 간단히 목례만 하고서 자신의 연습투구에만 열중했다. 김인석은 선글라스를 쓴 채로 김태식의 공 던지는 자세와 공을 쥔 그립의 모양, 그리고 구질을 살폈다.

그렇게 30분 정도 지난 후, 김인석이 김태식을 손짓으로 불렀다. 김태식의 공을 다시 한 번 확인하려는 의도에서 김인석은 그 30분이란 시간을 투자했던 것이다.

김인석은 파라솔 의자에 앉아 자신 앞에 서 있는 김태식을 바라보았다. 얼굴에 약간의 땀방울이 묻었지만, 숨은 고르게 쉬고 있었다. 무엇보다 김인석의 흥미를 자극한 것은 바로 김태식의 무표정이었다.

야구 유니폼을 입지 않은 상태로 외모만 놓고 본다면 누구도 그가 야구선수, 그것도 투수라고는 상상조차 하지 못할 거라고 김인석은 생각했다. 유난히 좁은 어깨, 175cm를 가까스로 넘길 것 같은 야구선수로선 단신에 속하는 신장, 게다가 비쩍 마른 몸매에 부실해 보이는 하체까지. 그렇지만 그보다 더 특징적인 건 김태식의 평범한 얼굴이었다. 무엇보다 그는 표정의 변화를 전혀 보이지 않았다. 이 정도면 거의 완벽한 포커페이스라고 할 만했다.

사실 김인석은 그런 특징 때문에 그를 2군에서 주전 엔트리로 전격 발탁했던 것이다. 김태식은 선수로서의 데이터나 이력 역시 철저히 베일에 가려져 있다. 물론 그건 김태식 본인의 의지와는 무관하게 생겨난 결과였다. 김태식은 광주의 야구 명문 고등학교를 졸업하고 프로구단에 입단한 이후 내내 2군에 머물렀고, 심지어 2군 캠프에서조차 제대로 된 등판 기회를 잡지 못했기에 그를 알고 있는 프로야구 관계자들은 극소수에 불과했다. 김인석조차도 자신이 이끌고 있는 구단의 2군에 이런 선수가 있는지조차 몰랐을 정도이니 말이다.

하지만 김인석은 지금 데이터의 노출이 전혀 없다는 그 사실 하나만으로 김태식을 6차전 선발로 기용할 생각인 것이다.

그건 그 자신으로서도 명백한 도박이었다. 그만큼 김태식의 공은 속도나 파워 면에서 너무도 평범했기 때문이다. 단지 그가 내세울 수 있는 건 제법 쓸 만한 제구와 역시 제법 다양한 구질이었다. 그와 함께 또 하나의 특징이라면 공을 던지기 전에 공을 쥔 손을 글러브 깊이 감추는 습관이 몸에 배어 있어서, 상대 타자나 상대 전력분석가들로 하여금 어떤 공을 던질지에 대한 예측을 사전에 원천봉쇄하는 효과가 있다는 점이랄까. 지금 김인석은 그런 김태식에게 6차전 선발로 등판하게 될 것이라고 말해주었다. 그런데 당연히 놀랄 것으로 생각했던 김태식이 아무런 반응도 보이지 않았다.

"넌 안 신기하냐?"

"뭐가 말입니까?"

"네 녀석이 6차전 선발이라고. 한국시리즈 6차전 선발."

"놀라고 있습니다."

"그런데 놀란 녀석이 표정이 그 모양이야?"

"원래 내색을 잘 안 하는 스타일이라서요."

"그래. 그거 하나 맘에 든다."

"……."

"네가 선발로서 해줘야 하는 임무라면 말이다."

"말씀하십시오."

"6회까지, 그러니까 타선이 두 번 돌 때까지 무실점으로 틀어막아줘야 하는 게 네 임무야. 알아듣겠어?"

"알겠습니다."

"내가 적어준 볼 배합과 타자 공략법 외웠냐?"

"솔직히 다 못 외우겠습니다. 그래서……."

말을 하다 만 김태식이 유니폼 뒷주머니에서 메모지 한 장을 꺼내 김인석에게 보여주었다. 그 메모지엔 볼펜으로 눌러 쓴 깨알 같은 글씨로 상대 팀 타자에 대한 볼 배합이 적혀 있었다. 메모지를 보며 김인석은 말했다.

"이걸 보면서 던지려고?"

"안 됩니까?"

"안 될 거야 없겠지."

메모지를 다시 넘겨주면서 김인석은 다소 안심이 되었다. 김태식이 스틸러스 타자들을 두 번째 타석까지만 막아주면 대성공이다. 그 후에 데니스나 모중석을 중간계투나 마무리로 투입시키면 5차전과 같은 박빙의 승부를 펼칠 수 있겠다는 계산이 가능해지기 때문이다.

할 말 더 없으면 가서 남은 연습을 마무리하겠다는 김태식을 향해 김인석은 좀처럼 하지 않는 사적인 질문을 하나 던져본다. 워낙 궁금했기 때문이다.

"그런데 말이다."

"말씀하십시오."

"김태식이라고 했지?"

"예."

"넌 왜 투수가 됐냐?"

"……."

"뭐, 왜 야구선수가 됐냐고 물어보는 건 너무 실례인 것 같아서 이렇게 물어보는 거다. 네가 생각해도 넌 투수가 안 어울리는 거 너무나 잘 알고 있지?"

"알고 있습니다."

"그런데 왜 투수를 계속 하는 거야?"

"꼭 말씀드려야 하는 겁니까?"

"뭐?"

"그걸 반드시 대답해야만 감독님께서 작전 세우시는 데 도움이 되겠냐고 물었습니다."

"아니, 뭐 꼭 그런 건 아니다. 그냥 물어본 거야."

"그럼 대답하지 않아도 되겠습니까?"

"새끼, 그래 말하기 싫으면 하지 마라. 강요하는 건 아니다."

"알겠습니다. 그럼 대답하지 않겠습니다."

"그래, 알았다. 그럼 가서 마저 하던 연습이나 해라."

"예. 그럼……."

돌아서서 연습장으로 걸어가는 김태식을 내내 지켜보던 김인석은 이제 신기한 생각마저 들었다. 얼굴 표정 하나 변하지 않고 무표정함 그대로 말을 이어나가는 김태식의 모습이 워낙 인상 깊었기 때문이다. 그래서일까. 김인석은 6차전이 끝나면 김태식에게 다시 한 번 방금 전 질문을 하리라고 마음먹었다. 이유는 그 자신도 알지 못했다.

드디어 6차전 경기가 시작되고 김태식은 선발투수로 마운드에 올랐다.

"김태식 투수? 김태식이 누굽니까?"

"그걸 저한테 물어보시면 어떡합니까?"

"그래도 캐스터인 저보다는 더 많이 알고 계실 거 아닙니까?"

"해설위원이라고 해서 다 아는 건 아니죠. 제가 시즌 내내 단 한 번도 1군에서 뛰지 않은 2군 출신 선수까지 죄다 알고 있는 건 아니잖아요. 그렇지 않습니까?"

"그렇습니까? 그런데 어떻게 그런 선수가 한국시리즈 주전 엔트리에 포함될 수 있는 거죠?"

"저도 알아보긴 했는데, KBO 측에서 답변 주기를, 맥시멈즈

구단 관계자들의 착오로 인해 처음 제출했던 한국시리즈 엔트리 명단에 이상이 있었다고 하더라구요. 그런데 중요한 건 이 선수가 지금 맥시멈즈 선발로 등판했다는 사실이에요."

"불펜에서 몸을 푸는 걸 좀 보셨죠? 어떻습니까?"

"글쎄요. 한두 개 던지는 걸로 봐서 선수의 퀄리티를 속단하는 건 좀 그렇지만 말입니다. 우선 신체조건이 투수로선 너무 열악해요. 그러다 보니 공의 파워가 현저히 부족해 보였어요."

언뜻 보면 다투는 것처럼 보이기도 하는 캐스터 윤형주와 해설위원 김봉균의 중계 내용이었다.

맹호성의 협박과 그 외 선수들의 노골적인 무언의 시위가 절정에 이른 그 순간에 한국시리즈 6차전이 막 시작되려 하고 있었다. 미성그룹 사장단 일행은 보기보다 속이 좁은 편인지 스틸러스가 모기업인 미성그룹의 창립기념일까지 망쳐놨다고 원색적인 비난을 퍼부으며 그 책망의 화살을 죄다 김동건 단장에게 돌렸고, 이에 격분한 김동건이 구단으로 찾아가 전용호 감독의 뺨을 후려쳤다는 이야기가 떠돌았지만 그건 어디까지나 소문일 뿐 정확한 사실은 아니었다. 하지만 한 가지 확실한 건 5차전 패배로 인해 김동건도, 스틸러스 측도 승부욕에 불타오르는 맥시멈즈의 몇몇 '또라이'들로 인해 소위 밀약을 통한 협상이 결렬되었다는 사실을 인정한 것이다. 그런 분위기 속에서 스틸러스 선수들과 감독, 코치진은 더욱 철저하게 전쟁 모드로 돌입했다. 그런 와중에 전용호 감독은 6차전 선발투수로 미국 메이저리그 출신 용병 클림트를 내세웠다.

스틸러스의 대어급 용병 클림트는 본래 구원전문 투수였다. 적어도 2~3이닝 동안은 어제 강태환이 보여준 정도의 스피드에 필적할 만한 강속구를 뿌릴 수 있는 기량을 지닌 파이어볼러인 것이다. 전용호가 그런 클림트를 선발로 내세운 건 6차전 초반 기선을 완벽히 제압하고자 하는 의지가 그대로 반영된 용병술이었다. 전용호의 머릿속에서 클림트는 3이닝 정도만 막아주면 그것으로 그의 임무는 마무리된다. 1회 초, 2회 초 수비부터 아예 상대 타자를 압도하는 강속구로 틀어막으면 어제 5차전에서 자신들이 강태환에게 농락당했던 것과 같이 맥시멈즈 타자들의 예봉을 꺾을 수 있을 거란 판단이 섰던 것이다.

그런 전용호의 전략은 1회 초 어느 정도 적중하는 듯 보였다. 2군 캠프에서 긴급 공수해온 1번 고형민, 2번 윤길현, 그리고 3번 장민혁까지 세 명의 타자를 상대하면서 클림트는 단 여섯 개의 공밖에 던지지 않았다. 1번 고형민은 삼구 삼진아웃, 2번 윤길현은 초구 내야땅볼 아웃, 3번 장민혁은 1구 헛스윙 이후 2구째 파울성 타구가 스틸러스 1루수에게 잡혀 그야말로 힘 한 번 제대로 쓰지 못하고 삼자범퇴당하고 만 것이다. 이를 본 해설위원 김봉균의 말이다.

"클림트를 선발로 내세운 전 감독의 전략이 어느 정도는 주효한 것 같군요. 클림트가 아주 효과적으로 1회 초를 마무리했어요. 사실 맥시멈즈가 어제 5차전에서 비록 승리하긴 했지만 점수는 1점밖에 내지 못했단 말이죠. 전체적으로 보면 맥시멈즈 타자들이 한국시리즈에 와선 전혀 힘을 쓰지 못하고 있어요. 이런 추세대로라면 클림트가 5회까지도 던질 수 있지 않겠나 생각되네요."

1회 말. 전용호는 다소 뜨악한 표정으로 자리에 앉아 데이터가 적혀 있는 서류들을 들춰보고 있었다. 이유인즉 김태식에 대한 그 어떤 정보도 없었기 때문이다. 그에 대해 알려진 거라곤 광주의 야구 명문 학교가 우승하는 통에 후보 투수였던 그 역시 프로구단에 턱걸이로 드래프트되어 거의 5년여 동안 2군만 전전하던 이력의 소유자라는 것뿐이다. 김태식의 구질이 어떤지, 결정구가 무엇인지, 제구는 잘되는지 등등 그 어떤 정보도 찾을 수 없었다. 이건 마치 주민등록 말소자가 아닌가 싶을 정도였다.

6차전 시작 전, 전용호는 이런 문제를 두고 단장 김동건과 심각한 대화를 나누었다. 대화의 주제는 단장 김동건과 그의 영원한 라이벌 김인석 사이에 체결된 이면합의의 철회에 대한 것었다. 전용호는 아무리 2군 출신이라고는 해도 상대에 대한 데이터가 충분하지 않으면 고전할 수도 있다는 생각에 김동건이 김인석의 2군 캠프 선수 긴급 공수를 묵인한 것을 철회하고 KBO 측에 강력히 항의하자는 건의를 냈지만, 김동건은 그런 전용호의 요구를 한마디로 묵살해버렸다. 이유는 간단했다. 자신의 라이벌과 한 약속을 일방적으로 깨뜨릴 순 없다는 게 이유였다. 그러자 전용호는 항변하듯 오기를 부리는 김동건에게 따져 물었다.

"단장님까지 이렇게 저 또라이 감독이 벌이는 장단에 놀아나야 되겠습니까?"

"그깟 2군 선수 몇 명 가져왔다고 그걸 상대 못할 정도로 우리 팀이 허약합니까?"

"정보가 없잖아요, 정보가. 더구나 오늘 6차전 선발로 나올 투수 김태식이란 녀석은 완전히 백지 선수예요. 뭐 이런 녀석이 있나 싶을 정도라구요."

"제아무리 그래도 지금 맥시멈즈에서 이기려고 생떼 부리는 건 감독하고 2군 애들 몇, 그리고 강태환이나 장석준이 정도밖에 없어요. 이런 시합에서도 지는 게 오히려 더 이상한 거 아니요? 억지 부리지 말고 10 대 0 정도로 깨부술 생각이나 해요."

그럼에도 전용호는 내내 마음이 개운치 않았다. 화장실에서 볼일 보고 밑을 닦지 않은 찝찝함이라고 해야 되나. 그러한 그의 우려는 결국 현실로 드러나고 말았다.

스틸러스 공격진은 어제 5차전의 충격적인 노히트노런 패배의 악몽을 씻어내기 위해 매섭게 방망이를 휘둘러댔다. 그렇지만 그야말로 '매섭게' 휘둘러댈 뿐이었지, 제대로 공을 맞히지는 못했다. 그러한 현상은 1회 말부터 시작해 타자가 일순하고 두 번째 타석이 모두 지나갈 때까지도 계속되었다.

이쯤 되자 전용호를 비롯한 스틸러스의 코치진, 그리고 단장 김동건의 속은 바싹바싹 타들어가기 시작했다. 그건 비단 그들만의 심정이 아니었다. 맥시멈즈 덕아웃 내에서도 김태식의 저 말도 안 되는 피칭에 농락 당하는 스틸러스 타자들을 보며 이따금 노골적인 탄식 소리가 터져나오곤 했다.

그러한 안타까움은 김태식의 구질을 보면 볼수록 더욱 증폭되었다. 왜소한 체구의 김태식은 처음부터 포수 김민광과는 아무런 사인도 주고받지 않았다. 포수 김민광은 5차전부터 그저 투수가 뿌려대는 공을 받아내기에 급급할 뿐이었다. 그래도 김민광은 어제만큼의 초조함은 사라졌다. 어제 5차전에서 강태환이 뿌려댄 직구와 투심 패스트, 커터, 혹은 스플리터[24]와 같은 종류의 공들은 정말 잡기 어려웠다. 공의 움직임이 워낙 격렬했고, 무엇보다 공이 너무 빨랐기 때문이다.

그렇지만 김태식은 그런 강태환과는 정반대였다. 흡사 아마추어 야구선수라도 이 정도 속도는 나오겠다 싶을 정도의 110km에서 115km를 오가는 체인지업이나 커브 같은 공을 받아내는 건 그다지 어려운 일이 아니기 때문이다. 하지만 김민광은 그렇게 공 한 개 한 개를 받아내면서 오히려 이상한 생각이 들었다. 그건 상대 타자들에 대한 생각이었다. 그는 스틸러스 타자들이 1회 말, 모두 평범한 내야땅볼로 범타 처리되는 걸 지켜보며 속으로 내질렀다.

'아니, 도대체 이 따위 공을 왜 못 받아쳐? 프로 맞아? 바보 아냐?'

3회 말. 투수 마운드에선 이상한 현상이 벌어졌다. 내내 무표정하던 김태식이 스틸러스의 9번 타자를 상대해 공을 던지려고 하다가 갑자기 타임을 요구하더니 이내 유니폼 바지 뒤춤에서 뭔가를 꺼내 들춰보는 게 아닌가. 그러자 곧 심판이

24 투수가 집게손가락만 공 위쪽에 놓고 뒤로 회전을 주면서 던지는 공. 공이 직구처럼 오다가 홈플레이트 근처에서 급회전하면서 뚝 떨어지는 특징을 보인다.

김태식을 향해 다가와 그게 뭐냐고 물었고, 김태식은 솔직하게 감독님 사인을 자신이 제대로 외우지 못해 확인하는 거라고 대답했다. 그러자 심판은 어이없는 표정이 되었고, 관중들과 TV 중계 중인 캐스터와 해설위원은 영문을 몰라 어리둥절해하고 있었다. 오직 이 상황에도 진지한 건 단 두 사람, 김인석과 김태식뿐이다. 뒤늦게 상황을 알아차린 윤형주 캐스터와 김봉균 해설위원의 독설이 여지없이 날아들었다.

"아, 정말 어처구니가 없군요. 투수가 공을 던지려다 말고 메모지를 들춰보다니요. 이런 일이 도대체 있을 수가 있습니까?"

"글쎄요. 아마도 저런 모든 해프닝이 김인석 감독의 머리에서 나온 것 같은데요. 한마디로 황당하군요."

주심은 앞으로는 마운드에서 그걸 꺼내보지 말라는 경고를 내린 다음에 홈플레이트 쪽으로 돌아갔고, 김태식은 다시 무표정한 돌부처로 돌아와 9번 타자를 쳐다봤다. 스틸러스의 9번 주철석은 잔뜩 벼르고 있었다. 1번에서 8번까지, 나름대로 타격에 일가견이 있다는 타자들이 죄다 내야땅볼이나 외야플라이로 무너지는 모습을 보며 '왜 저렇게 느린 공을 제대로 못 받아칠까' 하는 의문을 강하게 품고 있던 그였다. 그와 함께 자신만큼은 저 허약한 공 하나 제대로 밀어 쳐서 이참에 시즌에도 두 개밖에 기록하지 못한 홈런을 쳐보겠다는 결의를 불태웠다.

그렇지만 그건 단지 그의 희망사항에 불과했다. 바깥쪽 체인지업이나 각도 큰 커브가 연속해서 들어올 때마다 타이밍을 잡았다고 확신하며 자신감 있게 방망이를 휘둘렀는데, 두 공 모두 파울이 되어버린 것이다. 그러자 주철석은 헬멧을 고쳐 쓰며 고개를 갸우뚱거렸고, 김태식은 그런 그를 향해 3구째를 던졌다. 이번엔 포크볼이 들어왔다. 타자는 왼쪽에서 오른쪽으로 평범하게 휘어져 들어오는 것이 육안에 들어오자 이번에도 입맛을 다시며 있는 힘껏 배트를 휘둘렀다. 그러나 공은 아예 배트 윗동을 스치듯 맞고 지나가 그대로 김민광의 미트 안으로 빨려들어갔다. 파울팁 아웃이 된 것이다. 그렇게 1번부터 9번까지 죄다 범타 처리가 되자 스틸러스 팬들조차 야유를 내지르기 시작했다. 왜 저렇게 평범한 공을 때려내지 못하는지, 모두들 이해하기 힘들었던 것이다. 그렇지만 이러한 현상을 해설위원 김봉균은 비교적 날카롭게 분석했다.

"스틸러스 타자들이 저 김태식 투수의 공을 공략하지 못하는 이유가 있군요."

"그게 뭘까요?"

"지금 공을 맞히는 데는 크게 무리가 없어 보여요. 빠르지도 않고 하니까 말이죠. 그런데 문제는 김태식 투수의 공이 빠르고 힘이 있는 건 아니지만 제구가 기가 막히긴 하네요. 바깥쪽이면 바깥쪽, 안쪽이면 안쪽, 마치 자로 잰 듯 제구가 되고 있어요. 그와 함께 볼 배합 구성이 스틸러스 타자들의 생각을 한 단계 넘어서서 압도하고 있어요. 한마디로 수 싸움에서 스틸러스 타자들이 정확히 한 박자, 아님 반 박자 정도 밀리고 있는 거예요."

"그런 현상이 왜 일어나는 걸까요?"

"다양한 문제가 있겠지만, 제가 볼 때 가장 중요한 건 저 김태식 투수에 대한 전력 분석이 전혀 이뤄지지 않았기 때문으로 보여요. 더구나 첫 타순이지 않습니까? 공이 어떻게 어떤 구질로 들어올지, 저 투수의 결정구나 허점이 무엇인지 사전 데이터가 전혀 없으니까 그만큼 대응이 어려울 수밖에 없는 거죠. 하지만 문제는 지금부터예요."

"지금부터라뇨?"

"이제 타자들이 일순했잖아요? 첫 타석에서도 타자들이 타이밍을 못 잡아서 그렇지 공을 제대로 보고 있긴 하거든요. 그럼 두 번째 타석이 시작되는 4회부터는 좀 달라지지 않을까 생각하는데요. 김태식 투수가 제구는 칼같이 되긴 하지만 워낙 힘이 없어서 말이죠."

그렇지만 김봉균 해설위원의 예상은 적중하지 않았다. 4회부터 시작된 스틸러스 타자들의 두 번째 공격. 두 번째 타석에 들어선 선수들에게 김태식은 첫 타순 때 보여주었던 볼 배합과는 완전히 다른 패턴으로 접근했다. 좌타자인 1번 진재형에게 첫 번째 타석에서 싱커 위주로 공략했었는데, 두 번째 타석에서 싱커를 잔뜩 노리고 들어온 그에게 김태식은 이번엔 낙차 큰 커브와 구종求種을 이름 붙이기 애매모호한, 안쪽에서 바깥쪽으로 어마어마한 각도로 휘어지는 변화구를 던져 삼진을 잡아내는 기염을 토했던 것이다.

스틸러스 타자들은 그렇게 진재형을 시작으로 4회, 5회, 그리고 6회까지 두 번째 타석에서도 모든 타자가 삼진이나 내야 땅볼로 물러나는 수모를 겪어야 했다. 특히나 한국시리즈 만루 홈런의 주역 고영주는 두 타석에서 모두 세 번의 파울성 홈런을 날렸는데, 그러다가 끝내 삼진아웃을 당해버리자 울분을 참지 못하고 배트와 헬멧을 바닥에 내동댕이치는 난폭한 추태를 보이기까지 했다.

그러한 안타까움의 제스처는 비단 고영주 한 선수만의 액션이 아니었다. 다른 타자들 역시 잘만 치면 홈런도 너끈히 때려낼 수 있을 것 같은 만만한 공에 번번이 농락 당하는 자신을 질책하며 탄식과 울분의 감정을 숨기지 않았다. 그렇지만 김태식은 타자들의 다양한 반응에도 불구하고 여전히 아무 내색도 하지 않았다. 흡사 그는 살아 있는 돌부처마냥 그저 무표정하게 포수 김민광의 글러브와 홈플레이트만을 바라볼 뿐이었다. 분명 이토록 많은 상대 팀 관중들의 일방적인 응원 속에서 경기해본 경험이 없을 텐데도 김태식은 전혀 긴장하거나 흔들리는 모습을 보이지 않았다. 마치 녀석은 수행하는 종교인처럼 공 하나하나를 신중하면서도 정교하게 던지는 일에만 몰두했던 것이다.

백투백 홈런

6회까지 투수 김태식이 스틸러스의 타자들을 농락하며 무안타, 무실점으로 틀어막고 있는 사이 맥시멈즈 쪽에선 또 다른 변화가 일어났다.

전용호 감독은 클림트가 3회까지 눈부신 호투를 선보이며 단 스물여섯 개의 공만으로 맥시멈즈 타선을 잠재우는 것을 보고 욕심이 생겼다. 그래서 그를 4회 초에도 내보내는 무리수를 감행했던 것이다.

하지만 클림트는 방심하고 있었다. 이유인즉 5번 성순호부터 시작한 맥시멈즈의 타자들이 모두 자신이 뿌려댄 140km대 직구 위주의 커터와 포심 패스트볼[25]에 형편없는 헛스윙을 해대며 네 명의 타자가 모두 삼진아웃당하는 경이로운 삼진 행진을 거듭했기 때문이다. 그런 결과로 인해 클림트의 표정은 한

25 투수의 집게손가락과 가운뎃손가락이 공의 실밥 네 군데에 걸쳐 교차하게 잡은 상태에서 던진 공.

층 더 거만해졌다. 네 타자 연속 삼진아웃을 잡자 스틸러스 팬들은 모두들 '클림트! 클림트!'를 연호하며 열광적인 분위기를 연출했던 것이다.

그렇지만 네 명의 타자가 무기력할 수밖에 없는 이유를 용병 클림트는 아직 모르고 있었고, 그 때문인지 4회 선두타자로 들어선 고형민과의 승부 역시 너무나 쉽게 생각하고 덤벼든 것이 화근이었다. 클림트는 포수의 사인조차 무시하고 이번에도 초구를 투심 패스트볼로 잡겠다는 생각에 성급하게 공을 던졌고, 타석에 들어서기 전 김인석 감독으로부터 지시를 받은 고형민은 평소보다도 더욱 완만한 속도로 파고드는 클림트의 초구를 그대로 노려 친 것이다.

그래도 어찌 되었든 프로 선수들이다. 제아무리 열악한 환경에서 고교야구 수준보다도 못한 훈련을 받는다 해도 이들은 모두 잠재적 역량을 갖고 있는 프로들인 것이다. 고형민 역시 비록 2군이긴 해도 나름 배팅 역량을 갖고 있는 선수다. 누구도 만만하게 볼 수 없는 프로 세계라는 것을 지나치게 무시한 결과를 스틸러스의 배터리는 뼈아프게 체험하게 된 것이다.

몸쪽으로 파고든 투심 패스트볼을 밀어 친 공은 그대로 좌월 솔로 홈런으로 연결됐다. 통쾌한 홈런포가 터지자 역시 몇 안 되는 맥시멈즈 팬들은 어디서 갖고 왔는지 사물놀이에서

나 쓰임직한 징과 꽹과리를 울려대며 홈런을 자축했고, 어떤 중년의 여성 광팬은 단상 위에 뛰어올라 전혀 어울리지 않는 섹시 댄스를 추며 고형민의 홈런을 자축했다. 주심과 방송 관계자가 안내방송을 통해 징 두드리는 응원을 자제해달라는 요청을 해야 할 정도였다.

그리고 2번 윤길현. 그 역시 그렇게까지 만만하게 볼 상대가 아님에도 불구하고 클림트는 이번에도 정면승부를 택했다. 그런 클림트의 표정은 어느 정도 흥분 모드에 돌입한 듯 상기되었고, 3회까지 보여준 네 타자 연속 삼진의 추억에서 여전히 벗어나지 못한 모양인지 윤길현이 1, 2구에 헛스윙을 보여주자 3구째도 정면 직구 승부를 벌이는 무모함을 강행하고 말았던 것이다.

윤길현은 설마 하는 생각으로 3구를 기다리며 타석에 들어서기 전 김인석이 했던 말을 상기했다. 1, 2구 모두 헛스윙 해라. 그러면 분명 다혈질이며 기분파인 클림트가 3구를 유인구로 던지지 않고 승부하는 공으로 덤벼들 거다. 그걸 노려라. 네 모든 힘을 실어서.

감독의 지시대로 윤길현은 직구 타이밍에 맞춰 있는 힘껏 배트를 휘둘렀다. 그러자 정확히 배트 정면과 충돌한 공은 이번에도 좌중간을 가로지르는 호쾌한 홈런으로 연결되었다. 좌월 솔로 홈런, 백투백 홈런이 터져나온 것이다.

두 개의 홈런이 연속해서 터져나오자 스틸러스 관중석은 완전히 얼어붙었고, 약간은 저질스런 맥시멈즈의 어중이떠중이 팬들은 완벽한 몰아의 응원 열기를 토해내기 시작했다. 모두들 응원 단상 위로 뛰어올라 맥주 깡통을 흔들어대며 자신의 머리 위에 붓거나 어디서 사물놀이패가 단체로 응원 왔는지 꽹과리와 뿔피리를 불어대며 기쁨을 감추지 못했다. 그러한 극성팬을 자제시키기 위해 경기가 잠시 지연될 정도였다.

하지만 전용호 감독의 결정적인 판단 미스는 여기서 끝난 게 아니었다. 백투백 홈런을 얻어맞은 클림트를 그때 강판시켜야 했지만, 투수코치가 동시통역사를 데리고 마운드로 올라갔을 때 무슨 생떼인지 클림트는 무조건 자신이 이번 이닝을 틀어막겠다는 결사항전의 의지를 보였기에 다시 한 번 기회를 주기로 했던 것이다.

그리고 맞이한 3번 장민혁. 그에게 김인석은 특별한 지시를 내렸다. 그건 바로 절대로 배트를 휘두르지 말라는 지시. 가만히만 서 있으라는 거였다.

장민혁은 순종적인 스타일이다. 김인석은 무조건 타석에서 있기만 하라고 지시했고, 장민혁은 그 지시에 따랐다. 그는 처음부터 배트를 휘두를 엄두조차 내지 않은 것이다.

그렇지만 이런 사정을 알 길이 없는 클림트는 두 번 연속으로 백투백 홈런을 맞은 이전의 방심을 거울 삼아 이번엔 유인구로 승부를 내기 위해 바깥쪽으로 빠지는 공을 두 개나 던졌지만 장민혁은 전혀 움직이지 않았고, 바깥쪽으로 심하게 빠진 두 개의 공은 모두 볼 판정을 받고 말았다.

짜증이 난 클림트는 3구째는 무조건 스트라이크를 잡겠다는 생각으로 슬라이더를 던졌는데 웬걸, 이번엔 제구가 제대로 되지 않아 공이 너무 높게 들어갔다. 물론 장민혁은 미동도 하지 않았기에 이번에도 볼 판정을 받게 된다. 쓰리 볼.

그리고 네 번째 공. 스틸러스 포수는 혹시 모르니까 바깥쪽으로 다시 한 번 유인해보자는 사인을 내고 이를 받아들인 클림트가 공을 던졌는데, 컨디션 난조를 보이며 공은 이전보다 더욱 심하게 바깥으로 빠져나가 볼을 기록하고 만다. 그렇게 해서 3번 장민혁은 가만히 서 있었던 대가로 1루로 나가게 된 것이다.

이어 장석준이 들어왔고, 클림트는 아예 작심하고서 자신이 던질 수 있는 가장 빠른 공을 던졌다. 초구 직구 스트라이크를 잡아내어 상대를 위협하고자 하는 그만의 오기였는데, 그러한 클림트의 오기는 그야말로 객기로 추락하고 말았다. 초구 몸쪽 직구를 장석준은 그대로 노려 쳤다. 어느새 배팅

감각이 절정에 오른 장석준에게 몸쪽 직구는 그야말로 입맛에 착 달라붙는 공이었고, 매섭게 돌아간 장석준의 배트에 의해 강타당한 공은 중견수 쪽을 향해 큰 포물선을 그리며 펜스 밖으로 나갔다. 이번엔 투런 홈런이다. 스코어 4대 0. 맥시멈즈 팬들은 일제히 장석준을 연호하며 그의 육중한 몸이 베이스를 밟을 때마다 비명을 지르며 기뻐했다. 그와는 대조적으로 다혈질인 클림트는 또다시 홈런을 얻어맞는 순간 투수 글러브를 내동댕이치며 발을 동동 구르는 유치한 작태를 연출하고 말았다. 그렇게 클림트는 허무하게 홈런 세 개를 얻어맞고 넉 점을 내주고서는 초특급 엘리트 투수 정지훈에게 마운드를 넘겨주어야 했다.

스코어 4 대 0은 6회 말까지 이어졌다.

7회 초. 맥시멈즈의 공격은 별다른 소득 없이 끝났다. 참으로 난처한 타선 구성일 수밖에 없는데, 맥시멈즈는 지금 1번과 4번 선수에게서만 모든 작전을 펼칠 수 있는 구성으로 되어 있다. 물론 5번 이후의 하위 타선에 8번 포수 김민광이 포진해 있기는 하다. 그렇지만 사실상 김민광의 타격 실력 역시 2군 출신인 3번 장민혁과 대등한 수준이다. 상대 팀 투수 클림트에게는 물론이거니와, 전용호 감독이 아예 승부수를 띄울 작정으로 메이저리그 출신 특급 선발 정지훈을 투입시킨 상황에서 이들 2군 출신들은 속수무책일 수밖에 없는 것이다. 김민광은 세 타석 모두 삼진아웃당하는 수모를 겪어야 했는데, 김인석은 그런 김민광의 무기력을 전혀 탓하지 않았다. 오히려 그는 김민광을 대견스럽게 생각했다. 사실 지금 김민광으로서는 투수가 어떤 공을 던질 것인지조차 알지 못하는 상태에서 공을 받아내는 포수 역할만 감당하기에도 벅찬 상태였기 때문이다. 그건 미지의 불안과도 같은 것이다. 포수로서 어떤 주도권도 행사할 수 없는 상태에서 원 바운드성 공이나 갑자기 위로 치솟는 실투를 받아낸다는 건 결코 호락호락한 일이 아니기 때문이다. 김인석은 포수 김민광이 사인도 없이 던지는 김태식의 공 하나하나를 받아내는 것만으로 충분히 만족해하고 있었다.

그렇게 7회 초, 과장된 액션까지 가미된 9번 유현성의 삼진아웃으로 맥시멈즈의 공격이 마무리되고 7회 말이 시작되자 상황은 돌변하기 시작했다. 이른바 김태식의 위기가 시작된 것이다.

김태식의 위기

7회 말은 스틸러스 1번부터 시작했다. 이제 세 번째 타순이었다. 진재형은 더 이상은 당하지 않겠다는 각오로 타석에 들어섰다. 그와 함께 타순이 두 번 돌고 나자 스틸러스 작전코치들의 예리한 시선도 이제 어느 정도 김태식의 공에 대한 공략법을 수립할 정도가 되어 있었다. 그렇게 작심하고 들어선 진재형은 김태식의 바깥쪽 빠지는 2구 싱커 볼을 그대로 밀어내 2루타를 쳐내는 데 성공했다.

이어서 들어선 2번 김만수 역시 이제 더 이상 김태식의 느린 변화구를 두려워하지 않았다. 그래도 김태식은 표정의 변화 없이 계속해서 바깥쪽과 안쪽을 오가는 공들로 김만수를 유인했다. 그러나 김만수는 속지 않았고, 섣불리 배트를 휘두르지도 않았다.

돌부처 같은 표정의 김태식이 던진 유인구 세 개를 그 역시 망부석처럼 그대로 서서 받아낸 결과는 쓰리 볼 노 스트라이크. 이쯤 되자 스틸러스 팬들이 다시금 요동치기 시작했다.

다시 김태식이 던진 4구째는 밑으로부터 위로 치솟는 변화구였는데, 김만수는 작전코치로부터 단단히 지시를 받은 모양인지 배트를 휘두르지 않았고, 110km에도 못 미치는 공은 비교적 스트라이크 존에 가까운 방향으로 들어갔다. 하지만 주심은 스트라이크를 선언하지 않았고, 김만수는 보호대를 풀어내면서 잽싸게 1루로 뛰어나갔다. 무사에 주자 1, 2루.

3번 이대철이 들어서자 김태식의 이마에서도 점차 땀방울이 맺히기 시작했다. 스틸러스 관중들은 일제히 일어서서 이대철을 연호하기 시작했고, 돌부처 김태식이 1루로 견제구를 던지자 심하다 싶을 정도의 과격한 야유를 퍼부었다. 그렇지만 김태식은 여간해선 동요하지 않았다. 그는 여전히 무념의 눈빛으로 홈플레이트를 응시했고, 이내 곧 기괴한 자세로 피처 와인드업을 한 다음 초구를 던졌다.

그러나 이대철은 타석에 들어서기 전 김태식의 이 평범하기 짝이 없는 공에 대한 노림수를 이미 머릿속에 구상해놓은 상태였다. 그는 김태식의 초구가 바깥쪽 체인지업이나 낮게 제구되는 몸쪽 슬라이더일 것으로 예상했고, 120km가 채 안 되는 김태식의 공을 선구하는 건 그다지 어려운 일이 아니었다. 약간의 집중력만 가지면 얼마든지 때려낼 수 있는 게 김태식의 공이었던 것이다. 이대철은 김태식의 초구가 바깥쪽에서 몸쪽으로 파고드는 슬라이더인 것을 간파하자 짧고 다부지게 잡은 배트를 매섭게 휘둘렀다. 그러나 배트 약간 밑동에 맞은 탓에 공은 위로 솟지 못하고 땅볼이 되었고, 1루수 장민혁을 향해 불규칙 바운드를 일으키며 튀어올랐다.

글러브로 볼을 캐치할 자신이 없었던 장민혁은 최소한 공이 외야로 빠져나가는 것이라도 막아보려고 몸을 웅크려 날아드는 불규칙 바운드의 공을 그대로 받아냈다. 왼쪽 어깻죽지와 충돌한 공은 다시 한 번 허공으로 치솟았고, 그 공을 받아낸 장민혁이 반사적으로 주자들을 돌아봤지만 어디에도 송구하지 못했다. 이미 1, 2, 3루 주자 모두 각자의 베이스를 점령한 상태였기 때문이다.

무사에 주자 만루가 되자 김인석이 작전타임을 요청했다. 그리고는 어느 누구도 대동하지 않고서 혼자서 걸어나갔다. 이미 경기가 시작되기 전부터 김인석은 사실상 코치들과 아무런 대화도 주고받지 않은 상태였다. 심드렁하고 불만에 가득 차 있는 건 그들 역시 마찬가지다. 지금 맥시멈즈 덕아웃을 지키고 앉은 대부분의 선수들 역시 김인석의 지나친 승부사 기질을 암묵적으로 비난하면서 어서 빨리 이 시간이 지나가기만을 기다리고 있는 분위기였다. 그러한 정서는 수비로 나와 있는 몇몇 선수들에게도 여실히 드러났다.

김태식 앞에 멈춰선 김인석은 물끄러미 그를 바라봤다. 야구 모자를 깊이 눌러쓴 김태식의 작은 눈과 마주치는 건 결코 쉽지 않았다. 김태식은 무표정했다. 이마와 목 부위에 약간의 땀방울이 맺힌 걸 제외하고는 처음 마운드에 들어섰을 때처럼 전혀 표정이나 심기의 변화가 느껴지지 않았다. 그런 김태식을 신기한 듯 바라보며 김인석이 물었다.

"어때? 던질 만하냐?"

"솔직히 말씀드려야 하죠?"

"당연하지, 새끼야. 지금이 어떤 상황인데. 4번 타자야. 막을 수 있겠어?"

"자신 없습니다."

"이 새끼, 자신 없다는 말을 뭐 이렇게 얼굴색 하나 안 변하고 해."

"제 구질이나 투구 패턴이 상대편에게 거의 노출된 것 같습니다. 그리고……."

"그리고 또 뭐?"

"감독님이 적어주신 메모지를 봤는데요."

"……."

"왜 7회 이후부터는 어떤 공을 어떻게 던지라는 메모가 없습니까?"

"그래서 그렇게 말도 안 되는 공을 뿌려댔냐?"

"솔직히 힘듭니다."

"너도 어느 정도는 창의적일 필요가 있는데……. 지금 그걸 기대하는 건 무리겠지."

"왜 안 적어주신 겁니까?"

"넌 사실 타석이 두 번 돌아갈 때까지가 한계였어. 그 이상은 나도 어떻게 할 수가 없겠더라고."

"그럼 어떻게 하실 작정입니까?"

"어떻게 하긴. 바꿔야지. 그래도 어떻게 잘하면 7회까지 버텨보나 했는데."

"이길 수 있을까요?"

김태식이 처음으로 표정의 변화를 보였다. 김인석은 분명 그렇게 느꼈다. 그런 김태식의 얼굴을 보며 그는 전혀 어울리는 상황이 아니었지만 녀석에게 답을 들어보리라 다짐했던 질문을 끝내 던지고 말았다. 김태식의 투구를 지켜보는 내내 의문이 떠나지 않았기 때문이다.

"다시 한 번 묻자. 이번엔 꼭 답해라."

"뭘 말씀입니까?"

"왜 투수가 됐냐? 아니, 넌 왜 야구를 하는 거냐?"

"이번엔 꼭 대답해야 되는 겁니까? 이 상황에?"

물론 따져 물은 건 아니지만 김태식은 엄청난 관중들을 둘러보며 그렇게 말했다. 김인석은 그런 김태식을 보며 가만히 고개를 끄덕였다. 김태식은 약간 망설이다가 이번에도 김인석을 좌절케 하는 답변을 내놓았다. 천성이 그런 걸까.

"감독님은 왜 야구를 선택하셨습니까?"

"마, 내가 먼저 물었잖아."

"저는 잘 몰라서요. 왜 제가 지금까지 공을 던지는지 말입니다."

"새끼, 싱겁기는."

"죄송합니다."

"아무튼…… 수고했어."

'수고했어.' 사실 그 말은 누구나 쉽게 할 수 있는 말이지만, 감독인 김인석으로부터는 매우 듣기 힘든 말 중의 하나였다. 그는 그만큼 수고했다는 말에 인색했지만, 지금 7회까지 무실점으로 견뎌낸 김태식에게는 그 말을 아끼고 싶지 않았다. 그만큼 김태식은 그 형편없는 속도의 공과 몇 개의 구질만을 가지고 스틸러스 타선을 침묵시키는 데 성공했다. 김태식도 김인석으로부터 수고했다는 말을 듣자 그제야 무표정에서 약간 벗어나 슬쩍 미소를 지은 다음 김인석에게 공을 건넸다. 그리고는 천천히 덕아웃으로 걸어나갔다.

모중석

김인석이 김태식 대신 마운드로 불러들인 건 중간계투 요원 모중석이다. 김인석은 이미 5회 말부터 불펜에서 몸을 풀고 있던 모중석을 신중하게 관찰하고 있었다. 모중석 역시 파워가 엄청나지만 기본기가 제대로 갖춰지지 않은 선수였다. 고졸 신인 드래프트에서 김인석이 스카우트한 케이스로서, 그의 혹독한 훈련과 조련 방식으로 인해 거의 완벽한 중간계투로 성장한 투수였다. 김인석은 모중석이 이미 내년엔 부산에 연고를 둔 프로구단으로의 이적이 기정사실화되어 있다고 알고 있었고, 그랬기에 이번 져주기 게임에 동참하지 않았을 거란 생각을 갖고 있었다. 그래서 모중석을 중간계투에 투입시킨 건데. 그럼에도 김인석은 뭔가 불안했다. 석연치 않은 우려가 마음속 깊이 그를 내리눌렀고, 그런 상태에서 모중석이 마운드로 올라왔다.

모중석이 등장하건 말건 상관없이 잠실구장의 스틸러스 팬들은 입을 모아 고영주를 연호하기 시작했다. 그리고 고영주는 모중석의 등장을 보자 매우 흡족한 듯 미소를 지어 보였고, 그 모습이 김인석의 시선에 포착되었다. 그제야 김인석은 모중석을 투입시킨 자신의 전략이 잘못되었다는 것을 직감했다. 모자를 더욱 깊이 눌러쓴 모중석은 김인석을 쳐다보지 않고 있었고, 포수 김민광과 어떤 사인도 주고받지 않았다. 단지 그는 덕아웃에 앉아 있는 안차현의 얼굴을 보며 뭔가 무언의 사인을 주고받을 뿐이었다.

모중석이 초구를 던졌다. 그 초구가 형편없이 바깥쪽으로 빠지는 직구, 그것도 시속 130km라는 것을 확인하자 김인석은 즉시 불펜 쪽을 바라봤다. 모중석만으론 불안해 바로 데니스에게 몸을 풀 것을 지시했는데, 그는 아직 몸이 덜 풀린 상태였다. 김인석은 순간 고심했다. 고영주만이라도 모중석이 해결하도록 내버려둬야 하는가 아님 몸이 덜 풀렸어도 지금 바로 데니스를 투입해야 하는가 고민했던 것이다. 데니스는 풍선껌을 질겅질겅 씹으면서 유난히 요란한 투구 폼으로 공을 뿌려대고 있었다. 지금 자신의 팀 상황이 어떤 지경인지 전혀 모르는 순진한 얼굴을 하고서.

그런데 2구째. 모중석은 꽤 쓸 만한 공을 던졌다. 안쪽으로 파고들다가 홈플레이트 부근에서 갑작스럽게 바깥쪽으로 빠지는 변화구였다. 뱀의 꼬리처럼 휘어져 들어가는 그 공에 고영주는 속수무책으로 당했고, 주심은 호쾌하게 스트라이크 판정을 내렸다. 그 공을 던진 다음 모중석은 다시금 투수코치를 바라봤고, 김인석은 여전히 판단을 유보했다. 그의 머릿속은 단 한 가지 고민에 사로잡혀 있었다. '저 녀석이 내 편인가, 아닌가.' 제기랄, 이 얼마나 저질스런 고민인가. 김인석은 이런 고민이나 하고 있는 스스로를 한심스럽게 생각했다.

그리고 3구. 김인석은 모중석이 3구를 던지는 순간 자신도 모르게 입술을 깨물며 속으로 욕설을 토해내야 했다. '저런 개새끼!' 모중석은 2구째에 자신이 보여줄 수 있는 가장 최상의 공을 선보여 안심시킨 다음 3구째는 몸쪽 높은 직구를 던지고 만 것이다. 의도적이라고 볼 수밖에 없는, 실투를 가장한 몸쪽 높은 공이었다. '시즌 중의 모중석이라면 무사 만루의 위기상황에서 결코 저런 공을 뿌려댈 수가 없다.' 김인석은 모중석의 공을 확인한 즉시 머리를 숙이고 바닥에 침을 뱉었다. 그리곤 다음 장면을 지켜보지 않았다. 확인하지 않아도 너무나 뻔했기 때문이다.

곧이어 관중들의 환호성이 터졌고, 스틸러스 덕아웃은 순식간에 잔칫집으로 변해버렸다. 고영주는 배트를 내던지며 두 손을 높이 들었고, 모중석은 그대로 고개를 숙였다. 모중석이 던진 그 평범한 몸쪽 높은 직구는 고영주가 가장 좋아하고 즐겨 치는 공이다. 그런대로 절정의 컨디션을 회복한 고영주는 사전에 이미 계획이 되었던 것처럼 기다렸다는 듯 모중석의 공을 받아쳤고, 공은 한 치의 망설임도 없이 중견수 쪽 펜스를 훌쩍 넘어갔다. 홈런이었다. 그것도 만루 홈런. 그로 인해 순식간에 스코어는 4 대 4 동점이 되어버렸다.

열광의 도가니에 빠진 구장 분위기를 뒤로하고 김인석은 다시 마운드로 걸어나갔다. 그러나 자신의 얼굴을 똑바로 쳐다보지 못하는 모중석에게 별다른 질책의 말은 하지 않았다. 무슨 말이 필요한가. 모중석은 고개를 숙인 채 김인석에게 똑같은 말을 두 번 반복했다. 마치 고해성사를 하는 가톨릭 신자처럼.

"죄송합니다, 감독님. 죄송합니다, 감독님."

하지만 김인석은 모중석에게 특별한 면죄부도, 그렇다고 원망의 말도 남기지 않았다. 그저 짜증스럽게 잠실구장을 한 번 크게 둘러보며, 모중석을 향해 손을 내밀 뿐이었다. 모중석은 그제야 김인석의 얼굴을 한 번 쳐다본 후 그가 펼친 손에 공을 쥐어주고는 서둘러 마운드를 빠져나갔다. 김인석은 씁쓸한 표정을 하고서 고개 숙인 남자가 되어 퇴장하는 모중석을 바라보다가 불펜에서 몸을 풀고 있던 데니스를 불러들였다.

대결

동점이 되자 스틸러스는 더욱 투수력을 강화하기로 작심한 듯 8회에 정지훈이 아닌 스틸러스의 대표 마무리 강선동을 투입했다. 강선동은 컴퓨터로 계산한 듯한 제구력에 타자를 압도하는 스피드의 직구를 뿌려대며 상대를 압박하는 구원전문 투수였다.

강선동의 질풍과도 같은 빠른 직구에 맥시멈즈 타선은 별다른 효력을 발휘하지 못했다. 1번 고형민, 2번 윤길현이 차례로 내야땅볼로 아웃됐는데, 그들은 타석에서 아웃당하고 물러나며 고개를 절레절레 저었다. 둘 다 직구를 받아쳤는데, 공의 속도에 배트가 계속 밀려버렸기 때문이다.

그리고 3번 장민혁이 들어선다. 장민혁은 고형민이나 윤길현보다도 사정이 더욱 안 좋았다. 삼구 삼진. 이런 장민혁을 보며 해설위원 김봉균은 한마디 하지 않을 수 없었다.

"음, 확실히 이게 2군과 1군 선수 간의 차이라고 볼 수밖에 없군요. 초반엔 어찌어찌해서 2군에서 전격 투입된 맥시멈즈의 타자들이 점수를 낼 수 있었지만, 강선동 투수의 공을 겪어보더니 아예 위축된 모습이에요."

"그렇다면 9회 초에 선두타자로 나서게 될 장석준 선수와의 대결이 볼만하겠군요."

"그건 정말 빅 매치가 될 것 같아요. 왜냐하면 장석준 선수, 정말 몰라보게 타격 폼이나 컨디션이 좋아졌거든요."

칭찬과 긍정적인 평가에 있어선 인색하기 짝이 없는 김봉균이다. 하지만 그런 그조차도 한국시리즈를 통해 몰라보게 달라져 있는 장석준에 대해선 칭찬을 아끼지 않았다.

맥시멈즈는 비록 8회 초 공격에서 삼자범퇴를 당했지만 8회 말 수비에서는 모중석이 마운드에 올랐던 때와는 다른 안정감을 보여주었다. 9회 동점 상황. 마운드의 데니스는 여전히 버블 껌을 질겅질겅 씹어대는 불량한 포즈였지만, 나름대로 최선을 다하는 모습을 보여주었다. 여기에 반드시 큰 점수 차로 이겨야 한다는 불안감이 스틸러스 선수들로 하여금 조바심을 키웠는지 성급한 승부를 걸어오다가 삼자범퇴당하고 말았다. 스코어는 그대로 4 대 4.

그리고 맞이한 9회 초. 선두타자는 장석준이다. 장석준은 너무나 잘 알고 있다. 자신의 순서가 지나가고 나면 더 이상 득점할 수 없을 거란 사실을 말이다. 김인석도 그 사실을 잘 알고 있기에 장석준이 타석에 들어서기 전 그에게 소위 필승 공략법 하나를 일러주었다. 김인석이 들려준 필승 공략은 오직 홈런을 염두에 둔 것이다. 왜냐하면 설령 장석준이 안타를 치고 1루나 2루까지 진출한다 해도 5, 6번에서 모두 삼자범퇴 당할 것이 불을 보듯 뻔했기 때문이다. 도대체 이런 게임이 어디 있을까 하는 울분을 누르며 장석준은 김인석의 한마디를 귀담아 들었다. 그리곤 그 한마디를 머릿속에 화인처럼 새기고 타석에 들어섰다.

일방적인 스틸러스의 응원 열기 속에서 장석준은 고개를 절레절레 흔들며 강선동을 정면으로 노려봤다. 185cm 키에 험악한 인상의 소유자인 강선동은 언뜻 보기에도 위압적으로 보였다. 그러나 체구 면에선 장석준 또한 결코 뒤지지 않았다. 그는 기에 눌리지 않기 위해 강선동이 초구를 던지려 하기 직전 타임을 걸고 배트를 매섭게 두어 번 휘둘러 보였다. 강선동 역시 약간 긴장한 눈빛을 띠고 있었다.

마침내 시작된 선두타자 장석준과 강선동의 대결. 초구는 볼이었다. 바깥쪽으로 빠지는 변화구. 그리고 2구째 역시 볼이었다. 이번엔 원 바운드 싱커다. 두 개의 공 모두 배트를 휘두르지 않은 장석준은 잠시 궁리에 빠졌다. 만약 강선동이 3구째도 볼을 던지면 그건 자신과 승부를 하지 않겠다는 의도로 봐야 한다. 그런 계산과 함께 장석준은 3구째 승부를 걸리라 생각했다.

그렇게 3구가 들어왔다. 바깥쪽으로 형편없이 빠지는 공. 이건 아예 고의사구보다도 못한 승부다. 순간 장석준은 그대로 배트를 휘둘렀다. 공 근처에도 못 미치는 헛스윙이다. 원 스트라이크. 투 볼.

4구째. 이번엔 스틸러스의 포수가 아예 바깥쪽으로 빠져 앉았다. 그리고 공은 장석준의 머리 높이만큼 치솟는 바깥쪽 직구로 날아든다. 장석준은 이때 누가 보아도 고의적으로 보이는 헛스윙을 보여준다. 투 스트라이크 투 볼.

'우우' 하는 야유 소리가 들렸는데, 관중들이 과연 누구를 야유하는 건지 투수도 타자도 가늠하기 어려웠다. 고의사구를 던지려고 말도 안 되는 바깥쪽 공을 뿌려대는 강선동을 비난하는 건지, 누가 봐도 형편없이 옆으로 빠지는 공을 아예 보지도 않고 무성의하게 배트를 휘둘러 투 스트라이크를 자초한 장석준을 비난하는 건지 분명치 않았지만, 그보다 확실해진 건 강선동의 표정이 험악하게 일그러졌다는 사실이다.

장석준은 강선동의 기질을 잘 알고 있었다. 전용호 감독은 무조건 장석준을 피해야겠다는 계산으로 이러한 작전을 강선동에게 지시했겠지만, 강선동의 마음속은 그와는 반대로 장석준과 승부하고 싶어 부글부글 끓고 있었던 것이다. 제아무리 상승세라고는 해도 지금까지 강선동은 1할 타자에 불과한 장석준을 만나 역대 전적에서 단 한 차례도 안타를 맞지 않았다. 특급 마무리인 자신이 저 덩치만 산만한 미련 곰탱이를 두고 도망치는 투구를 해야 하다니, 기가 막힐 노릇이 아닌가.

그런데 바로 이때, 강선동은 장석준이 자신을 비웃고 있는 모습을 목격하고야 말았다. 장석준은 거구의 몸으로는 결코 표출하기 어려운 비열하기 짝이 없는 미소를 머금고서 강선동을 내내 비웃고 있었던 것이다. 그리고는 5구째 공 역시 누가 봐도 고의사구였는데, 그 공을 작심하고서 배트를 휘둘러 파울을 만들어냈다.

송진팩을 신경질적으로 바닥에 내동댕이친 강선동은 심호흡을 크게 한 번 하고 다시금 투구 폼을 가다듬었다. 그리곤 포수와의 사인에서 계속해서 고개를 가로저었다. 포수는 여전히 바깥쪽으로 몸을 빼고 앉아 장석준을 1루로 내보내라는 감독의 지시를 따르려 했지만, 강선동은 그런 포수의 사인을 무시하고 무려 140km에 이르는 자신의 주무기 스플리터를 뿌려보겠다는 강력한 의지를 천명했다.

포수의 사인에 계속해서 반기를 드는 모습을 확인한 장석준은 이때 김인석이 자신에게 들려준 한 가지 작전을 머릿속에 떠올렸다. 공의 변화가 대단히 심한 몸쪽 스플리터. 장석준은 비록 강선동과 많은 대결을 해보진 않았지만 그 공의 위력을 충분히 알고 있었다. 때문에 이건 완벽한 모험일 수밖에 없었다. 강선동의 결정구라 할 수 있는 바로 그 공은 제대로 타이밍을 맞추지 않으면 헛스윙이 되거나 맞힌다 해도 외야플라이에 만족할 수밖에 없는 공이기 때문이다.

강선동이 끝내 자신의 뜻을 관철시켰는지 만족스런 얼굴로 고개를 끄덕였다. 장석준은 그 미세한 강선동의 고갯짓을 보고서 확신했다. 몸쪽 스플리터가 뿌려질 거란 사실을. 그와 함께 장석준은 배트를 쥔 손의 악력을 최고조로 끌어올렸고, 동시에 입술을 피부조직이 으깨어질 정도로 힘껏 깨물었다. 그리곤 자신의 정신이 가질 수 있는 모든 에너지를 강선동의 손끝에 집중시켰다.

그리고 뿌려진 강선동의 회심의 6구. 예상대로 몸쪽 스플리터다. 공이 강선동의 손끝에서 빠져나오는 순간 장석준은 상체를 약간 옆으로 뺀 다음, 한참 연주 중인 바이올린 현의 진동처럼 꿈틀거리는 강선동의 명품 스플리터를 향해 상하체의 모든 힘을 실어 배트를 휘둘렀다.

그렇게 한순간 장석준의 손끝은 그 어떤 짜릿함과도 비교할 수 없는 절대에 가까운 감각의 충만함에 사로잡힌다. 뭔가 묵직한 느낌이 배트를 쥔 두 손에 한 차례 전달됨과 함께 배트는 제 중심에 아교처럼 들러붙은 공을 그대로 밀어냈다. 그렇게 거포 장석준의 배트 중심과 충돌한 공이 배트에서 분리되어 나감과 동시에 장석준은 그대로 배트를 내동댕이치고서 그 자리에서 오른손 주먹을 불끈 쥐어 들어올렸다.

홈런. 그것도 장외홈런이 터진 것이다. 장외홈런이 터져나온 순간, 김인석은 설마 하며 연장전을 준비하던 자신의 계획을 전면 수정해야 했다. 그와 함께 장석준이 베이스를 밟으며 다시 홈플레이트로 돌아오는 모습을 자신도 놀란 표정으로 지켜보았다. 이건 사실 김인석도 예상하지 못한 일이다. 그래서일까. 기쁨에 겨워 덕아웃으로 돌아오는 장석준을 보며 김인석이 던진 말은 싱거울 정도로 허무했다.

"야, 너가…… 그걸 어떻게 쳤냐?"

컨디션 기복이 심한 만큼 제대로 던질 땐 어지간한 메이저리그 투수 부럽지 않은 투구 실력을 보여주는 데니스는 팀이 1점 차 리드를 지키자 더욱 신명이 나서 9회 말 스틸러스 세 명의 타자를 모두 삼진아웃으로 잡아내는 기염을 토하고 말았다.

그렇게 경기는 마무리되었다. 6차전 승리는 맥시멈즈. 스코어 5 대 4. 1점 차의 신승이다.

경기를 마무리하고 난 다음 데니스는 혼자 격정적으로 기뻐하다가 또 혼자 분을 삭이지 못하고 씩씩거렸다. 이유인즉 자신의 팀 동료들이 보인 무관심한 태도 때문이었다. 데니스가 마지막 타자까지 삼진아웃으로 잡아낸 다음 스스로가 대견스러워 주먹을 불끈 쥐며 수비수들과 덕아웃에 앉아 있는 선수들을 바라봤을 때 적어도 그들이 자신에게 달려와 기쁨의 인사 정도는 할 줄 알았다. 그렇지만 1루수나, 포수, 그리고 3루수 정도, 이른바 2군 출신으로 구성된 김인석 사단만이 이런 데니스의 기대 이상의 마무리 실력에 열광할 뿐, 다른 선수들은 모두 무관심하거나 아예 얼굴이 창백해질 대로 창백해져 서둘러 퇴장하는 모습을 보였던 것이다.

이제 스틸러스뿐만 아니라 맥시멈즈 역시 긴장하지 않을 수 없는 분위기가 되었다. 승부는 다시 원점이다. 7차전까지 가게 된 것이다. 김인석은 마지막 혈전을 준비해야 했다. 적군과 더불어 아군 내에 스며들어 있는 또 다른 적들과도 맞서 싸워야 하는 이 기묘하고 터무니없는 전쟁의 마지막을 말이다.

추억의 어느 한 곳

대망의 7차전을 하루 앞둔 날 저녁. 김인석은 반포역 인근의 한 선술집에 있었다. 강남의 초입을 잠식하고 있는 터미널 근처의 상가들은 재개발의 광풍에 휩쓸려 예전의 모습을 간직하고 있는 곳은 많지 않았다. 그렇지만 김인석이 찾은 이곳은 남달랐다. 거의 15년간 고속터미널 부근의 가게 중에서 유일하게 변하지 않는 간판과 한결같은 맛을 지니고 있는 선술집이었다.

김인석이 이곳을 찾은 건 14년 만이다. 목동 근처의 호텔에서 이곳까지 오는 택시 안에서 김인석은 녹슨 머리로 연수年數 계산에 몰두했다. 그와 함께 김인석은 14년 전에 찾았던 그곳 선술집이 아직도 장사를 계속하고 있을지가 내내 의문이었다. 그런 의문을 비웃기라도 하듯 그곳은 여전히 김인석의 기억 속 그대로 그 자리에 있었다. 거의 변함없이.

'추억의 어느 한 곳'이라는 제법 낭만적인 이름을 가진 그 선술집 안으로 들어가자 김인석은 마치 어제도 들렀던 것과 같은 편안함을 느낄 수 있었다. 익숙한 인테리어, 낡고 허름한 분위기. 소주 한 잔에 갈매기살 몇 점 안주로 삼키면 지상의 어떤 고민과 시름이라도 모조리 잊을 수 있을 것 같은 아늑한 분위기. 지금 이곳에는 김인석을 불러낸 여자가 구석진 자리에 앉아 있었다. 그녀는 다름 아닌, 이제는 전 부인이 된 양금주였다.

"어쩐 일이야? 이곳에서 다 보자고 하고."

말은 그렇게 퉁명스럽고 무심하게 내뱉었지만 사실 김인석은 처음 그녀의 전화를 받고 당혹스럽기까지 했다. 그야말로 진흙탕 속에서 뒹굴었던 몇 년이다. 그녀는 김인석의 폭군 같고 제멋대로인 스타일에 환멸을 느껴 이혼을 요구했고, 김인석은 자기 여자에 대한 쟁취욕에만 사로잡혀 이혼에 반대하며 몇 년을 그렇게 소모적이고 허망하게 흘려보냈다. 그리고 모든 것이 증발되고 난 이후에 다시 만나게 된 그녀는 김인석의 눈에 새롭게 보였다. 지금 그의 눈에 비친 양금주는 청년 시절 자신의 가슴에 열정의 불을 질렀던 만인의 히로인, 바로 그 모습이었다. 모진 시간의 흐름 속에서도 그녀의 미모는 여전히 아름다웠으며 오히려 더 농익어 보였다.

양금주의 자리엔 이미 소주 한 병과 간단한 안줏거리가 놓여 있었다. 김인석을 발견한 양금주는 자신의 옆자리에 앉을 것을 권하며 준비해놓은 소주잔을 내밀고는 잔을 채웠다. 김인석은 그녀가 준 술을 말없이 들이삼켰다. 무척이나 쓰고 의미 있는 첫 잔이었다.

그렇게 둘은 아무 말 없이 주거니 받거니 소주 한 병을 빠르게 비워냈다. 앞치마를 두른 주인 여자가 주문한 것도 아닌데 소주 한 병을 더 내왔고, 김인석이 소주 뚜껑을 따 잔에 붓는 동안 그녀가 비로소 입을 열었다.

"여기 기억나?"

"기억나지, 그럼."

김인석의 대꾸는 한결 부드러웠다. 그는 적당한 도수의 알코올이 비교적 빠른 시간에 자신의 빈속을 채우자 그녀에 대해 더욱 관대해지는 자신을 발견하고선 스스로도 놀랐다. 이혼을 하기 전까지, 그 빌어먹을 이혼 법정에 서기 전까지 김인석에게 남은 건 미움과 원망뿐이었는데, 놀랍게도 그 서류 한 장의 힘은 대단했다. 이제 더 이상 자신의 여자가 아니라는 체념이 들자 그 감정들이 더없는 그리움으로 변모한 것이다. 양금주는 김인석의 부드러운 말투를 단숨에 털어넣는 소주의 알싸한 맛처럼 느끼며 계속 말을 이었다. 애증에 사로잡혀 서로에 대한 환멸에만 열을 올리던 지난날엔 차마 하지 못했던 속내를 털어놓은 것이다.

"당신이 나한테 프로포즈를 했던 곳이야."

"……"

"사랑을 고백하는 장소치고는 그다지 멋스럽진 않았어. 하지만 난 그때의 당신이 좋았어. 거칠고 투박했지만 진지하고 열정이 있었거든. 그때, 이 선술집의 붉은 백열등 불빛의 아릿함도 좋았고."

"어떻게 지내?"

"나, 미국으로 가려고."

"시카고?"

"응."

"장인어른은 여전하시나?"

"그 노인네야 여전하시지. 여전히 자신이 최고라고 생각하는 분이니까."

"잘 생각했네. 아무래도 장인어른 혼자 미국에 계시는 것보다 당신이 함께 있는 게 외롭지도 않고 좋을 거야."

"그렇게 말해주니 고맙네."

"그럼 동건이는 더 이상 만나지 않나?"

어렵게 꺼낸 질문이다. 김인석은 그 질문을 해놓고 수치심과 민망함에 사로잡혀 자신도 모르게 얼굴이 붉어졌다. 제기랄. 불혹을 훨씬 넘겨 이제 인생 막장 내리막길로 걸어가는 이

나이에 아직도 질투나 하고 있다니. 하지만 아무리 그렇게 자학해도 김인석의 관심사는 변하지 않는다. 양금주가 자신의 숙명적 라이벌과 한때 정을 통하던 사이였다는 사실이 죽기보다 싫었기 때문이다. 그녀는 김인석의 질문을 받고는 씁쓸하게 웃어 보였다.

"아직도 날…… 그런 여자로 생각해?"

"그런 뜻으로 말한 건 아냐."

"처음부터 그 사람과 어떻게 하려고 했던 거 아니었어. 단지 그땐 당신에게 너무 지쳐 있었고, 기댈 사람이 필요했던 것 같아. 그 대상이 누구여도 상관없을 것 같은 그런 거……."

"……."

"나 당신한테 하고 싶은 말이 있어. 그래서 보자고 한 거야."

"뭔데?"

그녀가 시카고에 간다는 게 무엇을 의미하는지 김인석은 잘 알고 있었다. 그녀의 어머니는 3년 전에 돌아가신 상태고, 정유업체를 운영하며 무남독녀 외동딸인 그녀를 애지중지하던 아버지는 지금 시카고에서 정유연구소 같은 곳의 자문위원으로 활동하며 혼자 지내고 있었다. 그런 아버지에게 가겠다는 건 이제 다신 한국으로 돌아오지 않겠다는 의미로 이해해야 했다. 적어도 김인석이 알고 있는 자신의 아내 양금주는 그런 여자였다. 한 번 결심한 건 다시 번복하지 않는 스타일.

그런 그녀가 자신에게 하고 싶은 말이 있다고 한다. 그건 결코 재결합을 의미하는 말은 아닐 것이다. 그렇다면 그게 뭘까. 김인석은 궁금했다. 궁금증을 가득 품은 얼굴로 자신을 바라보는 그를 마주 보며 양금주는 환하게 웃어 보였다. 그 미소. 얼마 만에 보는 모습인가. 그녀의 밝은 미소를 보자 김인석은 자신도 모르게 기분이 좋아졌다. 그녀의 말이 이어졌다.

"요즘 당신 모습, 예전의 당신을 보는 것 같아서 너무 좋아."

"뭐?"

"당신 멋있어. 역시 당신다워."

"……."

"그래서 나, 조금은 마음의 짐을 덜고 미국으로 갈 수 있을 거 같아. 난 당신이 나와 지낸 15년 동안 당신이 갖고 있던 처음의 열정을 잃어버렸다고 생각했거든. 그런데 그게 아니라는 걸 이번 경기를 보며 확인했어."

양금주는 그 말을 한 후 다시 소주 한 잔을 들이켰다. 김인석은 그런 그녀의 옆모습을 물끄러미 쳐다봤다. 어디까지 알고 있는 걸까. 이번 한국시리즈가 어떻게 전개되고 있는지 그 내막을 알고 있는 걸까. 하지만 그러한 궁금증은 그녀가 남긴 '당신답다'는 말 속에 묻혀버렸다. 그 말 한마디가 주는 위로를 김인석은 도저히 거부할 수 없었다. 지금까지 정신의 모든 날을 세워 6차전까지 쉬지 않고 달려왔던 만큼 7차전에 대한 부담은 그 누구에게도 설명할 수 없이 엄청난 것이었다. 자신과의 싸움, 오직 이기고자 하는 승부욕과 그를 에워싸고 있는 숱한 이해관계, 보이지 않는 이기심, 그러한 과정 속에서 김인석의 내면은 자신이 추구하고 있는 그 열정이 어쩌면 무모한 오기일지도 모른다는 회의와 끝없이 전쟁을 벌이고 있었던 것이다. 그와 함께 그는 스포츠의 본질을 다시금 확인할 수 있었다. 한때 자신이 모든 것을 산화시켜 사랑했던 그녀 양금주를 통해서 말이다. 그녀 역시 김인석으로부터 그 본질을 확인한 것을 그녀 스스로에 대한 위로로 받아들였던 걸까. 그녀는 결국 자신의 속마음을 털어놓는 데 인색하지 않았다.

"난 당신과 결혼했던 걸, 그리고 사랑했던 걸 한 번도 후회한 적 없어. 결과는 이렇게 안 좋았지만 당신에 대한 내 선택과 열정을 난 존중해. 그건 앞으로도 변함없을 거고. 이 말 하려고 당신 불러낸 거야. 싱겁지?"

김인석은 그녀의 마지막 되물음에 비록 답을 하진 않았지만, 언제나처럼 보여주었던 무뚝뚝한 미소로 응대했다. 말없는 그의 미소를 확인하며 양금주는 한결 가벼워진 얼굴로 마지막 술잔을 비웠다. 그건 김인석 역시 마찬가지였다.

협박과 회유

장석준은 끝내 분을 이기지 못하고 이기철의 멱살을 잡고 말았다. 그리고 그를 벽에 몰아붙였다. 순식간에 벌어진 일이다. 미성병원 로비였고, 대기석에 앉아 있던 사람들의 시선은 일제히 그 거대한 몸을 지닌 야구선수 장석준과 맥시멈즈의 타격코치 이기철에게 쏠렸다. 그 시선이 부담스러웠던 이기철이 주위를 두리번거리며, 흥분을 가라앉히지 못하는 장석준에게 낮은 목소리로 경고하듯 짧게 말했다.

"야, 여긴 공공장소다. 그만두지 못해?"

"선배야말로 지금 나한테 한 말 다시 주워담아요, 어서!"

장석준의 울분은 어쩌면 당연한 감정인지도 모른다. 이기철이 이곳을 찾은 이유는 너무나 가증스러우면서도 동시에 너무나 가혹했다. 장석준의 아들 형오는 이제 막 퇴원수속을 밟고 있던 중이었다. 말도 안 되는 미성병원 측의 일방적인 강제퇴원 요구로 인한 결과였다. 장석준과 아내 김혜미는 이런 경우에 환자 측이 어떤 조치를 취할 수 있는지 백방으로 알아보았다. 물론 법적으로 아예 불가능한 건 아니었다. 환자를 거부하는 병원 측을 향해 소송을 제기하는 일. 하지만 싸움은 너무나 길고 멀게만 느껴졌다. 길고 지루한 법정 공방이 계속되는 동안 형오는 미성병원으로부터 제공되는 그 어떤 의료 서비스도 받지 못하게 된다. 그러다가 혹시 형오가 잘못되기라도 할 경우엔…… 석준은 생각하고 싶지도 않았다.

그렇게 형오의 퇴원수속을 밟고 있던 그 순간 이기철이 찾아온 것이다. 물론 이기철 혼자만 온 게 아니다. 형오의 병실까지 직접 찾아온 이기철은 로비로 내려가자고 했고, 거기엔 놀랍게도 맹호성 맥시멈즈 단장이 그를 기다리고 있었다. 자신을 향해 인사하는 장석준을 보며 맹호성은 악수를 청했고, 잡은 손을 두세 번 다독이며 '잘 부탁한다'는 말을 남기고는 먼저 로비를 빠져나가 차에 올랐다. 그가 말한 '잘 부탁한다'의 의미는 타격코치 이기철이 대신 전달해주었다. 그리고 그 말을 듣자마자 장석준은 격분하고 말았다. 더럽고 추악하다는 생각이 밀려들었고, 아이의 생명을 담보로 장난을 치는 것 같아 순간의 분노를 억제하지 못했던 것이다.

하지만 그걸로 장석준의 분노는 일단 중지되었다. 이기철이 더욱 단호하게 경고하듯 이야기해주었기 때문이다.

"야, 석준아. 너 냉정하게 생각해. 지금 당장 형오 문제만을 이야기하는 게 아니라, 너 내년도 생각해야지. 이만큼 보여줬으면 됐어. 내가 약속하마. 내년에 김인석 그 또라이 감독만 밀어내고 나면 주전 4번 타자 자리는 내가 보장한다니까."

"그래도 선배가 어떻게 그럴 수 있어? 나는 몰라도 선배는 김 감독 밑에서 배우면서 컸잖아. 그거 잊었어?"

"새끼야, 내가 배우기만 했냐? 그 또라이 새끼 밑에서 개무시 당한 건 생각도 안 하냐고?"

"그래도 이건 아냐, 안 돼. 이건 정말 말이 안 되는 거야. 알잖아, 선배도."

"너 잘 생각해라. 내일 하는 거 나하고 단장님이 지켜보고 있어. 우리뿐만이 아니라 스틸러스 선수들, 감독, 구단주까지 모두 지켜보고 있다고. 이건 네 자식놈의 목숨이 걸린 문제야. 알아듣겠어!"

"……."

"너 미성그룹 놈들 만만하게 보지 마라. 그 새끼들한테 이건 스포츠도 프로야구도 아니야. 비즈니스라고, 비즈니스! 우리만 순수하다고 해서 누가 알아주냐? 이 새끼들이 이런 식으로 나오면 너라고 뭐 별수 있어? 안 그래?"

그래도 설마 했다. 장석준은 자신 때문에 한국시리즈에서의 져주기 게임에 차질이 생겼다는 이유로 미성그룹이 산하 종합병원에서 치료받는 아들 형오의 치료를 거부할 거라곤 정말이지 상상도 하지 못했던 것이다. 하지만 이런 식의 치졸한 복수가 현실이 되고 보니 장석준은 그야말로 눈앞이 캄캄해졌다.

이기철은 어느새 힘이 풀린 장석준의 손을 거칠게 뿌리쳤다. 그리곤 참담한 얼굴을 하고 있는 장석준의 어깨를 두어 번 쳐준 다음 로비 밖으로 퇴장했다.

장석준은 밖으로 걸어나가는 이기철을 물끄러미 지켜봤다. 밖에 대기하고 있던 그랜저 문이 열리고, 뒷좌석에 몸을 깊이 파묻고 앉아 담배를 피우고 있는 맹호성의 모습이 보였다. 이기철이 그 안으로 몸을 밀어넣었다. 장석준은 그런 둘을 보며 자신도 모르게 치가 떨려 몸까지 떨어야 했다.

엘리베이터 문이 열렸고, 형오와 아내 혜미가 내려왔다. 형오는 오랜만에 사복 차림이었다. 녀석이 장석준을 알아보고는 큰 소리로 아빠를 부르며 달려왔다. 장석준은 자신을 향해 달려오는 형오를 끌어안으며 아내 혜미를 쳐다봤다. 둘은 서로를 바라보기만 할 뿐 아무 말도 하지 못했다. 장석준은 곧 아내의 손에 쥐어져 있는, 형오의 짐이 담긴 가방을 내려다보았다. 그리고는 자신도 모르는 사이에 뼈아픈 독백을 뱉어냈다.

'이 정도면…… 정말 이 정도면 어쩔 수 없는 거 아냐……'

강태환, 다시 마운드에

맥시멈즈와 스틸러스의 7차전이 있는 당일 오전 7시. 김인석은 수소문 끝에 5차전의 벼락 같은 역투 이후 누구와도 연락하지 않고 잠수를 타버린 강태환을 만날 수 있었다. 그는 맥시멈즈의 숙소인 호텔 근처 사우나에 칩거한 채로 시간을 보내고 있었다. 강태환이 외부와의 연락을 끊은 채 몇 시간이고 사우나에 들어가야 했던 이유는 어찌 보면 당연했다. 5차전에서 완투를 하며, 심지어 노히트노런까지 기록한 그의 활약은 평생 다시 있을까 말까 한 엄청난 것이었지만, 그 대가로 주어진 건 찢어질 듯한 어깨 통증뿐이었다. 지금 강태환은 할 수만 있다면 자신의 오른쪽 어깻죽지를 칼로 도려내고 싶을 정도였다. 압박붕대를 동여매고 진통제를 먹는 것만으로 버티기엔 너무 큰 고통이었다.

김인석이 알몸인 채로 건식 사우나실 안에 들어온 걸 발견하고도, 강태환은 그다지 놀라는 기색을 내비치지 않았다. 그저 당연히 자신을 찾아올 줄 알고 있었다는 듯 자신의 옆에 자리를 잡고 앉는 감독의 모습을 무심히 지켜보며 간단히 목례를 건넸을 뿐이다.

김인석은 우선 강태환의 오른쪽 어깨를 감싸고 있는 압박 붕대부터 확인했다. 그러면서도 김인석은 애써 그런 강태환의 상태를 모른 척하려 했다. 그리고는 물었다. 거두절미하고 생짜를 들이미는 그만의 독특한 화법이 돋보이는 순간이기도 했다.

"어떡할 거냐?"

"뭘 말입니까?"

이런 식의 퉁명스런 되물음은 강태환의 천성적인 시건방짐에서 비롯된 반응이다. 세상 무서울 것 없는 괴물 투수 강태환은 남녀노소 불문하고 누구에게라도 그런 식으로 대하며 살아왔다. 그런 녀석의 기질을 잘 알고 있는 김인석은 오늘만큼은 녀석의 시건방진 태도를 문제 삼지 말자는 자기 암시를 반복하며 용건을 전달할 참이었다.

"오늘 선발로 나올 수 있겠어?"

"대단하세요."

"무슨 소리야? 뜬금없이."

"7차전까지 온 거 말이에요."

"잠수 타도 볼 건 다 봤군."

"그런데 도대체 김태식이 누구예요?"

"6차전 선발 말이냐?"

"그래요. 그 말라깽이."

"넌 몰라도 돼. 너 같은 자식이 팀에 누가 있는지 관심이나 있었냐?"

"그래도 제5선발까지는 알고 있는데…… 누구지?"

"실없는 소리 그만하고. 어때? 던질 수 있겠어?"

"던지는 건 던지겠는데."

"그런데?"

"완투는 어려울 것 같아요."

"그건 나도 알아. 상태를 보면 알 수 있지."

"그런데 그건 왜 물은 거예요?"

"몇 회까지 버틸 수 있을 것 같냐고."

"퍼펙트로 한 타순까지는 버텨낼 수 있을 것 같아요."

"그럼 3회까지?"

"그것도 모르겠어요. 맘 같으면 끝까지 던지고 싶지만."

"그런데?"

"지금 같으면 공 한 개도 못 던질 것 같아요."

그렇게 말한 강태환이 다시 한 번 인상을 찡그렸다. 김인석도 바로 그 점이 염려되긴 했다. 그렇지만 이 마지막 혈투에서 가장 중요한 건 바로 기선제압이다. 강태환의 위압적인 피칭이 가져다주는 가장 큰 효과는 바로 상대 팀 타자들의 기를 제압하는 점에 있었다. 그렇기에 김인석은 지금 강태환의 어깨 사정을 봐줄 겨를이 없었다. 김인석은 강태환에게 욕심을 부리려 했다.

"5회까진 버텨라."

"글쎄, 던지는 건 문제가 안 돼요. 하지만 계속해서 100마일짜리 직구를 뿌려대는 건 한계가 있어요. 그건 감독님이 더 잘 아시잖아요."

"그래도 던져. 지금 투수가 없어."

"그런데요, 감독님."

"말해."

"감독님 왜 그렇게 사람들한테 인심을 잃은 거예요?"

강태환은 정말 궁금하다는 표정으로 김인석에게 물었다. 김인석은 그런 강태환을 황당하다는 듯 쳐다보았다.

"그래도 명색이 한국시리즈인데, 왜 그렇게 선수들이 다 불성실하냐고요."

"이 자식아. 그건 내 인간성하고는 하등 상관없는 문제야. 넌 알 거 없어."

"어쨌든 약속해요."

"뭘 또?"

"약속할게요. 5회까지 무슨 수를 쓰든 한 점도 실점하지 않을 거예요. 그러니까 반드시 이겨야 돼요."

"그 똥고집 같은 집념은 여전하구나. 맘에 들긴 하네."

김인석이 강태환에게서 일말의 믿음을 느낀 건 바로 녀석의 살아 있는 눈빛 때문이다. 비록 그 열정이 다소 유치하고 어설픈 동기에서 비롯된 것이긴 해도, 갓 스무 살 청년의 눈빛에서 타오르는 그 무모하기까지 한 결의는 상대를 압도하기에 충분해 보였다. 김인석은 녀석의 그런 눈빛을 믿으며 온전히 만신창이가 되어버린 맥시멈즈의 불량한 라인업을 이끌고 7차전 결전에 임하기로 했다.

7차전

그렇게 대망의 마지막 경기, 7차전이 시작되었다.

7차전까지 끌고 온 한국시리즈의 열기는 그동안 야구에 무관심했던 일반인들 사이에서도 초미의 관심사가 되었다. 파죽지세로 플레이오프에서부터 치고 올라온 미성 스틸러스의 열기가 비록 미성그룹의 창립기념일이었던 5차전에서의 패배를 기점으로 다소 수그러들긴 했지만, 상황이 7차전까지 이르게 되자 다시금 우승에 대한 집념이 불타올라 잠실야구장의 관중석은 그야말로 발 디딜 틈조차 없는 인산인해를 이루고 있었다.

7차전에 임하는 양 팀 감독의 결의나 각오 또한 남달랐고, 마지막 결전에 스틸러스 측의 선발로 나온 투수는 역시 모두의 예상에서 크게 벗어나지 않았다. 메이저리그 출신의 컴퓨터 제구력을 자랑하는 투수 정지훈. 그가 모습을 드러내자 스틸러스 팬들은 일제히 그를 연호했고, 깔끔하고 세련된 매너를 자랑하는 정지훈은 그렇게 자신을 반겨주는 팬들에게 일일이 손을 흔들며 화답해주었다.

7차전의 관중석 분위기 역시 이전과 크게 달라지지 않았다. 6차전 승리를 통해 승부를 원점으로 되돌린 흥행 카드가 작용한 탓에 3루 측에 맥시멈즈 열광팬들의 숫자가 조금 더 늘어나긴 했지만 여전히 잠실구장의 5만 석을 압도하는 건 스틸러스 팬들이었다. 그리고 홈런석까지 가득 채운 관중들은 대부분 와이셔츠나 정장 차림을 하고 있었는데, 그들 역시 미성그룹 측에서 응원 나온 단체 관객으로 보였다.

스틸러스 측은 그렇게 조직적이고 체계적으로 응원을 하면서 경기장 분위기를 한일전이 벌어지는 상암구장 같은 일방적인 기운으로 몰고 갔다.

쉽게 떠올릴 수 있는 스틸러스 측 선발투수와는 달리, 맥시멈즈의 7차전 선발로 강태환이 나오리라곤 누구도 쉽게 예상하지 못했다. 강태환이 느린 걸음걸이로 마운드를 향해 어슬렁거리며 걸어나오는 것을 보며 캐스터 윤형주와 해설위원 김봉균은 걱정스럽게 입을 열었다.

"아, 강태환 투수가 7차전에 다시 선발로 등판하는 건 어떻게 봐야 할까요? 위원님."

"글쎄요. 강태환 투수가 아무리 젊고 회복이 빠른 편이라고는 해도, 4차전도 아니고 5차전 선발로 나와 완투를 했단 말입니다. 아무리 5차전에서 놀라운 피칭을 보여주었다고 해도 지금 강태환을 다시 기용한 건 진짜 아니라고 봅니다."

"그렇다고 맥시멈즈에 아예 투수가 없는 것도 아니지 않습니까? 더구나 맥시멈즈는 6회전에서 김태식이란 베일에 가려져 있는 무명 투수를 내세워 승리를 따냈기 때문에 투수 운용이 한결 편해졌을 거라고 생각했는데요."

"아마도 1, 2회 정도 강태환이를 이용해 스틸러스 타자의 기를 좀 죽여보겠다는 김인석 감독의 노림수인 것 같은데, 글쎄 한번 지켜보죠. 제가 아까 불펜 쪽에서 연습투구를 던지던 강태환 선수의 공을 좀 지켜봤는데, 글쎄요. 속도는 어떨지 모르겠는데, 제구가 제대로 되는 것 같아 보이진 않았거든요. 아무튼 지켜봐야 할 것 같습니다."

"그래도 강태환 투수, 정말 대단하지 않습니까? 사람이 어떻게 공을 160km 이상 계속해서 던질 수 있을까요? 그건 메이저리그나 쿠바 야구에서도 흔히 볼 수 없는 일 아닙니까? 구원투수도 아니고 선발투수가 말이죠."

"그건 그렇죠. 사실 저 정도 속도의 공이 들어오면 맞혀도 파울 아니면 플라이볼이 되기 십상이죠. 스틸러스 타자들이 어떻게 하면 강태환을 조기에 강판시키느냐에 따라서 오늘 승패가 좌우된다고도 볼 수 있을 거예요."

"그에 비해 맥시멈즈의 타순은 6차전하고 큰 변화가 없습니다."

"그게 여전한 미스터리예요. 장석준 선수는 확실히 무서운 상승세인 게 맞아요. 6차전에서도 그랬고 5차전에서도 끝내기 홈런을 때려냈으니까요. 그런데 다른 선수들, 이를테면 1번 고형민이나 2번 윤길현 선수 말입니다. 딱히 배트에 잘 맞히지 못하고 있거든요. 그리고 저 좀 심하게 말씀드려도 되겠습니까?"

"말씀하시죠. 뭐 위원님이 언제는 심하게 말씀 안 한 것처럼 말씀하시네요."

"그래요, 말하죠. 저 맥시멈즈의 3번 타자 말입니다."

"3번이라면…… 1루수 보고 있는 장민혁 선수 말씀하시는 겁니까?"

"그래요. 도대체 저는 저 선수를 왜 주전에 끼워넣는지 도무지 이해가 되지 않아요."

"그렇긴 하네요. 5차전, 6차전 통틀어 배트에 공 한번 제대로 맞힌 적이 없어요. 죄다 내야땅볼 아니면 삼진아웃. 6차전에서 볼넷 하나 얻은 걸로 1루로 나간 게 전부란 말이죠."

"그렇다고 1루수 수비를 뭐 특출하게 잘 보는 것도 아니고 말이죠."

"그건 맥시멈즈의 포수 김민광도 마찬가지 아닙니까?"

"글쎄요. 그런 모든 정황을 미루어볼 때, 제 생각엔 뭔가 팀 내에서 내분이 있지 않은가 하는 개인적인 생각을 가져봅니다."

"내분이요?"

"확실한 건 아니지만 맥시멈즈 선수들이 김인석 감독 스타일에 나름대로 반기를 들고 보이콧을 하는 게 아닌가 하는 생각이 든다 이 말입니다. 물론 절대 그런 일은 없어야 하겠지만."

"왜 그렇게 생각하시죠?"

"1차전인가 2차전 때, 김인석 감독이 선수들한테 하는 거 보셨잖아요? 물병이나 집어던지고 말이죠. 아니 물병을 왜 갖다 놨는데요? 마시라고 갖다 놓은 거지 그걸 선수 이마에 집어던지라고 갖다 놨습니까? 제가 선수라고 해두요, 저런 감독이라면 보이콧합니다. 암요, 하죠. 왜 못해요?"

김봉균은 이번에도 제 스스로의 흥분을 이기지 못하고 있었다. 캐스터 윤형주는 그런 김봉균의 말을 적당한 선에서 잘라내며 다른 이야기로 화제를 돌렸다.

시속 165km

1회 초. 강태환의 첫 공이 볼로 판정이 나면서 운명의 결전은 시작되었다. 스틸러스 1번 타자 진재형은 강태환의 초구가 형편없이 높게 형성되는 것을 보며 회심의 미소를 지었다. 그리곤 자신의 덕아웃 쪽을 바라보며 작전을 다시 한 번 살폈다. 기다리는 것. 그것이 작전지시였다.

강태환의 2, 3구 역시 안쪽 높은 직구였다. 하지만 한 공, 한 공 받아내는 것이 김민광에겐 고역이었다. 갑자기 낮게 들어오는 것 같다가 급하게 위로 치솟는 소위 뱀 직구가 포수 미트를 찢어버릴 듯한 기세로 파고들었기 때문이다.

그리고 이어진 강태환의 4구는 아예 김민광의 머리 위로 날아가 버렸다. 주심은 깜짝 놀라 몸을 피했고, 진재형은 기다렸다는 듯 1루로 걸어나갔다. 스틸러스 팬들은 열광하기 시작했다.

"아, 강태환 선수. 스트레이트 볼넷입니다. 시작부터 좋지 않은데요."

"그렇긴 해도 만만하게 봐선 안 될 것 같네요."

"그건 무슨 말씀이신가요?"

"제구는 모르겠는데, 공의 속도 말입니다. 마지막 공은 165km가 찍혔어요."

"155가 아니구요?"

"예. 정확해요. 165km예요."

"미치겠네요. 165? 이게 말이 됩니까?"[26]

2번 김만수가 타석에 들어섰다. 진재형은 어떻게 해서든 2루로 가기 위해 리드 폭을 최대한 크게 잡았지만 강태환은 아예 1루 쪽은 쳐다보지도 않았다. 사실 강태환이 변화구를 던지지 않는 이상 진재형이 도루를 할 수 있는 가능성은 거의 없기 때문이다. 폭투로 공이 빠지지만 않는다면.

김만수는 진재형과는 다르게 나름대로 공에 대한 욕심이 있었던 모양이다. 강태환의 초구 직구를 노리고 배트를 휘둘렀는데, 공이 배트에 맞는 순간 그는 가슴이 철렁 내려앉았다. 너무나 빠른 공의 스피드에 눌려 맞는 순간 그대로 내야 쪽으로 솟아올랐기 때문이다.

26 샌디에이고주립대 에이스 스티븐 스트라스버그(21)는 네바다주립대와의 2009년 3월 14일 경기에서 시속 102마일(약 164.15km/h)을 기록한 바 있다. 그의 투수코치는 103마일(약 165.76km/h)까지 던진 적도 있다고 귀띔했다.

강태환은 두 손을 크게 휘두르며 자신이 잡을 것이라고 신호했고, 가볍게 공을 잡았다. 원아웃. 관중들은 강태환의 공을 보며 순간 아무 말도 하지 못했다. 숙연해지기까지 한 것이다.

그리고 3번 이대철이 타석에 들어섰을 때, 강태환은 다시 5차전 때의 구질을 되찾기 시작했다. 단지 5차전 때와는 다소 다른 구질을 선보였는데, 그건 바로 포심 패스트볼이었다. 종속의 극심한 변화를 일으키는 그 공은, 받아내야 하는 포수에게도 때려내야 하는 운명에 놓인 타자에게도 모두 지옥 같은 공이었다.

강태환은 이대철을 단 네 개의 공으로 삼진아웃시켰다. 바깥쪽, 안쪽을 적절히 섞어가며 던진 두 개의 포심 패스트볼을 이대철은 눈 뻔히 뜬 채로 배트도 휘두르지 못하고 지켜봐야만 했다. 그리고 3구째 들어오는 몸쪽 직구는 가까스로 걷어내긴 했지만 파울이 되었고, 강태환은 칠 테면 쳐보라는 식으로 4구째에 또다시 같은 방향으로 같은 직구를 던졌는데, 이번엔 아예 공을 건드려보지도 못하고 헛스윙하고 말았다. 삼진아웃.

투아웃 상황에서 최대한 거만한 걸음걸이로 타석에 들어선 고영주. 스틸러스 팬들은 고영주가 타석에 들어서자 일제히 기립하고서 '고영주!' 이름 석 자를 힘차게 외쳐댔고, 이에 크게 고무된 고영주는 뭔가 일을 내보겠다는 의지를 불태우며 배트를 힘껏 움켜쥐고 시건방진 헐크 강태환을 노려봤다. 그렇지만 이런 고영주의 열정과는 다르게 그의 첫 타석 승부는 너무나 싱겁게 끝나버렸다. 몸쪽 160km대의 포심 패스트볼에 형편없이 무딘 배트를 휘둘러댄 고영주가 때려낸 공이 무기력한 바운드와 함께 투수 강태환 바로 앞에 떨어지는 땅볼이 되고 말았던 것이다. 공을 잡아낸 강태환은 죽어라고 달리는 고영주를 향해 '피식' 비웃음을 날려주며 가볍게 1루로 송구했다. 그렇게 1회 초는 득점 없이 마무리되었다.

1회 말. 선발로 나선 스틸러스 투수 정지훈의 공 역시 타자들에게 까다롭긴 마찬가지였다. 한 타자를 상대하는 데 같은 구질의 공을 두 번 사용하는 법이 없는 그의 팔색조다운 볼 배합은 2군 캠프에서만 잔뼈가 굵은 고형민이나 윤길현에겐 공략하기 힘든 공이었다.

그런데 3번 장민혁은 정지훈에게 있어서만큼은 달랐다. 스틸러스 투수코치진과 전용호 감독은 3번 장민혁이 타석에 들어섰을 땐 별다른 볼 배합을 지시하지 않았다. 장민혁의 타격감각은 센스에 있어서나 멘탈에 있어서 모두 형편없는 수준으로 파악하고 있었기 때문이다.

그런데 오히려 그러한 점이 장민혁을 자극한 걸까. 아님 정지훈이 너무 장민혁을 만만하게 본 걸까. 정지훈은 아예 장민혁을 삼구 삼진으로 잡을 생각에 스트라이크 존으로 완만하게 들어오는 너클볼을 던졌는데, 결코 만만하게 볼 수 없는 회전력을 지닌 공을 장민혁은 정말 요상한 타격 폼으로 짧게 끊어쳤고, 라인 드라이브로 뻗어나간 공이 2루수의 키를 아슬아슬하게 넘기면서 안타를 기록한 것이다.

그렇게 장민혁의 중전안타가 기록되고, 그가 1루로 진출하자 스틸러스 내야진은 긴장하기 시작했다. 그 다음이 4번 장석준이었기 때문이다.

그런데 쉽게 1점 정도는 뽑을 것으로 예상했던 김인석의 생각과는 다르게 장석준은 정지훈에게 삼진아웃을 당하고 말았다. 삼구 삼진이었는데, 그러한 현상은 그의 두 번째 타석인 4회에서도 또 한 번 재연되었다. 삼구 삼진만 연거푸 두 번 당하는 모습을 보이자 해설위원 김봉균은 이를 장석준의 컨디션 난조로 분석했지만, 김인석은 그렇게 보지 않았다. 하체의 밸런스를 의도적으로 쉽게 열어버리는 장석준의 스윙은 누구보다 예리한 김인석의 시선엔 그야말로 억지스러운 스윙으로밖에 보이지 않았다. 공을 맞히지 않으려고 휘두르는 스윙 말이다.

그렇게 5회 말까지 스코어는 여전히 0 대 0이었다. 괴물 투수 강태환은 김인석과의 약속을 지킨 셈이 되었지만, 김인석으로선 곤란한 상황이었다. 장석준이 치지 않는다는 것과 다른 2군 출신 선수들은 정지훈의 공을 공략하기 어려워한다는 사실. 단지 희망이 보이는 건 3번 장민혁 정도다. 두 타석 모두 안타를 기록한 건 장민혁이 유일했기 때문이다. 첫 타석엔 1루타, 그리고 두 번째 타석에선 2루타를 기록했다. 그렇게 5회까지 양 팀을 통틀어 총 2개의 안타가 기록되었는데, 그 두 안타 모두 장민혁이 정지훈을 상대로 때려낸 것이었다.

혈전 I

문제는 지금부터다. 5회 말까지 스코어 0 대 0으로 팽팽한 균형이 계속되고는 있었지만, 김인석의 고민은 이제 거의 피 말리는 지경에까지 이르렀다. 공격에서 불거져 나온 장석준의 어이없는 헛스윙, 내내 단 한 개의 공도 제대로 못 때려내던 3번 장민혁의 배트가 어느 정도 감각을 찾았다는 걸 제외하곤 공격라인에서 제대로 된 루트를 만들어낼 수 없는 지금의 상황에서 무엇보다 큰 문제는 역시 강태환이었다.

강태환은 김인석과의 약속을 충실히 수행했다. 과연 5회까지 무실점으로 호투하는 데 성공했던 것이다. 그래서일까. 5회 말이 끝나고 구장의 잔디를 고르는 브레이크 타임 동안 정지훈은 피칭 연습을 계속했지만, 강태환은 좀비와도 같이 녹초가 된 몸으로 덕아웃 벤치에 거의 쓰러지듯 앉아 있었다.

선수들이 강태환을 보는 시선은 물론 곱지 않았다. 하지만 동시에 그들은 강태환의 지친 모습을 보며 어느 정도 안도하는 기색이었다. 사실 그들의 머리로는 상상도 하지 못할 일을 강태환은 해내고 있는 것이다. 5회까지 직구 위주의 공만 던져댔는데도 여전히 구속이 160km대를 넘어선다는 사실. 그러나 그에 따르는 후유증도 상당했을 것이다. 김인석은 그런 강태환에게 다가가 말을 건넸다. 여전히 아무 일도 없다는 듯한 무심한 말투로.

"어떠냐?"

"어깨 아파 죽겠어요. 팔을 들기도 힘들어요."

"그러게, 자식아. 누가 공 던질 때마다 강속구를 뿌려대라고 그랬냐. 요령껏 던져야지."

"어찌 됐든 5회까지 막았잖아요."

"강태환."

"왜요?"

"너 계속 던져야겠다."

"뭐요?"

강태환이 순간 거의 감았던 눈을 부릅뜨고 자세를 고쳐 앉았다. 그런 강태환을 내려다보고 있는 김인석은 얼굴의 반을 가리는 선글라스를 눌러쓰고 있었는데, 그럼에도 강태환의 억울해하는 표정이 시야에 선명하게 각인되었다. 아마도 녀석은 지금 김인석에게 이렇게 소리치고 있을 것이다. '이 피도 눈물도 없는 인간!' 아니나 다를까. 강태환은 항변했다.

"약속이 틀리잖아요. 5회까지 무실점으로 막으면 게임 책임 진다면서요?"

"마, 상황에 따라 달라질 수 있지."

"우리 팀에 중간계투가 그렇게 없어요. 도대체 왜 이러는데요?"

"데니스를 한번 봐라."

그렇게 말한 김인석은 불펜에서 연습투구를 하고 있는 데니스를 가리켰다. 강태환은 데니스의 투구하는 모습을 보며 불만족스런 표정을 지었다.

"저 양키놈. 오늘 왜 저런대요?"

"원래 기복이 심한 놈이야. 하루 귀신같이 잘 던지면, 그 다음은 또 죽을 쑤고. 시즌 내내 그런 식이더니 한국시리즈까지 와서도 저 모양이야."

"그래서요?"

"원래 계획은 5회까지 강태환이 널 기용하고 6회부터 데니스를 투입시킬 예정이었어. 그런데 데니스 지금 저 꼴을 봐라. 구속도 제구도 죄다 엉망이야. 이 상태로 가면 어렵다."

"감독님."

"말해라."

“저 이번 한국시리즈 꼭 잡아야 되는 거 아시죠?”

“그건 네 녀석보다 내가 더 원하는 바다.”

“그럼 절 빼세요. 전 더 이상 안돼요. 맘 같으면 계속 던지고는 싶지만 이렇게 계속 가면 큰 거 한 방 맞는 거 시간문제예요. 감독님이 더 잘 아시잖아요?”

“대충이라도 던져라.”

“언제까지요?”

“8회까지.”

“실점할 수도 있어요.”

“각오하고 있다.”

“실점하면 끝장이잖아요! 난 꼭 이겨야 한다구요!”

“그만 따지고 계속 던져. 뭔 말이 이렇게 많아!”

강태환은 적어도 김인석이 빈말을 하는 것으로 받아들이지 않았다. 상황이 어디 그럴 상황인가. 지금 이 시점은 그래도 한국 프로야구의 한 해 최강자를 가리는 마지막 승부가 벌어지고 있는 순간이다. 강태환은 김인석의 굳게 다문 입술을 보며 그의 강한 의지를 확인했고, 결국 인상 한 번 고약하게 찡그리고서 다시 자리에서 일어났다. 그리고는 벤치를 박차고 나와 마운드를 향해 걸어나가기 시작했다.

“아, 6회 초에도 역시 맥시멈즈에선 강태환 투수가 나오는군요."

"글쎄요. 5회 초에도 물론 놀라운 강속구로 잘 막긴 했지만, 조금씩 공이 높아지고 있어요."

"그건 어떻게 봐야 할까요?"

"힘이 떨어진 상태로 봐야죠. 힘이 떨어지면 속도는 변함이 없을진 몰라도 공의 종속은 약해질 수밖에 없어요. 무브먼트도 그만큼 위력이 떨어질 수 있구요."

"그렇다면 6회 초 스틸러스 타자들에게는 기회일 수도 있겠군요."

"선두타자 승부가 중요합니다. 스틸러스는 이제 완전히 독을 품고 나올 거예요. 왜냐하면 이쯤 되면 한 점 승부거든요. 지금 스틸러스 투수진도 만만치 않게 버텨내고 있지 않습니까?"

"그렇군요. 흥미로운 승부가 될 것 같습니다."

김봉균 해설위원의 예상은 적중했다. 강태환의 공은 점점 높아졌고, 그에 비례하여 속도도 차츰 떨어지기 시작했다. 초구 볼 158km, 2구 역시 볼 156km, 3구 스트라이크 155km, 4구 볼 154km. 그리고 5구째 강태환은 이번에도 고집스럽게 스트라이크를 잡기 위한 직구를 던졌는데, 바로 이때부터 스틸러스 타자들의 공략이 시작되었다. 선두타자로 나선 스틸러스의

1번 진재형은 5구째 강태환이 던진 약간 높은 직구를 매섭게 받아쳤고, 순간 '딱' 하는 경쾌한 소리와 함께 공은 좌익수 쪽을 향해 뻗어 올랐다.

물론 정상적인 수비라면 조금 빠르게 몸을 움직여 잡을 수 있는 공이었지만, 져주기 게임에 매수된 좌익수는 걷는 둥 마는 둥 하는 모습을 보이며 공을 그대로 방치해버렸다. 그리고는 너무 티가 나는 것이 두려웠는지 서둘러 공을 잡아 2루로 송구했지만, 이미 때는 늦었다. 발 빠른 진재형이 2루까지 진출한 것이다.

이로 인해 강태환의 퍼펙트 기록은 깨어져버렸다. 스틸러스 타자들이 한국시리즈에서 이 놀라운 괴물 투수 강태환을 상대로 첫 안타를 기록한 것이다. 잠실구장에 모여든 스틸러스 팬들은 이때부터 자리에서 일어서서 다시 앉을 생각을 하지 않았다. 왜냐하면 그 다음 타자들부터 이른바 타격 폭발이 시작되었기 때문이다.

직구 위주의 볼 배합만을 고집하는 강태환에게 있어서 타자를 공략하는 핵심은 다름 아닌 스피드였다. 그것도 볼의 종속에서 마치 활처럼 휘어드는 소위 뱀 직구의 움직임은 타자들로 하여금 배트를 휘두르는 것조차 사치로 여겨질 정도로 치명적인 강렬함을 과시했던 것이다. 하지만 강태환의 어깨가 강철이 아닌 이상 그의 직구 종속이 점점 떨어지기 시작한 것은 어쩌면 당연한 일이었다. 2번 김만수를 맞이할 때 이미 그의 직구 구속은 145km로 추락해버렸고, 종속의 무브먼트 역시 약화되었다. 물론 145km도 결코 느린 속도는 아니다. 하지만 강태환의 괴력 광속도에 눌렸던 스틸러스 타자들이 집중력을 갖고 공략하기에 불가능하게 느껴지는 속도는 아니었기에, 김만수 역시 3구째 몸쪽 약간 높게 형성되는 커터 공을 보기 좋게 받아쳤다. 그리고 이번에도 중견수는 공의 낙하지점을 처음부터 잘못 설정하는 유치한 플레이로 2루타를 헌납했다. 그로 인해 2루에 있던 선두타자 진재형이 홈을 밟았고, 팽팽했던 0의 균형은 무너지고 말았다. 스코어 1 대 0.

스틸러스의 전용호 감독은 이번 6회 초를 아예 승부처로 생각하는 것 같았다. 시시하게 1점 득점 정도로 머무르지 않으려는 듯 타격코치를 닦달하며, 어떻게 해서든 2, 3점 이상 더 득점할 묘안을 마련하려는 데 골몰했다.

하지만 3번 이대철은 강태환의 초구를 잘못 공략해서 내야 땅볼로 아웃되고 말았다. 그러나 스틸러스 팬들은 이어서 타석에 들어선 4번 고영주에 열광했다. 팬들의 함성 소리를 마치 마약처럼 흡입한 것일까. 고영주는 타석에 들어서자마자 또다시 오버액션을 선보이고 만다. 배트로 중견수 쪽을 가리키는 행동을 한 것이다. 홈런을 치겠다는 호기를 부린 것인데, 그 모습을 보자 스틸러스 팬들은 일제히 한목소리가 되어 '고영주 홈런! 고영주 홈런!'을 외치기 시작했다. 그야말로 잠실구장은 완전히 스틸러스 전용구장이 되어버린 상태였다.

강태환은 슬슬 짜증이 나기 시작했다. 그리고 바로 그때, 김인석이 고의사구 사인을 강태환에게 보냈다. 김인석도 지금 강태환이 뿌려대는 완만한 직구로 승부하다가 자칫 잘못하면 큰 것을 맞을지도 모른다는 판단을 했던 것이다.

김인석이 고의사구 사인을 내보내자 강태환은 만족스러운 듯 어딘가 모르게 비열한 미소를 지었다. 그리고는 아마도 역대 프로야구 선수 중 가장 거만한 표정을 연출하고 있을 고영주를 노려보며, 힘차게 와인드업을 했다. 그리곤 던진 초구는 고영주가 미처 피할 틈도 주지 않고 그의 옆구리에 적중되었다. 고의사구가 아니라 몸에 맞는 데드볼을 던진 것이다.

고영주는 괴로워하며 바닥을 뒹굴었는데, 물론 당한 사람은 무진장 아팠겠지만 그 모습은 보는 이로 하여금 폭소를 자아내게 만들 정도로 우스웠다. 180cm를 훌쩍 넘는 장신의 홈런타자가 그라운드 위에서 옆구르기를 하는 행동은 누가 보아도 촐싹방정으로 보였기 때문이다.

하지만 고영주가 고통스러워하는 모습을 보며, 강태환을

향해 분노를 퍼부어줄 것으로 기대했던 스틸러스 감독과 팀 동료들은 의외로 별다른 반응을 보이지 않았다. 그저 빨리 고영주가 1루로 걸어나가길 바라는 눈치였고, 전용호도 실제로 빨리 1루로 걸어나가라는 신호를 보냈다. 그때서야 자리를 털고 일어선 고영주는 강태환을 잡아먹을 듯이 노려보며 1루로 걸어나갔다. 강태환은 어차피 보낼 녀석 잘됐다는 홀가분한 마음으로 5번 타자 존슨을 맞이했다.

존슨을 상대할 때, 강태환은 바운드성 볼을 주로 던져서 공략했다. 하지만 4구째, 바운드 볼로 삼진아웃을 잡아내는 순간 끝내 김민광이 그 공을 막아내지 못하고 뒤로 흘려보냈고, 타자주자는 겨우 아웃시켰지만 그로 인해 주자가 1루씩 진루하는 일이 벌어지고 말았다. 주자 2, 3루. 투아웃이다.

그러자 전용호 감독은 당연하다는 듯 대타작전으로 나왔다. 6번 김보람 대신 대타 전문요원 김윤수를 타석에 내보냈다. 강태환은 긴장해야 했다. 김윤수는 시즌 중에도 자신의 빠른 직구를 제법 받아치던 선수였다. 강태환은 순간 고민했다. 김윤수 역시 거르고 다음 타자와 승부해야 하나, 아니면 그냥 김윤수를 상대해야 하나.

그런 고민을 거듭한 끝에 강태환은 초구에 변화구를 던져 보기로 결심했다. 지금까지 변화구를 한 번도 던지지 않았으니 김윤수의 템포를 빼앗을 수 있겠다는 계산에서였다. 그러나 김인석은 계속해서 직구 사인을 보냈다. 하지만 강태환은 말을 듣지 않고는 그대로 바깥쪽 커브성 변화구를 던졌다.

하지만 그 공은 명백한 실투였다. 변화구를 생각하고 던졌지만, 공은 변화구도 직구도 아닌 120km대의 바깥쪽 높은 공이 되었고, 평소 바깥쪽 공을 잘 받아치기로 유명한 김윤수는 이게 웬 떡이냐는 듯 배트를 휘둘렀다. 공은 2루수의 키를 넘기는 안타가 되고 말았고, 매수된 중견수 봉태호는 마땅히 홈플레이트를 향해 들어오는 2루 주자를 승부하지 않고 말도 안 되게 1루 쪽으로 공을 던지는 어이없는 플레이를 선보여 모든 이들의 빈축을 사야 했다.

그렇게 김윤수가 때린 중전안타 한 방으로 인해 순식간에 스코어는 3 대 0이 되었고, 후속타자 불발로 가까스로 6회 초가 마무리되었다. 6회 초를 끝내는 순간 강태환은 제 분을 이기지 못하고 마운드 바닥에 글러브를 내동댕이치는 야성적인 모습을 선보였고, 스틸러스 팬들은 그런 강태환의 행위를 비신사적이라며 야유했다. 강태환은 그런 관중들을 보며 할 수만 있으면 당장 관중석으로 달려가 주먹을 휘두르고 싶었지만 애써 참아야 했다. 무조건 승리를 해야 했기 때문이다.

혈전 Ⅱ

정지훈은 보다 홀가분한 마음으로 6회 말 마운드에 오를 수 있었다. 6회 초에 자신의 팀 타자들이 집중력을 발휘해 강태환을 상대로 3점을 뽑아내줌으로써 승기를 가졌기 때문이다. 게다가 6회 말 선두로 나설 상대 타자는 7번 김민광이었다. 2군 출신에다가 아직까지 한 번도 제대로 공을 맞혀보지 못한, 투수 공 잡는 것조차 쩔쩔매는 포수였다. 그런 타자를 범타 처리 못 시킨다면 그게 이상하다는 생각을 메이저리거 출신 정지훈이 갖게 된 것은 오히려 당연한 일인지 모른다.

하지만 언제나 방심은 금물이라는 격언을 망각할 때 사단은 벌어지게 마련이다. 김민광은 타석에 나서기 전 김인석으로부터 무조건 정지훈의 초구를 노려 치라는 지시를 받았다. 김인석은 마치 점술가처럼 정지훈의 초구가 몸쪽 낮은 슬라이더일 거라고 예상했다. 그와 함께 김인석은 김민광에게 마치 고교 야구선수를 가르치는 코치처럼 낮은 쪽의 슬라이더를 때려내는 타격 폼을 일러주었고, 김민광은 타석에 들어서기 전 그것을 연습했다. 프로야구 선수로선 낯 붉힐 만한 일이긴 해도 어쩔 수 없는 노릇이었다. 김민광은 지금 선두타자인 자신의 역할이 얼마나 중요한지를 너무나 잘 알고 있었기 때문이다.

김민광이 타석에 들어서자 정지훈은 한 치의 망설임도 없이 초구를 던졌는데, 놀랍게도 몸쪽 낮게 제구된 슬라이더였다. 비교적 완만한 속도. 김민광은 될 대로 되라는 심정으로 연습한 대로 배트를 휘둘렀고, 공이 맞는 순간 김민광은 '나이스!'라고 소리지르고는 배트를 내동댕이치고 전력으로 1루를 향해 달려나갔다.

김민광이 때려 올린 공은 중견수와 우익수 사이로 빠지는 보기 좋은 안타였고, 걸음이 느린 김민광이었지만 전력을 다해 슬라이딩까지 하는 주루 플레이로 2루를 정복할 수 있었다. 선두타자 2루 진출. 김민광으로부터 2루타를 얻어맞은 정지훈은 해외파 출신답게 입술을 오물거리고 침을 과격하게 뱉으면서 영어로 된 할렘 스타일의 욕설을 내뱉었고, 그 장면은 카메라에 클로즈업되어 고스란히 전광판에 비추어졌다.

김민광이 2루까지 진출하자 김인석은 메모지에 투아웃 이후 승부라는 메모를 적은 다음, 덕아웃에 앉아 있는 1번 고형민을 손짓으로 불렀다. 그리곤 고형민의 귀에다 대고 속닥거리며 작전을 지시했다. 이러한 장면을 다른 선수들은 불만족스러운 표정으로 지켜보고 있었다. 그건 코치진 역시 마찬가지였지만 김인석은 지금 그들의 시선 따위를 신경 쓸 만큼 한가하지 못했다.

김인석에게서 작전지시를 받은 고형민은 의아함과 뜨악함을 동시에 품은 표정을 감추지 못했다. 과연 그런 작전이 통할지 믿기 힘들다는 표정이었다. 김인석은 그런 고형민을 보며 고개를 끄덕여주었다. 그 동작은 자신이 들려준 작전이 충분히 가능할 수 있고, 그리고 가능해야 한다는 무언의 확신이었다.

김인석의 메모지에 적힌 대로 맥시멈즈의 8번과 9번은 이번에도 무기력하게 삼진아웃을 당하고 말았다. 그런 맥시멈즈 선수들의 삼진아웃 장면을 지켜보며 스틸러스 팬들은 정지훈을 연호했고, 소수의 맥시멈즈 팬들은 자신이 응원하는 팀의 8, 9번 타자를 야유했다. 그도 그럴 것이 그들의 스윙이 너무나 무성의하고 불량해 보였기 때문이다. 그런 타자의 불량스러움을 가장 정확히 꼬집은 것은 바로 프로야구계의 유명한 독설가 김봉균이었다.

"아무래도 이상해요."

"뭐가 말입니까?"

"맥시멈즈 타자들 말입니다. 지금 두 타자만이 아니라 뭔가 좀 이상해요."

"뭐가 이상하시다는 거죠?"

"물론 타자가 삼진아웃당할 수 있어요. 그런데 이건 좀 아닌 것 같아요. 공은 바깥쪽으로 완전히 빠졌는데도 맥시멈즈 9번 타자는 거의 보지도 않고 배트를 휘둘렀단 말이죠. 그런 걸 보면 거의 칠 마음이 없다고 봐야 하는 거 아닌지 모르겠어요."

"그래도 오늘이 승부를 결정짓는 마지막 7차전인데 그렇게 플레이해야 할 이유가 없지 않습니까?"

"그래서요. 저도 그게 의문입니다만 확실히 이상해요. 저건 분명히 타격감이 떨어진 게 아니라 칠 마음이 처음부터 없는 것 같단 말이죠."

그리고 1번 고형민이 타석에 들어섰다. 김민광은 답답한 얼굴로 2루에 서 있었고, 오늘 두 타석 내내 내야땅볼로 물러나긴 했지만 자신과 같은 2군 출신 고형민이 뭔가 일을 내주길 간절히 바라고 있었다.

하지만 정지훈은 이번엔 매우 신중하게 접근했다. 초구로 체인지업을 던졌지만 볼이었고, 2구도 역시 볼이었다. 투 볼

나씽. 고형민은 3구째를 노렸다. 그렇지만 정지훈은 고형민의 노림수와는 다른 공을 던졌고, 3구는 헛스윙 스트라이크가 되고 말았다. 4구는 고형민의 배트 끝에 맞아 파울. 그리고 5구째, 기어이 정지훈으로부터 고형민이 원하는 코스의 공이 들어왔다. 몸쪽 낙차 큰 각도로 떨어지는 커브. 정지훈의 전매특허였는데 고형민은 이를 악물고 그 5구째 들어오는 정지훈의 명품 커브를 향해 짧게 잡은 배트를 예리하게 휘둘렀다. 고형민이 친 공은 파울라인을 따라 강하고 빠른 속도로 바운드되면서 1루수 글러브를 살짝 빠져나갔다. 페어가 된 것이다.

그렇게 안타를 허용한 것까지는 스틸러스로서도 어쩔 수 없는 일이었다. 그런데 고형민의 주루 플레이는 그야말로 모든 이의 예상을 뒤엎었다. 아무리 1루수 옆으로 흐른 페어볼이라고 해도 2루타 이상은 힘들어 보였다. 그런데 고형민은 무턱대고 2루 베이스를 지나 3루를 향해 전력질주했다. 그때 우익수로부터 공을 건네받은 1루수 고영주는 당황스러움을 금치 못했고, 3루를 향해 던지려다가 이미 고형민이 3루까지 다 간 것을 확인하고는 투수 정지훈에게 공을 던졌다. 정지훈이 공을 받아 마운드로 오르려는 순간 또 한 번 말도 안 되는 상황이 벌어졌다. 3루를 밟은 고형민이 도대체 무슨 생각에선지 마치 제어력을 상실한 들소처럼 이번엔 홈플레이트를 향해 전력질주하고 있는 게 아닌가.

이 말도 안 되는 주루 플레이에 당황한 정지훈은 아무 생각 없이 3루수를 향해 공을 던졌고, 3루수 역시 고형민의 이 무모한 플레이에 어지간히 당황했다.

누가 봐도 협살에 걸려들 수밖에 없는 상황이었는데, 고형민이 느닷없이 슬라이딩을 시도했다. 3루와 홈플레이트의 거의 중간 지점까지 달려나온 스틸러스의 포수 최동수를 향해서 말이다. 이때 3루수 이대철은 황당해하며 포수를 향해 송구했고, 그 공이 다소 높게 형성되면서 최동수는 오른손을 힘껏 위로 뻗음과 동시에 두 발을 거의 어깨 너비까지 벌렸다. 그런데, 그러한 발벌려뛰기 자세는 스틸러스의 주전 포수 최동수 특유의 포즈였다. 갑자기 높이 치솟는 투수의 공을 받을 때나 파울플라이 볼을 잡을 때 다른 선수들보다 유난히 두 발을 더 넓게 벌리는 자세. 고형민이 슬라이딩을 한 이유는 어이없게도 바로 그 최동수의 두 다리 사이로 빠져나가기 위해서였던 것이다.

사실 고형민이 감독 김인석으로부터 그런 식의 작전지시를 들었을 때는 과연 이게 통할까 하는 생각이 컸지만, 막상 홈을 향해 달려들게 되자 앞뒤 가릴 겨를이 없었다. 무조건 들어가고 보자는 식으로 슬라이딩부터 하고 봤는데, 그렇게 슬라이딩을 한 고형민의 몸이 가까스로 최동수의 두 가랑이 사이를 빠져나가는 데 성공한 것이다. 그리고 바로 찰나의 순간 공을 잡은 최동수가 태그를 하기 위해 팔을 뻗었을 때는 이미 템포를 뺏긴 뒤였다. 최동수의 가랑이 사이를 빠져나온 고형민은 거의 기듯이 가까스로 몸을 일으켜 두 번째 슬라이딩으로 홈플레이트에 손을 얹었고, 그 순간 주심은 한 치의 망설임도 없이 세이프를 선언했다. 이른바 그라운드홈런[27]이 실현되는 순간이었다.

그렇게 스코어는 순식간에 3대 2가 되었다. 어이없는 실점에 대한 분을 가라앉히지 못한 정지훈은 그만 맥시멈즈 2번 윤길현을 향해 폭투를 던졌고, 엉덩이 부근에 공을 맞은 윤길현은 아파할 겨를도 없이 그대로 1루로 뛰어나갔다.

그리고 다시 타석에 들어선 장석준. 이쯤 되자 상황의 심각성을 인지한 전용호 감독은 갑작스럽게 맥시멈즈의 2군 선수들에게 집중 2안타를 허용하고 투구 밸런스가 무너져버린 정지훈을 강판시키고 대신 구원전문 투수 강선동을 조기 투입시켰다.

김인석은 장석준의 현재 배팅 감각이라면 강선동의 공을

27 타자가 1루, 2루, 3루를 돌아서 홈까지 오는 것. 그라운드홈런은 외야수의 실책 등으로 발이 빠른 타자가 외야수 사이로 가는 3루타성 타구 때 홈으로 들어오는 것을 말한다. 다른 말로는 '러닝 호머'라고 한다.

충분히 공략할 수 있을 거라고 생각했다. 하지만 어둡고 뭔가에 잔뜩 짓눌린 듯한 장석준의 표정에서 김인석은 차츰 마음속 깊이 우려하던 불안감이 현실화되는 사태에 직면해야 했다. 강선동의 직구 세 개에 삼진아웃을 당하는 장석준의 모습을 보면서 말이다.

마지막 3구째, 장석준은 헛스윙을 하면서 쥐고 있던 배트를 놓쳤는데 바닥에 널브러진 배트를 줍기 위해 허리를 굽히다 김인석과 눈이 마주쳤다. 우연의 일치인지는 모르겠으나 장석준은 바로 그때, 자신의 타협과 굴욕의 결과가 그대로 감독에게 발각된 것 같은 민망함과 수치심에 사로잡혔다. 하지만 김인석은 언제나 그랬던 것처럼 표정의 변화가 없었다. 단지 팔짱을 끼고서 터무니없는 스윙을 보여준 장석준을 말없이 지켜볼 뿐이었다.

질문

"하나만 묻자."

김인석은 화가 나 있는 것도, 흥분한 상태도 아니었다. 그는 매우 침착하면서도 진지했다. 그럴 수밖에 없었기 때문이다. 지금 눈앞에 서 있는 장석준이 설마 자신의 기대와는 다른 선택을 했다고는 믿고 싶지 않았다. 김인석은 차마 고개를 들지 못하고 있는 거인 장석준을 향해 더욱 씁쓸한 표정을 하고서 질문했다. 정말 묻고 싶지 않은 질문을. 그것도 에둘러서 말이다.

"지금 내가 보고 있는 너의 모습 말이다."

"……."

"내가 우려하고 있는 그대로냐?"

"……."

"대답해라. 시간이 많지 않다."

하지만 장석준은 여전히 고개를 숙인 채 김인석의 질문에 직접 대답하기보다는 다음과 같은 말로 답을 대신했다.

"바꿔주십시오."

"뭐?"

"지금도 늦지 않았습니다. 7회부터는 바꿔주세요."

그제야 장석준은 고개를 들었다. 참담한 표정이 가득 담긴 장석준의 얼굴을 보는 순간 김인석은 차라리 묻지 말걸 하는 강한 후회가 밀려들었다. 그는 자신을 향해 애원하듯 대답하는 장석준을 보며 말했다.

"저 녀석들을 한번 봐라."

장석준은 조심스럽게 고개를 돌려 덕아웃을 돌아다보았다. 선수들의 모습이 그대로 눈에 들어왔다. 그들은 모두 다른 포즈와 다른 관심을 보이고 있는 듯 했지만, 그 시선은 장석준과 감독에게 몰려 있었다. 원망과 두려움, 수치스러움과 망설임, 감독에 대한 원망과 이런 상황이 자신에게 주어진 것 자체에 대한 짜증스러움이 잔뜩 배어 있는 그들의 모습을 보며 장석준은 다시 한 번 절망해야 했다. 김인석은 적군과 아군이 험악하게 섞여버린, 프로페셔널이란 이름으로 스포츠를 기만하고 있는 이 기가 막힌 불량구단을 향해 침을 뱉듯 강력한 독설 한마디를 내뱉었다.

"여기서 널 대신해 홈런 쳐줄 놈이 있는지 어디 한번 찾아봐. 있으면 지목해라. 그럼 교체해주마."

장석준은 끝내, 그리고 당연히 자신을 대신할 교체 선수를 찾지 못했다. 그리고는 더욱 무거운 발걸음을 옮겨 벤치에 돌아와 앉았다. 고통스럽게 가라앉은 덕아웃의 분위기는 너무나 상이하고 미묘하게 상충된 목표로 인해 더욱 험악하게 일그러져만 갔다.

혈전 Ⅲ

6회와 7회 초. 강태환은 두 이닝을 거의 기적과 같은 정신력으로 버텨냈다. 그야말로 그의 초인적인 정신력이 일궈낸 힘겨운 방어였다. 6회 3실점 이후 맞은 7회 초 스틸러스 공격을 상대하는 강태환의 구력은 눈에 띄게 약해져서 광속구조차 더 이상 상대에게 위협이 될 수 없었다. 강태환은 어깨 통증 때문에 차츰 강속구 대신 제대로 연습해본 적도 없는 서클체인지업이나 슬라이더를 뿌려대기 시작했고, 그런 공들은 번번이 스트라이크 존을 벗어나거나 커트되기 일쑤였다.

그렇게 1번 진재형, 2번 김만수를 사구로 보낸 강태환은 마운드에 서서 다시 한 번 감독 김인석을 노려봤다. 하지만 선글라스를 쓰고 마치 마피아의 보스라도 된 듯한 거만한 자세로 앉아 있는 김인석은 그 어떤 교체 사인도 보내지 않은 채 묵묵부답이었다. 강태환의 신경은 곤두설 수밖에 없었다. 이제는 아무리 정신력을 불태워도 어깨가 말을 듣지 않았다. 이런 상황에서 맞이하게 된 3번 이대철에게 쓰리 볼 상황에서 결국 무리하게 정면승부를 선택하게 되었고, 그렇게 던진 4구 바깥쪽 완만한 속도의 슬라이더를 이대철은 보란 듯 받아쳤다. 공은 좌익수 깊은 곳으로 떨어지는 2루타를 기록하고 말았다. 주자 일소 2루타를 친 이대철. 스틸러스 팬들은 일제히 이대철을 외치며 다음 타석에 들어선 고영주가 아예 쐐기를 박아줄 것을 기대했다.

하지만 강태환은 다시 벤치에 앉아 있는 김인석 감독을 짜증스럽게 째려본 뒤 이를 갈면서 나름 머리를 쓰기 시작했다. 고영주가 힘이 빠져버린 자신을 상대로 홈런과 같은 장타를 노린다는 사실을 역이용하기로 한 강태환은 초구를 직구 스트라이크로 잡은 뒤 2구를 아예 100km 내외의 커브를 던졌는데, 마음이 앞선 고영주가 바로 그 공을 건드리고 말았다. 공은 투수 앞으로 힘없이 굴렀고, 기회를 놓치지 않은 강태환이 내야땅볼 처리하며 위기를 넘겼다. 이어서 5번 존슨에게 안타를 허용하긴 했지만 어찌 되었건 강태환은 정신력으로 7회를 간신히 2실점으로 막을 수 있었다.

하지만 8회. 강태환은 첫 타자로 나선 9번 주철석에게 솔로홈런을 허용하고 말았다. 강태환은 7회 마지막 타자를 삼진아웃으로 돌려 세운 뒤 얻은 자신감으로 다시금 직구 승부를 하려 했고, 주철석은 강태환이 이런 식의 오기, 즉 직구로 자신을 상대할 거라는 예상을 일찌감치 스틸러스 코치진의 분석을 통해 전해들은 상태로 타석에 나와 있었던 것이다.

그렇다고 강태환이 주철석을 향해 뿌린 직구가 결코 느린 속도는 아니었다. 148km대의 몸쪽 직구. 그러나 평균 시속보다 10km 이상 떨어진, 더욱이 종속의 변화가 형편없이 무뎌져 버린 몸쪽 초구 공략은 그대로 적중해 중견수 쪽 펜스를 아슬아슬하게 넘기는 솔로 홈런을 기록했던 것이다.

주철석이 홈런을 때려내자 스틸러스 타자들은 여세를 몰아 강태환을 완전히 무너뜨릴 기세로 덤벼들었다. 그러나 강태환은 결코 만만한 투수가 아니었다. 그는 이 위기상황에서도 더 이상 실점하면 끝장이라는 생각에 정신력으로 버티며 스스로 창의적인 볼 배합을 만들어냈다. 결국 이후 타석에 들어선 스틸러스 강타선들을 적절하게 거르기도 하면서 낮게 깔리는 변화구와 직구로 내야땅볼을 유도해 8회를 1실점으로 틀어막는 기적적인 제구력을 보여주었다. 스코어 6 대 2.

혈전 Ⅳ

정신력에 의존한 강태환의 괴물 같은 투구에 자극받은 건 다름 아닌, 김인석의 부름을 받고 출정한 맥시멈즈의 2군 출신 선수들이었다. 정규시즌에선 나름대로 스틸러스의 철벽 마무리로 통하던 강선동을 상대로 8회 선두로 나선 김민광은 중전안타를 만들어냈다. 낮게 깔리는 강선동의 원 바운드성 서클체인지업 공을 받아쳤던 것이다. 그 후 8번과 9번, 져주기 게임에 매수된 두 타자는 어이없는 삼진아웃을 당하고 말았다. 그런데 이때, 김민광은 9번 타자가 강선동의 낙차 큰 커브공에 의해 공략 당하는 순간 아예 눈을 감고서 전력으로 2루를 향해 내달렸고, 스틸러스 포수는 김민광이 2루를 향해 도루하는 것을 발견하고도 공을 던지지 못했다. 강선동과 스틸러스 배터리는 걸음이 느린 편인 김민광이 도루를 할 것이라고는 전혀 예상하지 않았고, 그래서 시속 110km에 불과한 커브를 던졌던 것인데, 그 틈을 이용해 김민광이 도루를 시도한 것이다.

상대 팀의 타이밍을 완전히 뺏은 김민광의 도루로 인해 투아웃에 2루 상황이 되었고, 뒤이어 맥시멈즈에선 1번 고형민이 타석에 나왔다.

김인석은 고형민에게 투수 정면을 노리는 강습땅볼을 지시했다. 하지만 작전지시는 그야말로 작전지시일 뿐이다. 작전대로 되느냐 안 되느냐는 순전히 선수의 역량에 달린 일이다. 그럼에도 김인석이 가장 가능성 높은 작전을 세웠다는 건 누구도 부정할 수 없다. 강선동은 자신을 향해 달려드는 공에 특히 취약한 모습을 보여왔었는데, 그러한 세밀한 데이터는 오직 김인석의 메모와 나름의 분석에서 비롯된 결과이기도 했다.

고형민은 오직 승리하고자 하는, 그래야만 한다는 열기로 불타오르는 투수 강태환의 얼굴을 기억하면서 타석에 올랐다. 그건 강태환뿐만이 아니었다. 비록 평상심을 유지하는 것처럼 보이지만 김인석 역시 누구보다 승부에 대한 강한 욕망의 기운을 분출하고 있었다. 그러한 기운은 특별히 타석에 들어서는 타자의 집중력을 신비스러울 정도로 절정에 이르게 만들었다. 강선동의 명품 결정구라 할 수 있는 낮게 깔리는 체인지업 공을 두 번이나 헛스윙한 투 나씽 상황. 강선동은 자신의 결정구에 너무나 배트가 쉽게 나오는 고형민을 상대로 3구째조차 똑같은 공으로 공략하고자 하는 섣부른 욕심을 냈고, 그렇게 3구째도 낮게 깔리는 체인지업을 던졌는데, 고형민도 이번만큼은 놓치지 않고 강하게 당겨 쳤다.

고형민이 두 번의 헛스윙 끝에 친 공은 통쾌한 궤적을 그리며 뻗어나갔고, 중견수 뒤쪽 펜스를 맞는 2루타를 기록했다. 고형민이 공을 때리자마자 2루에 있던 김민광은 전력을 향해 내달렸고, 공이 펜스를 맞고 구른 덕에 여유 있게 홈을 밟을 수 있었다. 고형민은 2루까지 진출하는 데 성공했고, 이 여세를 몰아 2번 윤길현은 강선동의 초구를 배트가 부러지는 강렬한 배팅으로 공략해 유격수 좌측을 관통하는 안타를 만들어냈다. 그리하여 맥시멈즈는 스틸러스의 특급 마무리 강선동으로부터 2점을 뽑아냈고, 연이은 3번 장민혁의 사구로 주자 1, 2루 상황이 되었다. 스코어 6 대 4. 그리고 다시 4번 타자 장석준이 타석에 들어섰다.

장석준은 타석에 들어서기 전 타격연습을 하는 것조차 두려움을 느꼈다. 그는 타석에 들어서면서 자신의 덕아웃뿐 아니라 심판석 뒤에 앉은 단장 맹호성까지 올려다보았다. 자신을 향해 가해지는 이 무언의 압력. 타석 앞에 서자 장석준의 눈앞은 갑작스럽게 캄캄해져버렸다. 모든 것이 모호해지는 지금의 상태는 마치 원치 않은 진흙탕 속으로 빠져든 것과 같은 고통이었다.

이러한 상황에서 장석준은 강선동의 공을 전혀 식별할 수가 없었다. 그저 입술을 오물거리며 커다란 헛스윙을 해버렸고 장석준은 그렇게 공 세 개로 삼진아웃당했다. 장석준을 목놓아 외치던 맥시멈즈의 소수 팬들은 장석준이 새하얗게 질린 얼굴로 고개를 숙이며 자리로 돌아가는 모습을 보며 절망스러워했고, 덕아웃에선 어깨에 얼음 팩을 붙잡고 있던 강태환의 고통스러워하는 탄식 소리가 들려왔다.

덕아웃으로 돌아올 때까지 아무것도 보이지 않던 장석준의 눈에 처음으로 들어온 상대는 바로 김인석이었다. 김인석은 여전히 아무 표정의 변화도, 동요도 보이지 않았다. 그렇지만 그의 머릿속 역시 장석준과 마찬가지로 벼랑 끝으로 밀려 있을 것이었다. 8회까지의 스코어는 6 대 4. 2점 차로 따라붙었지만 9회에 강태환이 무실점으로 막아낸다는 보장도 없는 상태에서 9회 말 선두로 나서게 되는 선수는 5번 성순호, 그리고 6번 봉태호로 이어진다. 그들은 모두 져주기 게임의 선봉에 서 있는 선수들. 그렇게 투아웃이 지난 다음에야 아군이라고 말할 수 있는 김민광이 나온다. 이런 상황이라면 한 점이라도 뽑아낸다는 것이 불가능한, 그야말로 패배가 눈앞에 보이는 상황이었다. 하지만 그럼에도 김인석은 표정의 변화를 보이지 않았다.

9회 초, 마지막 수비

9회 초. 강태환은 결국 그 자리에서 주저앉고 말았다.

잠실구장은 완벽히 열광의 도가니가 되어버렸고, 그야말로 스틸러스의 우승을 축하하는 세레모니를 시작했다고 볼 수밖에 없는 분위기가 압도적이었다.

스틸러스의 6번부터 시작된 하위타선과의 승부에서 스틸러스 타자들은 모두들 작심한 듯 타석 앞에서 돌부처가 되었다. 배트를 휘두를 생각조차 하지 않았는데, 그 이유는 명확했다. 더 이상 강태환의 직구가 스트라이크 존으로 들어올 가능성이 희박해졌다고 판단했기 때문이다.

그들의 분석대로 강태환의 공은 도무지 스트라이크 존을 향해 들어오지 않았다. 원 바운드 공과 바깥쪽으로 형편없이 빠지는 공이 계속되었고, 어쩌다 스트라이크가 들어온다 해도, 그것만으로 아웃카운트를 잡아내기에는 역부족이었다.

그렇게 해서 강태환은 그야말로 마운드 몰락의 전형을 보여주었다. 6, 7, 8번 타자를 그대로 스트레이트 볼넷으로 보내버리고, 급기야 9번 타자마저도 투 쓰리 풀 카운트까지 끌고 가는 승부 끝에 마지막 7구째 형편없이 빠지는 바깥쪽 공에 타자가 속지 않는 통에 그대로 밀어내기 볼넷을 허용하고 마는 허망한 실점을 하기에 이른 것이다. 아웃카운트 하나 잡지 못한 상태에서 만루 상황은 계속되었다.

그제야 자리에서 일어선 김인석은 작전타임을 요청했고, 어슬렁거리는 듯한 특유의 걸음걸이로 마운드에 주저앉아버린 강태환에게 다가갔다. 동시에 그는 시간을 절약하기 위해 이미 7회부터 불펜에서 몸을 풀고 있던 김태식을 불러냈다. 김인석의 호출을 받은 김태식은 천천히 마운드를 향해 걸어오기 시작했다.

주저앉아 있던 강태환은 김인석이 자신을 향해 다가와 손을 내밀자 절규하듯 소리쳤다.

"더 이상 안 돼. 팔이 내 것 같지가 않아. 아예 감각이 없다구요!"

"수고했어."

"수고한 것만으로는 안 돼요. 이젠 다 끝났어."

거의 탈진 상태로 접어든 강태환은 어깨 통증이 생각보다 심한 듯 얼굴을 헐크처럼 일그러뜨렸다. 하지만 절망스러워하는 강태환과는 다르게 김인석은 여유 있는 목소리로 말했다.

“야구는 9회 말 투아웃부터야. 지켜봐라. 아마 넌 투수라서 그런 기분을 잘 모를 테지만.”

이해하기 힘든 말을 끝으로 강태환을 내려보낸 김인석은 그로부터 받아든 공을 교체되어 들어온 김태식에게 건네주었다. 모자를 깊이 눌러쓴 김태식은 여전히 돌부처와 같은 얼굴을 하고서 짧고 낮은 목소리로 김인석에게 물었다.

“어떻게 던져야 하죠?”

하지만 나름 진지하게 물은 김태식과는 다르게 김인석의 대답은 싱거울 정도로 단순했다.

“그냥 네 녀석 던지고 싶은 대로 던져라. 이 상황에서 무슨 작전지시가 필요하냐?”

허탈하지만 김인석의 말은 정답이었다. 김태식 역시 그렇게 말한 김인석의 의중을 나름대로 충분히 이해한 듯 고개를 끄덕거리며 덕아웃으로 돌아가는 감독의 뒷모습을 물끄러미 쳐다보았다. 이미 관중석에선 '스틸러스 우승'이란 구호가 파도타기 응원과 함께 메아리쳐 울려 퍼지기 시작했다.

여전히 노아웃 만루 상황에서 타석에 들어선 1번 진재형을 상대로 김태식은 초구에 정확히 101km의 속도로 들어오는, 엄청나게 낙차 큰 커브를 던졌다. 그 공을 진재형은 그대로 지켜보았고 주심은 스트라이크 판정을 내렸다. 진재형은 약간 의아한 듯 헬멧을 두드린 뒤 2구를 기다렸고, 그 상황에서 김태식은 2구 역시 1구와 동일한 코스, 동일한 속도의 커브를 던졌다. 진재형은 2구 역시 그대로 흘려보냈고, 그 역시 스트라이크가 되었다.

짜증스러운 표정을 지은 진재형은 매섭게 배트를 두어 번 휘두르며 심기일전하고 다시금 타석에 들어섰다. 그는 속으로 3구째도 결코 이딴 식의 타자를 우롱하는 커브가 들어오지 않을 거란 확신을 갖고서 타석에 임한 것인데, 웬걸, 김태식은 너무나 뻔뻔스럽게 3구 역시 100km대에 머무르는 1, 2구와는 비교도 할 수 없을 정도로 낙차 큰 커브 공을 던진 것이다.

'이런 미친 놈.' 진재형은 자신의 머리 위에서부터 뚝 떨어지는 공을 향해 독백을 내지르며 있는 힘껏 배트를 휘둘렀지만, 결과는 어이없는 헛스윙. 삼구 삼진을 당하고 말았다.

그 다음 들어선 2번 김만수를 향해 김태식은 매우 변칙적인 공을 선보였다. 분명 직구에 가까운 스플리터 그립이었지만, 속도는 거의 커브에 가까운 120km대 공이었고, 강점이라면 바깥쪽과 몸쪽의 회전력이 뛰어나다는 것뿐이었다. 김만수는 그런 김태식의 느리지만 나름대로 예리한 제구력을 선보이는 공을 때로는 선구하거나 때로는 파울성 타구로 날려

보내면서 투 스트라이크 쓰리 볼, 풀 카운트 상황으로까지 끌고 갔다.

그리고 두 번의 파울 타구를 날린 김만수. 그는 자신이 때린 공이 파울로 처리될 때마다 몹시 아쉬워하는 표정을 지었다. 한 번만 제대로 걸리면 그대로 펜스를 넘길 수도 있을 것 같은 만만한 공이었기 때문이다.

그러나 김만수는 끝내 김태식과의 승부에서 무릎을 꿇고 말았다. 그 역시 몸쪽에서 바깥쪽으로 격한 뒤틀림을 보이며 빠져나가는 변화구에 속아 배트를 휘두르고 말았고, 그로 인해 삼진을 당하고 만 것이다. 순식간에 아웃카운트는 투아웃. 스틸러스 팬들의 실망과 탄식 소리가 곳곳에서 터져나오기 시작했다.

그러나 3번 이대철은 김태식을 상대로 자신만의 결정구를 갖고 타석에 임했다. 김태식이 초구 유인구로 줄곧 던지던, 130km에도 못 미치는 직구를 노리고 들어선 것이다. 그런 이대철의 노림수는 그대로 적중했다. 김태식의, 심하게 말해 고교 투수 수준에 머무르는 128km대 높게 형성되는 직구를 이대철은 그대로 받아쳤고, 공은 허공을 향해 매서운 속도로 치솟아 올랐다. 김태식은 순간 공의 위치를 확인했다.

"아, 넘어갈 것인가. 홈런인가, 홈런……은 아니군요."

캐스터 윤형주의 말대로 이대철이 노려 친 초구는 중견수 펜스를 맞히는 2루타가 되었고, 그로 인해 스틸러스 주자 모두가 홈플레이트를 밟는 결정적인 순간을 맞이하게 된다.

이 순간 덕아웃으로 돌아온 강태환은 글러브를 바닥에 내동댕이치며 괴성을 질렀고, 김인석은 약간 짜증스러운 듯 그럴 때마다 나오는 특유의 버릇, 즉 입술을 오물거리는 표정의 변화를 보였다. 장석준은 이 상황을 참담하게 쳐다봤지만, 눈치 없는 맥시멈즈의 타격코치 이기철은 스틸러스의 이대철이 3타점 2루타를 쳐 한국시리즈의 승부를 거의 스틸러스 쪽으로 기울게 만드는 순간을 목격하자 자신도 모르게 일어서서 박수를 치는 추태를 선보이고 말았다.

그리고 타석에 나선 스틸러스의 4번 고영주가 과욕을 부리는 바람에 내야플라이로 아웃당하면서 길고 긴 9회 초 스틸러스의 공격은 마무리되었다. 하지만 너무나 많은 실점과 점수 차가 전광판에 기록되면서 9회 말 맥시멈즈 추격 의지를 무력하게 만들어버렸다. 9회에만 4점. 도합 10점. 그렇게 벌어진 스코어 10 대 4. 과연 경기를 뒤집을 수 있을까.

9회 말, 마지막 공격

마지막 대타 한 명. 김인석은 자신의 수첩에 두 명의 선수 이름을 적었다가 또 지우기를 반복했다. 대타를 쓸 수 있는 기회가 한 이닝밖에 남지 않은 상황에서, 장석준이 적어준 명단을 들여다보며 아군 찾기에 골몰한 것이다. 그중 확실하게 져주기 게임과 관련이 없는 것으로 보이는 한 타자를 김인석은 선두타자로 낙점했다. 프로 15년차의 베테랑 김상호였다. 그 역시 내년엔 장석준과 같이 FA 시장에 나가게 된다. 따라서 맹호성의 마수가 뻗치지 않았을 가능성이 높은 것이다.

김인석은 9회에도 강선동이 마운드에 나온다면, 스틸러스에서 그런 객기를 부려만 준다면 김상호가 대타로서 결정적인 역할을 해줄 것으로 믿었다. 어떻게든 선두타자만 출루하게 만든다면 그 다음부터 길고 지루한 진흙탕 싸움을 시작해볼 여지가 생기기 때문이다.

김인석은 마운드에 오르는 투수를 확인하는 순간 자신도

모르게 낮은 음성으로 '나이스!'를 외쳤다. 기대했던 대로 강선동이 마운드에 올랐던 것이다.

김인석은 선수에 대한 믿음과 여유 있는 점수 차이에 대한 관용이 때론 감독에게 치명적인 유혹의 부메랑이 되어 돌아온다는 사실을 너무나 잘 알고 있었다. 그것은 그의 야구 철학이기도 했다. 선수를 믿어선 안 된다. 그건 선수를 무시하는 것도, 선수의 능력을 얕봐서도 아니다. 기적을 일으키는 건 단 한 번의 허점을 공략하는 데서부터 시작된다. 지고 있는 팀의 정신력은 바로 그런 것이다. 적어도 야구에선 상대 팀으로부터 단 하나의 허점만 발견할 수 있다면, 그리고 상대가 우월감에 사로잡혀서 관용의 탈을 쓴 채 스스로 허점을 노출시킨다면 그것을 끝까지 붙잡고 놓지 않아야 한다. 야구선수, 프로선수의 멘탈은 바로 이러한 승부근성에서부터 시작된다. 이것이 곧 스포츠로서의 야구를 야구답게 만들어주는 최상의 매력인 것이다.

강선동은 분명 이제 공략 불가능한 존재일 수 없었다. 8회에 이미 2실점을 한 그는 자신의 구겨진 체면을 만회해보고자 하는 마음과는 다르게 제구와 속도가 이미 곤두박질한 상태다. 그 확신을 토대로 김인석은 5번 성순호 대신 김상호를 대타 카드로 내밀었다.

김상호에게 김인석이 내린 작전지시는 너무나 평범하고 당연한 교과서적인 것이었다. 무조건 아웃당하지 말고 살아나가라는 것. 그와 함께 한마디를 덧붙였다. 처음 공 두 개는 무조건 흘려보내라는 것. 그게 김인석이 대타 김상호에게 던진 명령이자 당부였다.

김상호는 김인석의 예상대로 져주기 게임에 매수된 타자는 아니었다. 그는 김인석의 지시대로 처음 두 개의 공을 그대로 지켜보기만 했다. 결과는 긍정적이었다. 강선동이 던진 두 개의 공은 모두 바깥쪽으로 빠지는 볼이 되었다. 투 볼 노 스트라이크. 그러자 다급해진 강선동이 스트라이크를 잡기 위해 섣부르게 완만한 종속의 몸쪽 높은 슬라이더를 던졌고, 김상호는 기다렸다는 듯이 강선동의 김빠진 맥주와 같은 공을 보기 좋게 받아쳤다. 3루수와 유격수 사이로 빠져나가는 안타. 김상호는 전력질주해 2루까지 진출하는 데 성공했다.

게임이 아직 끝나지 않았다는 걸 확인시켜주는 또 하나의 세력이 존재했다. 그건 바로 스틸러스 팬들의 압도적이고 조직적인 응원의 포화 속에서 산발적으로 소리 지르며 아우성치는 맥시멈즈 팬들이었다. 3루와 1루, 그리고 중견수 쪽에 군데군데 흩어져 앉아 있던 그들은 선두타자 김상호가 안타를 치고 2루까지 진루하자 끝까지 희망을 잃지 않고 징이며, 꽹과리와 같은 원색적인 응원 도구를 총동원해 광적인 응원을 시작했다. 서로 입도 맞지 않는 불협화음인데다가 소수였지만 그들이 외치는 '맥시멈즈! 맥시멈즈!' 소리는 나름 뜨겁게 잠실구장을 달구었다.

하지만 그 외침이 다시 스틸러스 팬들의 함성 속에 파묻혀버린 것은 그야말로 시간 문제였다. 강선동은 선두타자에게 2루타를 얻어맞은 분풀이라도 하듯 6번 봉태호를 향해 매우 신경질적으로 몸쪽 파고드는 공을 던졌고, 봉태호는 누가 봐도 볼 판정을 받을 게 뻔한 코스의 공에 억지스럽게 배트를 휘둘러 삼진아웃당하고 만다. 그렇게 봉태호가 삼진아웃을 당하자 강선동은 주먹을 불끈 쥐며 '내 공의 위력이 이 정도다'라는 의미의 객기 넘치는 제스처를 관중들에게 선보였고, 그러자 스틸러스 팬들은 일제히 강선동의 이름과 함께 '우승! 우승!' 구호를 목 놓아 외쳤다. 이제 우승까지는 아웃카운트 두 개만 남은 것이다.

그렇지만 과욕과 자만은 언제나 화를 자초하는 법이다. 강선동은 아직도 자신의 공이 상대 타자를 충분히 압도하고 있다는 오만에서 벗어나지 못한 채 7번 김민광을 맞이했다. 포수 김민광은 비록 2군 출신이긴 하지만 그 역시 프로야구 선수다. 김인석은 김민광에게 지금 이 순간 가장 중요한 건 선구안이란 말을 강조했고, 그 말을 마음에 새기고 타석에 들어선 김민광은 타자를 현혹하기에 충분할 만한, 정확히 공 한 개 정도 스트라이크 존에서 벗어나는 유인구 세 개를 모두 흘려보냈다. 그리고 이제는 투수 스스로 제구가 되지 않아 형편없이 빠져버린 네 번째 공까지 방관하면서 스트레이트 볼넷으로 1루를 밟게 되었다.

그러나 그 다음 타석에 들어선 맥시멈즈의 8번은 무기력한 모습으로 누가 봐도 억지스러운 세 번의 헛스윙을 해댔고 맥시멈즈는 그렇게 투아웃을 맞이하게 되었다. 8번을 삼진으로 잡은 강선동은 다시금 자신감을 찾아 이번엔 만세 삼창을 외치듯 두 손을 높이 쳐들고 관객들을 향해 스스로 도취되는 거만한 추태를 선보였다. 그와 동시에 스틸러스 선수들은 모두 덕아웃 밖에 나와 있었다. 마지막 9번만 잡으면 이제 완전히 게임 끝이고, 스틸러스의 기적 같은 투혼이 전 매스컴을 장식할 터였다. 그와 동시에 미성그룹의 숱한 비리와 야만스런 기업 행태는 대중들의 열광 속으로 묻혀버리게 될 찰나였다.

타석에 들어선 9번은 김인석의 대타작전 중 마지막 카드였다. 한모현. 수비 전문으로 유격수 수비에 발군인 그였지만, 타격 면에서는 그다지 큰 위력을 발휘하지 못했다. 더구나 김인석으로선 한모현을 대타로 내세우는 데 있어서 확률 50 대 50

의 도박을 걸 수밖에 없었다. 한모현의 표정이나 모습, 그리고 장석준으로부터 받은 리스트를 통해서도, 그가 중간계투 투수로 투입했다가 쓴맛을 본 모중석처럼 져주기 게임에 매수된 선수인지 그렇지 않은지에 대한 확신이 없는 상태였기 때문이다. 그런 상태에서 투입되는 한모현은 말없이 헬멧을 눌러 쓰고 타석에 들어섰다. 김인석의 작전지시를 듣지도 않은 채.

하지만 지금 이 순간, 한모현을 쓰는 것 말고 다른 작전이란 게 김인석에겐 존재하지 않았다. 이제 주사위는 던져졌고, 승부는 하늘의 뜻에 맡겨진 것이다.

과학과 데이터가 무시되는 이 순간, 정신력이 지배하는 9회 말 투아웃 상황. 다혈질이며, 쉽게 영웅심에 빠져드는 소영웅주의자 강선동의 초구는 김인석에게 야구의 또 다른 묘미인 주술과 같은 변수, 그로 인한 역전의 가능성을 안겨다 주었다.

강선동이 초구를 던졌을 때, 그의 손끝에서 공이 너무 빨리 벗어나는 바람에 몸쪽 체인지업을 목표하고 던졌던 공은 그만 대타 한모현의 머리를 향해 빠른 속도로 달려들었고, 한모현은 자신도 모르게 그 공을 피하려고 머리를 숙였지만, 그 순간 헬멧 끝과 공이 충돌했다. 한모현은 너무 놀라 그대로 바닥에 주저앉고 말았다. 빈볼에 가까운 데드볼을 던진 것이다.

맥시멈즈 팬들은 일제히 강선동에게 야유를 퍼부으며 고의라고 소리쳤고, 덕아웃에서 달려나온 강태환은 마운드에 서 있는 강선동을 향해 달려가 녀석의 턱을 날리려는 객기를 보였지만 팀원들의 강력한 제지로 제대로 뜻을 펴지는 못했다. 그렇지만 중요한 건 한모현의 초구 데드볼로 인해 주자는 투아웃에 만루가 되었다는 사실이다. 스코어는 10 대 4.

김인석은 팔짱을 끼고 이 흥미로운 사태를 예의 주시했다. 그와 함께 스틸러스의 수석코치와 전용호 감독의 동태를 예민하게 살폈다. 이미 투구 밸런스가 무너진 강선동을 계속해서 기용할 것인가, 아님 다른 투수로 교체할 것인가. 그럴 가능성은 충분하다. 스틸러스엔 강선동 외에 특급 마무리 와카이도 있고 또한 시즌 30세이브에 빛나는 오승태도 있다. 그들 둘은 이미 8회부터 불펜에서 몸을 풀고 있었고 언제라도 투입될 기세였다.

스틸러스의 수석코치가 마운드에 올라갔다. 바로 그때 강선동과 수석코치, 그리고 포수 간에 대화가 오가는 것을 본 김인석은 확신했다. 저들이 강선동을 강판시키지 않을 거라는 확신. 전용호는 강선동에게 기회를 주고 싶어 하는 건지도 모른다고 생각했다. 김인석은 자신이 계속 던지고 싶다고 우기는 강선동의 고집에 전용호가 넘어갈 것을 예견하고 있었다. 그와 함께 김인석은 스윙 연습을 하고 있던 1번 타자 고형민을 손짓으로 불러서는 몇 마디를 속삭였다. 김인석의 말을 들은 고형민은 비장한 표정이 되어 감독에게 고개를 끄덕였다. 뭔가 대단한 작전지시를 내리는 것 같았지만, 사실 알고 보면 그다지 수준 높은 작전은 아니었다. 하지만 이 순간에 있어서 그런 작전은 조금은 보는 이들을 맥 빠지게 만들지만 분명 강력한 효과와 상대 팀에게 데미지를 입힐 수 있는 것이기도 했다.

작전의 효과는 이번에도 강선동의 초구에서 역력히 드러나고 만다. 강선동은 이 기가 막힌 투아웃 만루 상황에서 한시라도 빨리 벗어나 영웅적 구원투수로 내일 스포츠신문 1면을 장식하고자 하는 과도한 열망에 사로잡힌 나머지 어깨에 너무 힘이 들어간 상태였고, 초구 스트라이크를 잡고자 던진 공이 몸쪽으로 살짝 빠져 들어갔다. 문제는 145km로 파고드는 직구를 고형민은 피할 생각조차 하지 않고 오히려 몸을 약간 홈플레이트 쪽으로 이동시키는 모션까지 보여주었던 것이다.

그로 인해 강선동은 9번 한모현에 이어 1번 고형민까지 데드볼로 진루시키는, 매우 좋지 않은 상황을 연출하고 말았다. 고형민이 옆구리에 공을 맞고 고통스럽게 뒹굴고 있을 때, 강선동과 스틸러스 코치진은 일제히 주심에게 달려가 고형민이 일부러 공에 맞기 위해 몸을 홈플레이트 안쪽으로 내밀었다며 항의했지만, 고형민이 워낙 고통스러워하고 3루에 있던 김상호가 작심하고서 홈플레이트를 밟아버리는 통에 주심은 그대로 데드볼을 선언해버렸다.

그렇게 밀어내기로 1점이 나자 잠실구장은 다시 찬물을 끼얹은 듯 고요해졌다. 그 어색한 고요와 침묵 속에서 전용호 감독은 이번에도 강선동의 교체 타이밍을 놓치고 말았다. 강선동이 워낙 고개를 끄덕거리며 자신 있다는 제스처를 남발한 때문이기도 했지만, 전 감독 스스로도 한 점 내주긴 했어도 10 대 5 투아웃 상황에서 별일이야 있겠냐는 생각에 2번 윤길현까지 승부시키는 강수를 내민 것이다.

하지만 그건 스틸러스에게 있어서 작전도 전략도 아닌 그야말로 악수 중의 악수였다. 윤길현은 김인석이 보기에 현재 스틸러스와 맥시멈즈를 통틀어 가장 잘 치는 타자임에 의심의 여지가 없었다. 사실 9회까지 오는 동안 윤길현의 안타가 없었다면 정지훈과 강선동으로 이어지는 투수진을 상대로 4점이란 점수를 얻어낸다는 것 자체가 불가능했을지도 모르는 것이다.

그런 상태에서 강선동을 상대로 윤길현은 그야말로 그림 같은 중전안타를 뽑아냈다. 초구 볼 다음에 이어진 그의 형편없이 무뎌진 바깥쪽 슬라이더를 그대로 받아친 윤길현의 매서운 일격을 맞자 강선동은 비명에 가까운 탄식을 내질렀고, 동시에 잠실구장은 빙하기에 접어든 북극처럼 더욱 차갑게 얼어붙고 말았다.

윤길현의 중전안타로 인해 3루 김민광과 2루 한모현까지 전력질주해 홈플레이트를 밟았으며, 1루에 있던 고형민은 3루, 중전안타를 친 윤길현 자신은 2루까지 밟으며 2타점을 기록하게 되었다. 주자는 2, 3루 상황. 여전히 아웃카운트는 한 개만을 남겨두고 있었다. 스코어는 10 대 7. 스틸러스의 3점 차 리드다.

정신을 차린 전용호는 더 이상 겉멋에 빠져 있는 강선동을 마운드에 남겨놓을 필요성을 느끼지 못하고 그대로 강판시킨 다음 특급 구원투수 오승태를 마운드에 올렸다. 그건 어쩌면 당연한 선택이었다. 한편 김인석은 타석에 오르기 전 몸을 풀고 있는 두 선수의 표정을 예의 주시했다. 장석준과 장민혁. 둘 다 자신 없는 표정을 짓고 있었지만 둘의 속마음은 하늘과 땅 차이만큼이나 분명했다. 장민혁은 150km대 이상의 소위 뱀 직구를 뿌려대는 특급 잠수함 투수[28]이자 국내 최고의 구원투수임을 자부하는 오승태를 상대로 어떻게 살아나갈 수 있을까에 대해 고민 중이었고, 장석준은 그 반대로 자

28 팔을 어깨 밑에서 위쪽으로 추어올리면서 공을 던지는 투수를 비유적으로 이르는 말.

신까지 타석이 돌아오게 되면 어떻게 할까 하는 두려움에 번뇌 중이었다. 8회 타석에서도 숨을 못 쉴 정도로 먹먹한 압박을 느꼈던 장석준이다. 그러한 고통을 다시 맛보는 것이 죽기보다 싫었다. 이유는 달랐지만 둘의 표정은 모두 밝지 못했다. 김인석은 장민혁에게는 별다른 작전지시를 내리지 않았다. 지금은 어떤 작전도 필요가 없는 상황이다. 오직 선수의 살아나가겠다는 의지만이 절실한 상황에서 감독이 무슨 말을 할 수 있을 것인가. 그러한 상황을 장민혁 역시 제대로 실감하고 있는 듯 나름대로 비장한 표정을 지으며 헬멧을 눌러쓰고는 타석에 올랐다. 마운드에 올라 몸 풀기를 마친 오승태 역시 진지하고 다소 경직된 얼굴로 장민혁을 맞이했다. 그 역시 한국 야구를 대표하는 마무리투수이기는 해도 이 상황이 긴장되기는 마찬가지였던 것이다.

하지만 의외로 승부는 초구에 갈렸다. 잔뜩 긴장하고 나선 장민혁은 김인석으로서도 예상하기 힘든 공격적인 배팅을 선보였다. 오승태가 작심하고 던진 서브 마린[29] 형태의 151km짜리 강한 직구를 그대로 찍듯이 내리친 것이다. 빗맞은 탓에 배트가 부러지며 공은 홈플레이트 바로 앞에서 바운드를 일으키는 땅볼이 되었는데, 워낙 빠른 공을 받아쳐낸 탓에 바운드

29 거의 지면에 가깝게 던지는 투구 폼.

가 매우 큰 궤적을 그리며 솟구쳤다.

3루 쪽으로 가는 타구를 보며 3루 고형민과 2루 윤길현은 그대로 베이스를 지키고 있었고, 엉겁결에 공을 친 장민혁은 전력으로 1루를 향해 달리기 시작했다. 관중들의 환호가 동시에 터져나왔고, 달려온 3루수 이대철이 바운드된 공을 잡자마자 1루를 향해 다이렉트로 던졌는데, 장민혁이 간발의 차이로 앞섰고 부심은 세이프를 외쳤다. 다시 주자 만루 상황이 된 것이다.

그리고 이어지는 장석준의 타석. 김인석은 마치 도살장에 끌려 나가는 소처럼 고개를 떨구고 타석을 향해 걸어나가는 장석준을 불러 세웠다. 그리고는 참담한 표정으로 자신을 바라보는 장석준에게 다가가더니 말없이 망원경을 꺼냈다. 김인석은 자신이 먼저 망원경으로 맥시멈즈 응원단 쪽을 향해 초점을 맞춘 다음 다시 장석준에게 망원경을 건네며 1루 쪽을 손으로 가리켰다.

엉거주춤하며 망원경을 받아든 장석준의 눈에 너무나 익숙한 두 얼굴이 들어왔다. 망원경을 통해 1루 쪽 맥시멈즈 응원석을 확인하는 순간 그의 눈에 들어온 것은 바로 그가 이 지구상에서 가장 사랑하는 두 사람의 얼굴이었다. 아내 혜미와 하나뿐인 아들 형오. 형오는 늦가을 날씨의 추위를 이겨내기 위해 담요를 덮고 있었고, 항암치료로 머리카락이 빠진 것을 가리기 위해 귀밑까지 니트모자를 눌러쓰고 있었다. 그러면서도 방망이 모양의 응원용 풍선을 죽어라 휘두르며 거의 울 것 같은 절박한 표정으로 자신의 단 하나뿐인 영웅, 맥시멈즈의 4번 타자 장석준을 응원하고 있었다.

장석준은 망원경에서 한동안 눈을 떼지 못했다. 형오는 병색이 짙은 낯빛을 하고서도 마지막까지 아빠를 향한 응원을 멈추지 않았고, 아내는 그런 형오가 탈진할 것이 염려되어 연신 녀석의 몸을 어루만지면서도 결코 경기장을 벗어나지 않고 있었다. 순간 장석준은 자신의 가슴 깊은 곳으로부터 뜨거운 불덩이가 솟구치는 느낌을 받았다. 분노와 고통을 뛰어넘는 것, 그야말로 자신을 이 자리에까지 서게 만든 근원적인 열정이 서서히 그를 압도하기 시작한 것이다.

장석준에게서 다시 망원경을 받아들면서도 김인석은 별다른 말을 하지 않았다. 하지만 김인석은 이미 장석준에게 많은 말을 건넸는지도 모른다. 그 어떤 작전지시보다 더 효과적인 단 하나의 작전지시.

"암표 사느라 생돈 10만 원 들였다. 그러니까 잘해라."

김인석은 퉁명스럽게 한마디 하고는 장석준의 어깨를 가볍게 두드린 다음 덕아웃으로 돌아갔다.

양 팀의 덕아웃은 이제 완전히 초긴장 모드로 접어들었다. 스틸러스 측에선 만에 하나 벌어질지도 모르는 최악의 상황에 대한 염려로, 그리고 맥시멈즈 측에서는 혹시나 하는 기대를 갖고 어쩌면 마지막이 될지도 모르는 장석준과 오승태의 대결을 지켜봐야 했다.

이런 양 팀의 살벌하면서도 긴장감 어린 침묵 속에서 장석준과 오승태의 투아웃 만루 대결이 시작되자, 관중석에서는 더 이상 그 어떤 응원의 구호나 외침도 터져나오지 않았다. 끔찍할 정도의 전운이 감도는 그라운드. 이제 그 위에 존재하는 건 투수와 타자, 둘뿐이다. 사실상의 마지막 대결이 시작된 것이다.

그러나 1구, 2구의 대결에서 장석준은 오늘 보여준 그 의도적인 참담한 헛스윙을 반복하고 만다. 투 스트라이크 노 볼. 그러자 스틸러스 관중들의 열광이 다시 시작되었고, 오승태는 모자를 고쳐 쓰며, 약간 안도하는 듯 한숨을 내쉬었다. '이거 뭐 별거 아니잖아' 하는 표정으로.

헛스윙을 두 번 휘두른 장석준은 세 번째 공을 맞이하기 위해 다시금 타석에 들어섰다. 오승태는 주자들에게는 눈길 한 번 주지 않고 그저 마지막 결정구를 밀어넣기 위한 준비를 마쳤다. 그리고 3구째를 던지려는 순간 느닷없이 장석준이 타임을 요청했다. 오승태가 짜증스런 표정을 지으며 투수판에서 발을 떼는 순간, 장석준의 우레와 같은 포효가 구장 전체에 울려 퍼지기 시작했다.

"으아아아아악! 이 개새끼들아! 개새끼들아! 개에에에새끼들아!"

장석준의 괴성으로 인해 잠실구장은 다시금 정적의 숲이 되어버렸다. 장석준은 1루 쪽 관중석을 올려다보았다.

'아들이 보고 있다. 아들 앞에서 또 한 번 헛스윙을 한다면 나는 아들에게 떳떳한 아버지로 살아갈 수 있을까. 그럴 수 있을까?'

그와 같은 질문을 안은 채로 다시금 타석에 들어선 장석준에게 오승태는 회심의 결정구라고 볼 수 있는 152km 커터를 던졌다. 엄청난 속도로 휘어져 들어오는 공, 장석준은 이번엔 헛스윙으로 마무리하지 않았다. 하지만 안타깝게도 받아친 공은 파울이 되고 말았다. 1루 쪽 파울.

오승태는 그 후로 다섯 개의 공을 더 던져야 했다. 볼 판정을 받은 공은 그중 단 하나도 없었다. 장석준은 오직 자신의 승부구를 노리기 위해 오승태의 유인구에 가까운 공들을 모두 걷어냈다. 위험한 순간, 배트와 공이 엇나간 순간도 있었지만, 그는 용케도 다섯 번 모두 공을 걷어냈다. 그와 함께 잠시 잊고 있었던 동물적 본능과도 같은 자신의 타격감을 다시금 일깨웠다. 결정구인 몸쪽 직구. 언젠가는 오승태가 이 공을 던질 거란 확신을 갖고서 장석준은 기다리고 또 기다렸다.

전용호 감독은 장석준의 걷어내는 모습을 보며 괴물 같은 장타의 부활을 직감하곤 장석준을 거르라는 지시를 내렸다. 하지만 포수로부터 고의사구 사인을 받은 오승태는 거칠게 고개를 가로저었다. 밀어내기 1점을 내준다는 것이 치욕스럽게 느껴졌고, 무엇보다 오승태는 장석준을 잡아낼 자신이 있었던 것이다.

반대로 맹호성과 맥시멈즈의 코치진은 계속해서 공을 걷어내는 장석준을 향해 보이지 않는 비난을 퍼부으며 빨리 경기가 끝나기만을 고대했다.

또다시 6구, 7구. 오승태는 두 공 모두 바깥쪽 직구로 승부했고, 장석준은 이를 모두 걷어냈다. 오승태는 슬슬 지쳐갔고, 그만큼 집중력을 잃어갔다. 8구째, 장석준은 포수가 보내는 사인에 오승태가 두 번 고개를 가로저은 다음 세 번째에 고개를 끄덕이는 제스처를 확인했다. 지금까지 던진 일곱 개의 공들 중에 몸쪽으로 들어온 직구는 단 한 개도 없었다. 그렇다고 오승태가 몸쪽 제구에 자신이 없는 건 결코 아니었다. 장석준은 8구째 타석에서 배트를 쥔 손에 모든 악력을 한껏 끌어당졌다. 그와 함께 몸쪽 직구가 올 것을 확신하고서 그 타이밍에 모든 에너지를 집중했다.

그리고 마침내 공이 오승태의 손에서 빠져나왔다. 장석준은 이번이 마지막이라고 생각했다. 더 이상의 파울도, 더 이상의 범타도 없다. 맞으면 넘어가고 잘못되면 삼진아웃이다. 중간은 없는 것이다.

그와 같은 결의로 장석준은 거칠고 매섭게 배트를 휘둘렀다. 오승태의 여덟 번째 공은 지금껏 단 한 번도 들어오지 않던 몸쪽 직구였다. 더욱이 높게 형성된 145km, 어찌 보면 실투라고 볼 수 있는 공이었다. 그러나 그 공은 이제 물이 오를 대로 오른 장석준에게 있어선 일종의 복음이었다. 그렇게 공은 장석준의 배트에 정확히 아귀가 맞아들어갔고, 공이 뻗어나가는 순간에는 심지어 중계하는 캐스터조차 말을 잇지 못했다.

하늘 높이 뻗어나간 공은 공교롭게도 경기장 투광등을 때리고 말았다. 그로 인해 투광등이 연쇄적으로 파괴되면서 요란한 파열음과 함께 하늘로부터 희디 흰 스파크 우박이 떨어져 내렸다. 엄청난 만루 홈런의 경악스러움과는 정반대로 구장 내부는 너무나 조용했다. 단지 소수의 맥시멈즈 팬들과 강태환을 비롯한 몇몇 2군 출신 맥시멈즈 선수들만이 기쁨을 감추지 못하며, 그라운드 안으로 달려들어가 기적과도 같은 장석준의 역전 만루 홈런을 축하할 뿐이었다. 베이스를 차례로 밟고 홈에 도착한 장석준은 한동안 홈플레이트를 밟은 채 그대로 서 있었다.

지금 이 순간 장석준은 아무것도 생각하고 싶지 않았다. 단지 1루 쪽에 앉아 목이 터져라 응원하고 있을 형오를 향해 주먹을 불끈 쥐어 보이는 것만이 지금 자신이 할 수 있는 전부라고 생각했다. 아들의 눈앞에 자신은 언제까지라도 당당한 아버지로 서 있을 수 있을 거란 가슴 벅찬 확신과 함께 말이다.

에필로그

1.

맥시멈즈의 기적 같은 한국시리즈 우승에도 불구하고 그 기쁨은 잠시였다.

맥시멈즈의 공식후원 기업인 삼호그룹은 결국 미성그룹의 컨소시엄을 통한 M&A 포기 의사로 인해 삼호철강이 외국계 자본에 넘어가게 되는 최악의 사태를 맞이하게 된다. 그로 인해 맥시멈즈 역시 공중분해될 위기에 처하고 만다.

맹호성 단장은 그 와중에도 특유의 수완을 발휘해 KBO 문턱을 발이 부르트도록 돌아다니며 새로운 후원 기업을 모색하고 다녔지만 맥시멈즈의 존폐 여부는 여전히 불투명한 채로 난항을 거듭한다.

강태환의 역투가 시발점이 된 맥시멈즈의 대역전극으로 인해, 맥시멈즈와 스틸러스 사이의 져주기 게임을 주도했던 단장 김동건과 손미수의 스폰서이자 남자친구로 알려진 미성그룹 기획실장 박태용은 계획 실패의 모든 책임을 지고 자리에서 물러나야 했다. 미성그룹 내부 인사 숙청 영순위로 전락하고 만 것이다. 김동건은 단장에서 물러나 프로 정규리그 하위권 팀 중 하나인 메이플 드래곤즈의 2군 감독으로 자리를 하향 이동하게 된다. 박태용은 재벌 3세로 특혜를 봐주는 것 아니냐는 주위 시선을 피하기 위해 기약 없는 해외시장 개척 임무를 갖고 해외로 나가게 되었고, 자연 손미수에 대한 관심을 접게 된다. 졸지에 스폰서를 잃게 된 손미수는 강태환에게 다시 돌아가려 했지만, 강태환은 더 이상 손미수에게도, 그리고 한국 땅에도 미련이 없다며 변변한 에이전시 하나 없이 혈혈단신 미국으로 건너가 마이너리그 입단을 타진하고 다닌다는 소문이 들려왔다. 하지만 국내에서 맥시멈즈와의 전속계약 문제가 남아 있어 그 역시 어려움을 겪고 있다.

김인석 감독은 한국시리즈 우승의 감격을 뒤로하고 야성을 되찾겠다는 명분으로 자신의 고향인 경남 마산의, 총 인원이 스무 명도 안 되는 실업계 고교 야구부 감독을 자임하며 화제의 대상이 된다. 하지만 감독으로 부임한 지 일주일도 되지 않아 지옥훈련을 견디다 못한 야구부원 한 명이 훈련 도중 거품을 물고 실신하는 사태가 일어났고, 이에 학교 측에선 김인석의 용퇴를 간절히 바라는 분위기로 돌변하는 추세라고 전해진다.

한국시리즈 2군 돌풍을 일으켰던 김민광과 고형민, 윤길현, 장민혁, 김태식 등은 일약 스타덤에 오를 것으로 기대했지만, 자신들의 예상과는 다르게 팬들의 관심은 그다지 크지 못했고 언론 역시 마찬가지였다. 때문에 그들은 한국시리즈 우승의 감격만을 가슴에 품은 채 다시금 프로야구 선수로서의 생존을 걱정해야 하는 자리로 되돌아가야 했다.

하지만 FA 시장으로 나온 장석준은 조금 달랐다. 두 군데 구단에서 러브콜을 보낸 것이다. 그렇지만 장석준은 빨리 계약을 체결하고 스프링캠프에 참가할 만큼 여유를 갖지 못하고 있다.

2.

한국시리즈가 지나고 한 달 보름여 지난 12월 중순의 어느 날, 장석준은 스프링캠프나 야구 연습장에 있지 않았다. 그가 서 있는 곳은 미성병원이었는데, 병원 안이 아니라 바깥쪽 입구였다.

매서운 바람이 몰아치는 입구 바로 옆에 선 거구의 장석준을 알아보는 이들은 적지 않았다. 장석준이 야구 모자까지 눌러쓰고 있는 통에 그가 한국시리즈 7차전 만루 홈런의 주역 장석준인 걸 알아보는 팬들이 많았던 것이다. 그런 그가 지금 미성병원 앞에 서서 외로운 투쟁을 벌이고 있었다. 투쟁의 이유는 단 하나, 아들의 입원 거부를 철회해달라는 간곡한 요청이었다.

매스컴은 이 문제를 작심하고 건드려 우리 사회의 치부를 드러내려는 야심찬 계획을 갖고는 있었지만, 거대 그룹 미성의 입김이 어느 정도 작용한 탓인지 언론플레이를 통해 억울함을 호소해보려는 장석준의 전략은 지지부진한 상태였다. 그러나 장석준은 포기하지 않고 벌써 12월 초부터 보름 동안 같은 장소에서 고독한 1인 시위를 벌이는 중이었다. 그런 장석준을 향해 누군가 걸어왔다. 장석준은 팬들 중 하나일 거라고 생각했지만 의외로 그는 김인석이었다.

마주한 둘은 한동안 별다른 말을 주고받지 않았다. 김인석은 겸연쩍은 듯 그저 피켓을 들고 선 장석준의 주위를 서성거렸고, 장석준은 김인석에게 간단한 인사조차 할 겨를이 없는 듯 피켓을 거두지 않았다. 그런 어색함을 참지 못하고 김인석이 먼저 말문을 열었다.

"언제까지 이러고 있을 거냐?"

그러자 기다렸다는 듯 장석준이 대꾸했다.

"우리 형오가 다시 치료받을 때까지요."

"씨발, 여기 아니면 병원이 없대?"

"미국 아니면 여기서 치료하는 수밖에 없다고 하니까요."

"미국 가면 되잖아?"

"미국은 무슨. 제 주제에."

"강태환이 따라가면 되잖아."

김인석이 강태환 이름 석 자를 꺼내자 둘의 얼굴에선 허탈한 실소가 터져나왔다. 강태환은 시카고 컵스 트리플 A 팀에서 메디컬 테스트를 받던 도중 말이 통하지 않아 답답해하는 흑인 스카우터와 싸움이 붙어 자칫 미국 구치소에 감금될 뻔했다는 해프닝성 기사가 녀석의 근황의 전부였다.

강태환을 빌미로 약간의 어색함을 떨쳐낸 김인석은 추위에 떨고 있는 장석준에게 목도리를 감아주었다. 장석준은 감독이 직접 감아주는 목도리를 바라보며 안부를 묻는 말로 감사한 마음을 대신했다.

"부임하셨다는 그 학교는 어떠세요? 가르칠 만해요?"

"벌써 두 놈이 까무러치긴 했지만 잘만 다듬으면 대통령기나 봉황기에서 4강 먹는 건 가능하겠어. 꽤 쓸 만한 녀석들이 있거든."

"어련하시겠어요."

"……."

"……."

"너……."

"……?"

"후회하냐?"

참고 참았던 말을 끝내 묻고야 말았다. 김인석의 그 질문은 장석준에 대한 인간적인 미안함이 깊게 묻어 있는 물음이기도 했다. 김인석도 모르지 않는다. 미성그룹이 지금 장석준을 길들이기 위해 치졸한 공격의 칼날을 거두지 않는다는 사실을 말이다. 하지만 장석준의 얼굴에선 이전에 찾아볼 수 없었던 강한 자신감이 느껴졌다. 적어도 김인석이 보기엔 그랬다. 슬러거로서 거만할 정도로 넘쳐흐르는 홈런에 대한 자신감. 밥 먹듯이 삼진아웃당하는 것을 더 이상 수치스럽게 생각하지 않는 불굴의 투혼, 그 야성이 이제 장석준의 눈빛에서도 나타나기 시작한 것이다.

"지금 집에 있는 아들 녀석 책상 벽에 뭐가 붙어 있는지 아세요?"

"뭐가 붙어 있는데?"

"제 만루 홈런 장면이 담긴 스포츠신문 1면이 붙어 있어요."

"……."

"그거 언제까지 붙여놓을 거냐고 물었더니 이렇게 대답하더라고요."

"……."

"죽을 때까지. 죽을 때까지 붙여놓겠대요."

약간의 울먹임이 있지만 장석준의 얼굴은 웃고 있었다. 김인석은 그런 장석준을 물끄러미 바라보며 쓴웃음을 지었다. 그렇게 둘은 한동안 말없이 서 있었다. 장석준은 여전히 피켓을 든 채, 김인석은 그 옆에서 줄창 담배를 피워대며 말이다.

작가의 말

스포츠가 갖고 있는 최대 강점은 각본 없는 드라마라는 점입니다. 그중에서도 야구란 스포츠는 더욱 다양한 매력을 가지고 있습니다. 과학적인 분석력을 바탕으로 하면서도 드라마틱한 역전과 재역전의 가능성을 갖고 있기에 9회 말 투아웃까지 포기할 수 없게 만드는 스포츠가 야구죠. 비교적 많은 선수들의 다양한 기량과 개인기가 요구되면서도 동시에 팀워크가 강조되는 게 바로 야구고요. 지루한 듯 보이는 러닝타임이지만 매 회마다 보는 재미가 만만찮아, 야구팬이라면 일 년 가까이 계속되는 페넌트레이스를 거의 한 경기도 놓치지 않고 관람하거나, 적어도 리그 순위나 개인 기록들에 지속적인 관심을 기울이게 만드는 대단한 매력이 있는 것 같습니다.

하지만 우리가 스포츠를 통해 갖게 되는 재미와 매력이 앞서 밝힌 대로 각본 없는 드라마임에도 불구하고, 만약 그 무언가의 목적과 명분에 의해 각본을 만들고 그 각본대로 진행한다면 어떨까요. 과연 그런 경기를 보며 재미와 매력을 느낄 수 있을까요?

오늘 우리의 삶에서조차 기회와 역전의 가능성이 주어진 각본대로 정해져 있다면, 그래서 패배가 결정된 현실과 마주하게 된다면 과연 우리는 어떻게 대처해야 할까요? 그 판을 아예 둘러엎고 우리들만의 새로운 판을 만들어야 할까요. 아님 그 판에 주어진 각본대로 적당히 순응하는 착한 선수가 되는 게 옳을까요? 이것도 저것도 아님 그 판에 머물러서 주어진 각본과 역할을 걷어치우고 어떻게 해서든 끝까지 버텨내는 '불량주전'으로 살아남는 게 좋을까요. 어려운 문제인 것 같습니다.

저의 거의 유일한 문우 원옥과 벗 정연, 항상 부족한 아들을 너그럽게 대해주시는 부모님과 형님, 형수님께 작가의 말을 빌려 감사의 인사를 대신하고 싶습니다. 아울러 원고의 출간을 흔쾌히 허락하신 새움 이대식 대표님과 편집부 여러분의 노고에 깊은 감사의 말씀 전합니다.

마지막으로 제 소설을 읽는 몇몇 분들에게 재미의 미덕이 상실되지 않았으면 좋겠습니다. 영혼을 팔아서라도 웃기고 싶다는 어느 개그맨의 응용된 어록처럼 말입니다.

2010년 1월

주원규